U0050543

檸檬樹

出版前言

同樣的事物，在不同地方，有不同「說法」，
「雙語並學」別有趣味與成就感！

- 中文說 跑 ，英文說 run ，日文說 走る
- 中文說 筊杯 ，英文說 divining blocks ，日文說 台湾式おみくじ
- 中文說 錄取 ，英文說 recruit ，日文說 採用
- 中文說 肌耐力 ，英文說 muscle endurance ，日文說 筋持久力
- 中文說 解壓縮 ，英文說 decompress ，日文說 解凍する
- 中文說 隨和的 ，英文說 easygoing ，日文說 気さく
- 中文說 難搞的 ，英文說 difficult ，日文說 気難しい
- 中文說 似曾相識 ，英文說 deja vu ，日文說 既視感
- 中文說 線上付款 ，英文說 online payment ，日文說 オンライン決済
- 中文說 老花眼鏡 ，英文說 reading glasses ，日文說 老眼鏡
- 中文說 隨書贈品 ，英文說 free gift ，日文說 付録

了解「說法」就能達成溝通，掌握單字就能「跨界交流」，
語言並不困難！

身處無國界網路時代，你必須讀這本書！

日常生活中，
我們自由隨選各國的影音內容；
聽到電視廣告開始出現日／韓語對白；
許多人從國外網站直購血拚；
走在路上不時聽到身旁不熟悉的語言……。

現今，『多種外語已自然進入你我日常生活』。

身處無國界網路時代，
——「選擇學習語種，無須壁壘分明、獨鍾一味」；
——「學習外語單字，隨時可以開始，日常生活就是絕佳素材」。

透過本書，你可以從堪稱單字界「基本入門款」的「生活詞彙」開始，
同時開啟多扇語言之窗，培養跨界溝通能力，體驗不同語言的差異與趣味。

不論是「交通、購物、追劇、旅行、求職考照、職場互動……」，
看得懂、聽得懂「英＆日」雙語常用字，溝通 & 表達必定更便利！

★ 當然，到日本旅行，也絕對實用 ★

希望這本書，能夠讓許多人感到便利，與自我能力的提升。

檸檬樹出版社 編輯部

本書內容說明

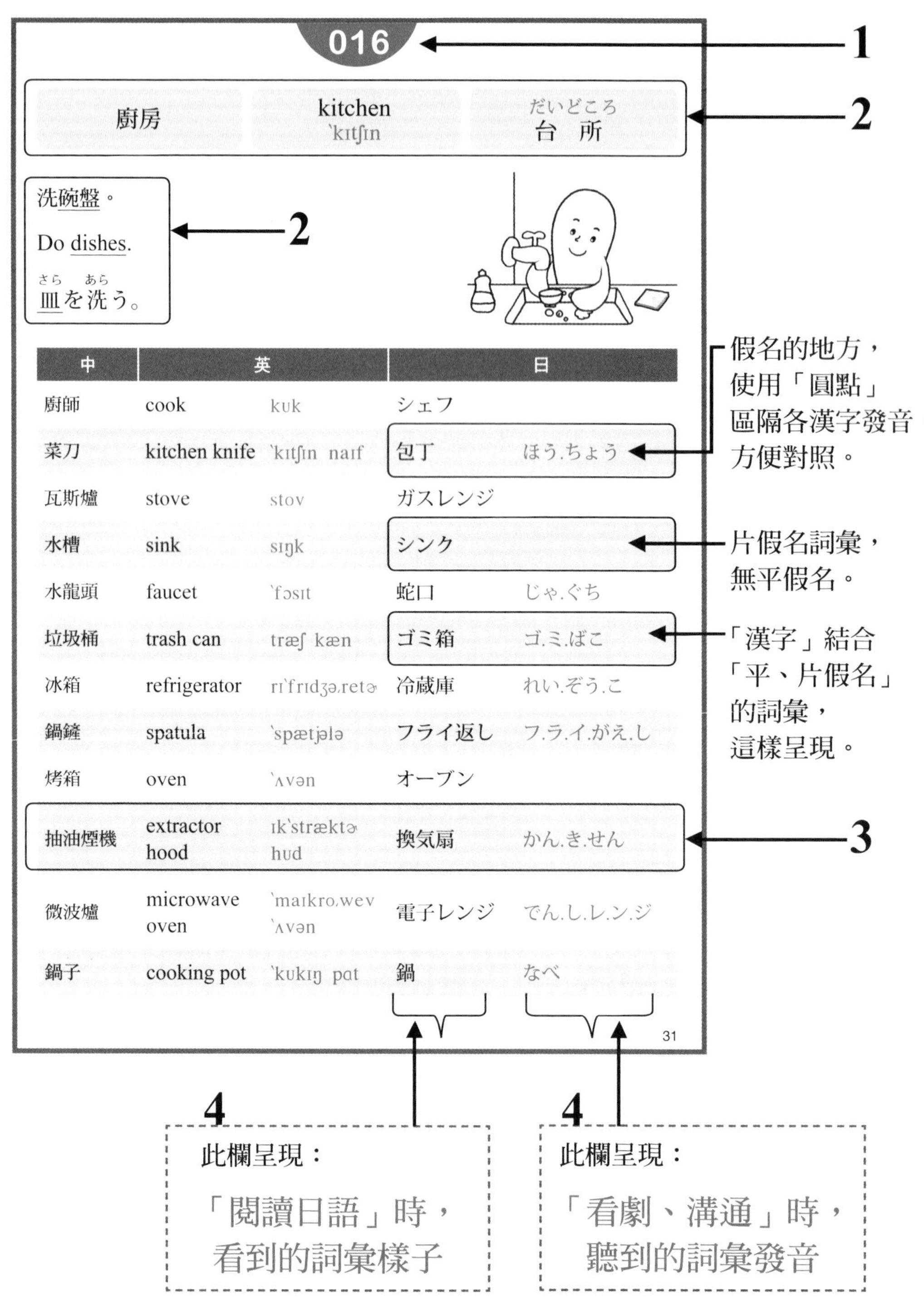
016
1
廚房
kitchen
`kɪtʃɪn
だいどころ
台所
2
洗碗盤。
Do dishes.
さら　あら
皿を洗う。
2
中
英
日
廚師 cook kuk シェフ
菜刀 kitchen knife `kɪtʃɪn naɪf 包丁 ほう.ちょう
瓦斯爐 stove stov ガスレンジ
水槽 sink sɪŋk シンク
水龍頭 faucet `fɔsɪt 蛇口 じゃ.ぐち
垃圾桶 trash can træʃ kæn ゴミ箱 ゴ.ミ.ばこ
冰箱 refrigerator rɪ`frɪdʒə.retɚ 冷蔵庫 れい.ぞう.こ
鍋鏟 spatula `spætʃələ フライ返し フ.ラ.イ.がえ.し
烤箱 oven `ʌvən オーブン
抽油煙機 extractor hood ɪk`stræktɚ hud 換気扇 かん.き.せん
3
微波爐 microwave oven `maɪkro.wev `ʌvən 電子レンジ でん.し.レ.ン.ジ
鍋子 cooking pot `kukɪŋ pat 鍋 なべ
31
假名的地方，
使用「圓點」
區隔各漢字發音，
方便對照。
片假名詞彙，
無平假名。
「漢字」結合
「平、片假名」
的詞彙，
這樣呈現。
4
此欄呈現：
「閱讀日語」時，
看到的詞彙樣子
4
此欄呈現：
「看劇、溝通」時，
聽到的詞彙發音

（※ 1、2、3、4 點，請對照左頁 1、2、3、4 閱讀）

1. 285 個多元主題、3400 組【中英日詞彙】，詞量豐沛！

2. 主題名稱：以【中英日】三語呈現
例文：【中英日各一句】，語意對應的詞彙，加上底線

3.【一組中英日詞彙，排一列】：

能夠一次學習〔中英日〕，也便於〔中英〕〔中日〕分別學習。

4. 日語詞彙分列【漢字】（看到的文字）和【假名】（聽到的發音），真心希望你能夠「看懂、聽懂」！

- 〔讀、寫〕日文時 —— 需要「理解／使用漢字」
- 〔聽、說、輸入〕日文時 —— 需要「理解／使用發音」

因此學習日語時，精確掌握「漢字」和「假名（發音）」非常重要。

本書捨棄常見的「漢字上方加註假名」的標記方式，採取「漢字一欄」「假名（發音）一欄」，希望提醒學習者「仔細掌握漢字與發音」，也便於自我檢測「看漢字是否知道音義」「讀假名（發音）是否知道漢字和字義」，真正熟記日語詞彙。

※ 掃描書封 QRcode 聆聽：各詞彙【中→英→日】順讀音檔

- 音檔包含全書 285 個單元，以及「日語讀音指南」。
- 「MP3 音軌編號」＝「主題序號」。
- 並詳列「各單元音檔起始時間」，點選「時間」即連結至該單元。
- 由「中、美、日籍」播音員「依序朗讀各詞彙：中→英→日」。可以不看書本，單獨使用音檔「學習、聆聽 3400 組詞彙」，自然熟悉發音、提升聽力。日後聽到外國人說這個字，便能很快反應出來！

日語讀音指南 1　日語基本五十音：清音【平假名】【片假名】

a〔阿〕・i〔依〕・u〔屋〕・e〔せ〕・o〔歐〕這五個母音為原則，所形成的讀音。

（＊黑字：平假名　紅字：片假名）　MP3 286

	清音										
	あア行	かカ行	さサ行	たタ行	なナ行	はハ行	まマ行	やヤ行	らラ行	わワ行	鼻音
a段	あア a	かカ ka	さサ sa	たタ ta	なナ na	はハ ha	まマ ma	やヤ ya	らラ ra	わワ wa	んン n
i段	いイ i	きキ ki	しシ shi	ちチ chi	にニ ni	ひヒ hi	みミ mi	いイ i	りリ ri	いイ i	
u段	うウ u	くク ku	すス su	つツ tsu	ぬヌ nu	ふフ fu	むム mu	ゆユ yu	るル ru	うウ u	
e段	えエ e	けケ ke	せセ se	てテ te	ねネ ne	へヘ he	めメ me	えエ e	れレ re	えエ e	
o段	おオ o	こコ ko	そソ so	とト to	のノ no	ほホ ho	もモ mo	よヨ yo	ろロ ro	をヲ wo	

●【つ】（平假名）和【ツ】（片假名）的讀音法：

大つ／大ツ：唸 tsu

小っ／小ッ：不發音，停一下再唸下個音（拼音是重複下一個假名的字首拼音）

●【つ】和【ツ】的發音練習

MP3 287（平假名）				MP3 288（片假名）		
大つ		小っ		大ツ	小ッ	
いつ i.tsu 何時	あつい a.tsu.i 熱的	まっちゃ ma.ccha 抹茶	きっぷ ki.ppu 票	オムレツ o.mu.re.tsu 蛋包	バック ba.kku 背景	バックス ba.kku.su 後衛
くつ ku.tsu 鞋子	つぎ tsu.gi 下次	きって ki.tte 郵票	ゆっくり yu.kku.ri 緩慢的	キャベツ kya.be.tsu 高麗菜	コップ ko.ppu 水杯	ショック sho.kku 衝擊
		しょっぱい sho.ppa.i 鹹的	せっけん se.kke.n 肥皂	シャツ sha.tsu 襯衫	ショップ sho.ppu 商店	マッチ ma.cchi 火柴

日語讀音指南 2　濁音・半濁音【平假名】【片假名】

【濁　音】：假名右上方有「〃」，發音類似英文的「有聲子音」。

【半濁音】：假名右上方有「○」，發音類似英文的「音標 P」。

（＊黑字：平假名　紅字：片假名）　MP3 289

濁音			
がガ 行	ざザ 行	だダ 行	ばバ 行
がガ ga	ざザ za	だダ da	ばバ ba
ぎギ gi	じジ ji	ぢヂ ji	びビ bi
ぐグ gu	ずズ zu	づヅ zu	ぶブ bu
げゲ ge	ぜゼ ze	でデ de	べベ be
ごゴ go	ぞゾ zo	どド do	ぼボ bo

半濁音
ぱパ 行
ぱパ pa
ぴピ pi
ぷプ pu
ぺペ pe
ぽポ po

● 【濁音】和【半濁音】的發音練習

MP3 290（平假名）					MP3 291（片假名）				
が行	ざ行	だ行	ば行	ぱ行	ガ行	ザ行	ダ行	バ行	パ行
めがね me.ga.ne 眼鏡	ざっし za.sshi 雜誌	だるま da.ru.ma 不倒翁	かばん ka.ba.n 包包	えんぴつ e.n.pi.tsu 鉛筆	ガラス ga.ra.su 玻璃	サイズ sa.i.zu 尺寸	サラダ sa.ra.da 沙拉	テレビ te.re.bi 電視	パズル pa.zu.ru 拼圖
かぎ ka.gi 鑰匙	じしょ ji.sho 字典	ちぢむ chi.ji.mu 縮小	びじん bi.ji.n 美人	てんぷら te.n.pu.ra 天婦羅	ブログ bu.ro.gu 部落格	デジカメ de.ji.ka.me 數位相機	デジカメ de.ji.ka.me 數位相機	ブラシ bu.ra.shi 刷子	ピエロ pi.e.ro 小丑
ぐあい gu.a.i 情況	あいず a.i.zu 信號	てつづき te.tsu.zu.ki 手續	かべ ka.be 牆壁	さんぽ sa.n.po 散步	ゴルフ go.ru.fu 高爾夫		ドア do.a 門	リボン ri.bo.n 緞帶	エプロン e.pu.ro.n 圍裙
げた ge.ta 木屐	ぜいたく ze.i.ta.ku 奢侈	でんわ de.n.wa 電話							ペン pe.n 筆
たまご ta.ma.go 雞蛋		どちら do.chi.ra 哪邊							

日語讀音指南 3　拗音【平假名】【片假名】

【拗音】：假名右下方，有小一點的「や／ゆ／よ」或「ヤ／ユ／ヨ」。

（＊黑字：平假名　紅字：片假名）MP3 292 ～ 293

	【清音】的拗音						
	かカ行	さサ行	たタ行	なナ行	はハ行	まマ行	らラ行
～ゃ	きゃキャ kya	しゃシャ sha	ちゃチャ cha	にゃニャ nya	ひゃヒャ hya	みゃミャ mya	りゃリャ rya
～ゅ	きゅキュ kyu	しゅシュ shu	ちゅチュ chu	にゅニュ nyu	ひゅヒュ hyu	みゅミュ myu	りゅリュ ryu
～ょ	きょキョ kyo	しょショ sho	ちょチョ cho	にょニョ nyo	ひょヒョ hyo	みょミョ myo	りょリョ ryo

	【濁音】的拗音			
	がガ行	ざザ行	だダ行	ばバ行
～ゃ	ぎゃギャ gya	じゃジャ ja	ぢゃヂャ ja	びゃビャ bya
～ゅ	ぎゅギュ gyu	じゅジュ ju	ぢゅヂュ ju	びゅビュ byu
～ょ	ぎょギョ gyo	じょジョ jo	ぢょヂョ jo	びょビョ byo

	【半濁音】的拗音
	ぱパ行
～ゃ	ぴゃピャ pya
～ゅ	ぴゅピュ pyu
～ょ	ぴょピョ pyo

● 【拗音】的發音練習

MP3 294（平假名）			MP3 295（片假名）		
～ゃ	～ゅ	～ょ	～ャ	～ュ	～ョ
きゃく kya.ku 顧客	しゅみ shu.mi 興趣	ひしょ hi.sho 秘書	シャツ sha.tsu 襯衫	リュック ryu.kku 背包	ショッピング sho.ppi.n.gu 購物
おもちゃ o.mo.cha 玩具	しゅじんこう shu.ji.n.ko.u 主角	じしょ ji.sho 字典	ジャム ja.mu 果醬		ショップ sho.ppu 商店
かいしゃ ka.i.sha 公司			キャベツ kya.be.tsu 高麗菜		
しゃしん sha.shi.n 照片			ジャンプ ja.n.pu 跳躍		

日語讀音指南 4　長音【平假名】【片假名】

【長音】：假名的發音要拉長，變成兩拍。

		【平假名】的長音	【片假名】的長音
a段	例：	● おかあさん	● モニター
	（拼音）	ka a	ta a
	（讀法）	ka 要拉長音	ta 要拉長音
i段	例：	● おじいさん	● ロビー
	（拼音）	ji i	bi i
	（讀法）	ji 要拉長音	bi 要拉長音
u段	例：	● ゆうせんせき	● プール
	（拼音）	yu u	pu u
	（讀法）	yu 要拉長音	pu 要拉長音
e段	例：	● おねえさん	● テーブル
	（拼音）	ne e	te e
	（讀法）	ne 要拉長音	te 要拉長音
o段	例：	● ほどう	● オーブン
	（拼音）	do u	o o
	（讀法）	do 要拉長音	o 要拉長音

● 【長音】的發音練習

MP3 296（平假名）				MP3 297（片假名）			
清音＋長音	濁音＋長音	半濁音＋長音	拗音＋長音	清音＋長音	濁音＋長音	半濁音＋長音	拗音＋長音
おかあさん o.ka.a.sa.n 母親	ぞう zo.u 大象	せんぷうき se.n.pu.u.ki 電風扇	ぶちょう bu.cho.u 部長	スカート su.ka.a.to 裙子	ベビー be.bi.i 嬰兒	パーティー pa.a.ti.i 派對	ジュース ju.u.su 果汁
ゆうがた yu.u.ga.ta 浴衣	ぼうし bo.u.shi 帽子	さんぽう sa.n.po.u 算法	びょういん byo.u.i.n 醫院	チーム chi.i.mu 隊伍	ゲーム ge.e.mu 遊戲	ページ pe.e.ji 頁	ジョーク jo.o.ku 玩笑
がっこう ga.kko.u 學校	どうぶつ do.u.bu.tsu 動物	かんぽう ka.n.po.u 中醫	やきゅう ya.kyu.u 棒球	ケーキ ke.e.ki 蛋糕	バーゲン ba.a.ge.n 特價	ペーパー pe.e.pa.a 紙	メニュー me.nyu.u 菜單

生活的場景

相關人事物

所有種類名

各部構造名

生活的場景

主題 001－093

相關人事物

主題 094－216

所有種類名

主題 217－262

各部構造名

主題 263－285

001

十字路口	crossroad ˋkrɔs͵rod	こうさてん 交差点

穿越斑馬線。

Walking on the zebra crossing.

横断歩道（おうだんほどう）を渡る（わたる）。

中	英		日	
紅綠燈	traffic light	ˋtræfɪk laɪt	信号	しん.ごう
斑馬線	zebra crossing	ˋzibrə ˋkrɔsɪŋ	横断歩道	おう.だん.ほ.どう
交通警察	traffic police	ˋtræfɪk pəˋlis	交通警察	こう.つう.けい.さつ
行人	pedestrian	pəˋdɛstrɪən	歩行者	ほ.こう.しゃ
車輛	car	kɑr	車	くるま
分隔島	traffic island	ˋtræfɪk ˋaɪlənd	中央分離帯	ちゅう.おう.ぶん.り.たい
天橋	overpass	͵ovɚˋpæs	歩道橋	ほ.どう.きょう
地下道	underpass	ˋʌndɚ͵pæs	地下道	ち.か.どう
人行道	sidewalk	ˋsaɪd͵wɔk	歩道	ほ.どう
停車線	stop line	stɑp laɪn	停車線	てい.しゃ.せん
車道	lane	len	車道	しゃ.どう
交通標誌	road sign	rod saɪn	道路標識	どう.ろ.ひょう.しき

002

車子裡	in the car ɪn ðə kɑr	しゃない 車内

繫上安全帶。

Buckle my seatbelt.

シートベルトを締(し)める。

中	英		日	
前座	front seat	frʌnt sit	前部座席	ぜん.ぶ.ざ.せき
後座	back seat	bæk sit	後部座席	こう.ぶ.ざ.せき
方向盤	steering wheel	ˋstɪrɪŋ hwil	ハンドル	
汽車音響	car stereo	kɑr ˋstɛrɪo	カーオーディオ	
安全帶	seatbelt	ˋsit͵bɛlt	シートベルト	
排檔（桿）	gear stick	gɪr stɪk	シフトレバー	
手煞車	hand brake	hænd brek	ハンドブレーキ	
煞車踏板	brake pedal	brek ˋpɛdḷ	ブレーキペダル	
油門踏板	accelerator pedal	ækˋsɛlə͵retɚ ˋpɛdḷ	アクセルペダル	
安全氣囊	air bag	ɛr bæg	エアーバッグ	
儀表板	dashboard	ˋdæʃ͵bɔrd	ダッシュボード	
車窗	car window	kɑr ˋwɪndo	ウインドウ	

003

公車上	on the bus ɑn ðə bʌs	バスで

按下下車鈴。

Press the buzzer to get off.

ブザーを鳴(な)らす。

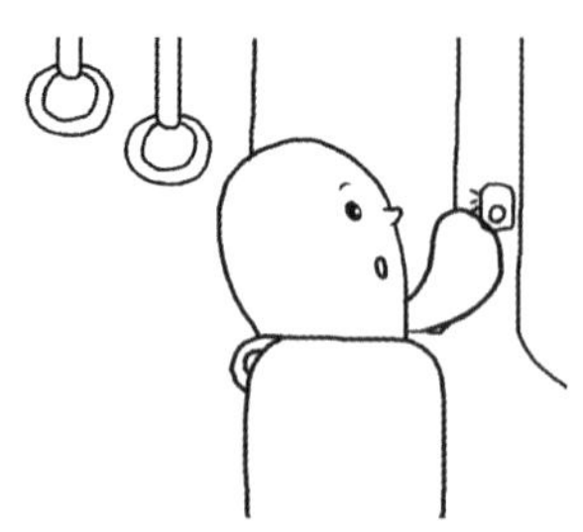

中	英		日	
公車司機	bus driver	bʌs \`draɪvɚ	バス運転手	バ.ス.うん.てん.しゅ
乘客	passenger	\`pæsn̩dʒɚ	乗客	じょう.きゃく
拉環	support ring	sə\`port rɪŋ	つり革	つ.り.かわ
座位	seat	sit	座席	ざ.せき
博愛座	priority seat	praɪ\`ɔrətɪ sit	優先席	ゆう.せん.せき
路線圖	route map	rut mæp	路線図	ろ.せん.ず
下車鈴	buzzer	\`bʌzɚ	ブザー	
前門	front door	frʌnt dor	前方ドア	ぜん.ぽう.ド.ア
後門	back door	bæk dor	後方ドア	こう.ほう.ド.ア
票卡感應器	EasyCard sensor	\`izɪ\`kɑrd \`sɛnsɚ	乗車券読取機	じょう.しゃ.けん.よみ.とり.き
投幣箱	coin box	kɔɪn bɑks	料金箱	りょう.きん.ばこ
液晶顯示螢幕	LCD screen	\`ɛl\`si\`di skrin	液晶モニター	えき.しょう.モ.ニ.ター

004

停車場	parking lot ˋparkɪŋ lat	ちゅうしゃじょう 駐車場

這裡是收費停車場。

This is a parking lot with fees.

ここは有料駐車場（ゆうりょうちゅうしゃじょう）です。

中	英		日	
停車收費單	ticket	ˋtɪkɪt	駐車券	ちゅう.しゃ.けん
收費閘門	boom gate	bum get	駐車ゲート	ちゅう.しゃ.ゲー.ト
車道	drive way	draɪv we	車道	しゃ.どう
停車格	parking space	ˋparkɪŋ spes	駐車枠	ちゅう.しゃ.わく
機械停車位	mechanical parking	məˋkænɪkl̩ ˋparkɪŋ	機械式駐車場	き.かい.しき.ちゅう.しゃ.じょう
入口	entrance	ˋɛntrəns	入口	いり.ぐち
出口	exit	ˋɛksɪt	出口	で.ぐち
收費員	toll collector	tol kəˋlɛktɚ	精算係員	せい.さん.かかり.いん
殘障停車位	handicapped space	ˋhændɪˏkæpt spes	障害者専用駐車枠	しょう.がい.しゃ.せん.よう.ちゅう.しゃ.わく
速度限制	speed limit	spid ˋlɪmɪt	速度制限	そく.ど.せい.げん
高度限制	height limit	haɪt ˋlɪmɪt	高度制限	こう.ど.せい.げん
停車收費機	car park ticket machine	kar park ˋtɪkɪt məˋʃin	駐車精算機	ちゅう.しゃ.せい.さん.き

005

在碼頭	at the marina æt ðə məˋrɪnə	港(みなと)で

船隻即將出海。

The ships are about to sail off.

もうすぐ船(ふね)が出(で)る。

中	英		日	
海鷗	seagull	ˋsi͵gʌl	カモメ	
渡輪	ferryboat	ˋfɛrɪ͵bot	フェリー	
漁船	fishing boat	ˋfɪʃɪŋ bot	漁船	ぎょ.せん
燈塔	lighthouse	ˋlaɪt͵haus	灯台	とう.だい
碼頭	marina	məˋrɪnə	港	みなと
救生圈	life preserver	laɪf prɪˋzɝvɚ	救命ブイ	きゅう.めい.ブ.イ
釣客	fisherman	ˋfɪʃɚmən	釣り人	つ.り.びと
水手	sailor	ˋselɚ	船員	せん.いん
船駕駛	captain	ˋkæptɪn	船頭	せん.どう
船錨	anchor	ˋæŋkɚ	錨	いかり
魚貨攤	fish stand	fɪʃ stænd	魚市場	うお.いち.ば
魚貨	seafood	ˋsi͵fud	海産物	かい.さん.ぶつ

006

遊輪上	on a cruise ship ɑn ə kruz ʃɪp	クルーズで

在甲板散步。

Walk on deck.

デッキで散歩（さんぽ）する。

中	英		日	
船長	captain	`kæptɪn	船長	せん.ちょう
乘客	passenger	`pæsṇdʒɚ	乗客	じょう.きゃく
餐廳	restaurant	`rɛstərənt	レストラン	
俱樂部	club	klʌb	クラブ	
游泳池	swimming pool	`swɪmɪŋ pul	プール	
賭場	casino	kə`sino	カジノ	
宴會廳	ballroom（西式）	`bɔl͵rum	宴会場（日式）	えん.かい.じょう
電影院	movie theater	`muvɪ `θɪətɚ	映画館	えい.が.かん
救生船	lifeboat	`laɪf͵bot	救命ボート	きゅう.めい.ボー.ト
甲板	deck	dɛk	デッキ	
水手	sailor	`selɚ	船員	せん.いん
大副	first mate	fɝst met	一等航海士	い.っとう.こう.かい.し

捷運站	MRT station `ɛm`ɑr`ti `steʃən	エムアールティー えき M R T の駅

走進捷運站。

Walk into the MRT station.

エムアールティー えき はい
M R T の駅に入る。

中	英		日	
出口	exit	`ɛksɪt	出口	で.ぐち
入口	entrance	`ɛntrəns	入口	いり.ぐち
閘口	gate	get	改札口	かい.さつ.ぐち
售票機	ticket machine	`tɪkɪt məˋʃin	乗車券販売機	じょう.しゃ.けん.はん.ばい.き
加值機	AVM (add value machine)	`e`vi`ɛm (æd `vælju məˋʃin)	乗り越し精算機	の.り.こ.し.せい.さん.き
服務處	information center	ˌɪnfɚ`meʃən `sɛntɚ	案内所	あん.ない.じょ
月台	platform	`plætˌfɔrm	ホーム	
手扶梯	escalator	`ɛskəˌletɚ	エスカレーター	
月台間隙	platform gap	`plætˌfɔrm gæp	ホーム隙間	ホー.ム.すき.ま
黃色警戒線	yellow warning line	`jɛlo `wɔrnɪŋ laɪn	黄色い線	き.いろ.い.せん
捷運列車	MRT car	`ɛm`ɑr`ti kɑr	MRT車両	エム.アール.ティー.しゃ.りょう
路線圖	route map	rut mæp	路線図	ろ.せん.ず

008

捷運車廂	MRT carriage `ɛm`ɑr`ti `kærɪdʒ	エムアールティーしゃりょう MRT車両

禮讓座位。

Yield the seats.

席(せき)を譲(ゆず)る。

中	英		日	
乘客	passenger	`pæsn̩dʒɚ	乗客	じょう.きゃく
駕駛	driver	`draɪvɚ	運転手	うん.てん.しゅ
座位	seat	sit	座席	ざ.せき
博愛座	priority seat	praɪ`ɔrətɪ sit	優先席	ゆう.せん.せき
車內廣播	public announcement	`pʌblɪk ə`naʊnsmənt	車内放送	しゃ.ない.ほ.そう
液晶顯示板	LCD display board	`ɛl`si`di dɪ`sple bord	液晶モニター	えき.しょう.モ.ニ.ター
車廂	carriage	`kærɪdʒ	車両	しゃ.りょう
車門	door	dor	車両ドア	しゃ.りょう.ド.ア
車窗	window	`wɪndo	窓	まど
吊環	support ring	sə`port rɪŋ	つり革	つ.り.かわ
廣告看板	advertisement	ˌædvɚ`taɪzmənt	広告	こう.こく
緊急對講機	emergency intercom	ɪ`mɝdʒənsɪ `ɪntɚˌkɑm	緊急用インターホン	きん.きゅう.よう.イ.ン.ター.ホ.ン

機場	airport `ɛr,port	くうこう 空港

要搭飛機。

Take a plane.

飛行機(ひこうき)に乗(の)る。

中	英		日	
國際航線航廈	international terminal	,ɪntɚ`næʃənḷ `tɝmənḷ	国際線ターミナル	こく.さい.せん.ター.ミ.ナ.ル
國內航線航廈	domestic terminal	də`mɛstɪk `tɝmənḷ	国内線ターミナル	こく.ない.せん.ター.ミ.ナ.ル
登機報到櫃檯	check-in counter	`tʃɛk,ɪn `kaʊntɚ	チェックインカウンター	
免稅商店	duty-free shop	`djutɪ`fri ʃɑp	免税店	めん.ぜい.てん
行李提領處	baggage claim	`bægɪdʒ klem	手荷物受取所	て.に.もつ.うけ.とり.じょ
航班顯示表	flight information board	flaɪt ,ɪnfɚ`meʃən bord	フライトボード	
外幣兌換處	currency exchange desk	`kɝənsɪ ɪks`tʃendʒ dɛsk	両替所	りょう.がえ.じょ
候機室	waiting room	`wetɪŋ rum	搭乗待合室	とう.じょう.まち.あい.しつ
海關	customs	`kʌstəmz	税関	ぜい.かん
出境大廳	departure lobby	dɪ`partʃɚ `lɑbɪ	出国ロビー	しゅ.っこく.ロ.ビー
入境大廳	arrival lobby	ə`raɪvḷ `lɑbɪ	入国ロビー	にゅう.こく.ロ.ビー
航空公司貴賓室	VIP lounge	`vi`aɪ`pi laʊndʒ	空港ラウンジ	くう.こう.ラ.ウ.ン.ジ

010

登機報到	check-in tʃɛk.ɪn	とうじょうてつづ 搭乗手続き

辦理登機報到。

Check in at the airport.

空港でチェックインする。（くうこう）

中	英		日	
地勤人員	ground staff	graʊnd stæf	地上職員	ち.じょう.しょく.いん
乘客	passenger	ˋpæsn̩dʒɚ	搭乗者	とう.じょう.しゃ
機票	plane ticket	plen ˋtɪkɪt	航空券	こう.くう.けん
護照	passport	ˋpæs.port	パスポート	
簽證	visa	ˋvizə	ビザ	
登機證	boarding pass	ˋbordɪŋ pæs	搭乗券	とう.じょう.けん
劃位	check-in	ˋtʃɛk.ɪn	座席割り当て	ざ.せき.わ.り.あ.て
行李託運櫃檯	baggage drop counter	ˋbægɪdʒ drɑp ˋkaʊntɚ	手荷物カウンター	て.に.もつ.カ.ウ.ン.ター
行李吊牌	baggage tag	ˋbægɪdʒ tæg	荷物タグ	に.もつ.タ.グ
班機時刻表	timetable	ˋtaɪm.tebl̩	フライト時刻表	フ.ラ.イ.ト.じ.こく.ひょう
隨身行李	carry-on luggage	ˋkærɪ.ɑn ˋlʌgɪdʒ	持込手荷物	もち.こみ.て.に.もつ
行李推車	luggage cart	ˋlʌgɪdʒ kɑrt	カート	

安檢處	security checkpoint sɪˋkjʊrətɪ ˋtʃɛk͵pɔɪnt	ほあんけんさじょう 保安検査場

禁止攜帶危險物品。

Carrying dangerous goods is prohibited.

危険物（きけんぶつ）は持（も）ち込（こ）み禁止（きんし）です。

中	英		日	
安檢人員	security guard	sɪˋkjʊrətɪ gɑrd	保安検査員	ほ.あん.けん.さ.いん
機場警察	airport police	ˋɛr͵port pəˋlis	空港警察	くう.こう.けい.さつ
行李輸送帶	conveyor belt	kənˋveɚ bɛlt	ベルトコンベア	
金屬探測器	metal detector	ˋmɛtḷ dɪˋtɛktɚ	金属探知機	きん.ぞく.たん.ち.き
X光檢測機	X-ray machine	ˋɛksˋre məˋʃin	X線検査機	エックス.せん.けん.さ.き
隨身行李	carry-on baggage	ˋkærɪ͵ɑn ˋbægɪdʒ	持込手荷物	もち.こみ.て.に.もつ
違禁品	banned item	bænd ˋaɪtəm	持込禁止物	もち.こみ.きん.し.ぶつ
置物籃	basket	ˋbæskɪt	バスケット	
護照	passport	ˋpæs͵port	パスポート	
行李檢測螢幕	baggage screening monitor	ˋbægɪdʒ ˋskrinɪŋ ˋmɑnətɚ	手荷物検査モニター	て.に.もつ.けん.さ.モ.ニ.ター
警犬	police dog	pəˋlis dɔg	警察犬	けい.さつ.けん
恐怖份子	terrorist	ˋtɛrərɪst	テロリスト	

012

在飛機上	on the plane ɑn ðə plen	きない 機内で

找座位。

Finding a seat.

せき　さが
席を探す。

中	英		日	
機內廣播	announcement	əˋnaʊnsmənt	機内放送	き.ない.ほう.そう
機長	captain	ˋkæptɪn	機長	き.ちょう
空服員	flight attendant	flaɪt əˋtɛndənt	客室乗務員	きゃく.しつ.じょう.む.いん
駕駛艙	cockpit	ˋkɑk͵pɪt	コックピット	
頭等艙	first class	fɝst klæs	ファーストクラス	
商務艙	business class	ˋbɪznɪs klæs	ビジネスクラス	
經濟艙	economy class	ɪˋkɑnəmɪ klæs	エコノミークラス	
靠窗座位	window seat	ˋwɪndo sit	窓側席	まど.がわ.せき
走道座位	aisle seat	aɪl sit	通路側席	つう.ろ.がわ.せき
折疊桌	tray	tre	テーブル	
安全帶	seatbelt	ˋsit͵bɛlt	シートベルト	
緊急出口	emergency exit	ɪˋmɝdʒənsɪ ˋɛksɪt	非常口	ひ.じょう.ぐち

013

海關	customs `kʌstəmz	ぜいかん 税関

填寫入境表格。

Fill out the entry forms.

入国（にゅうこく）カードに記入（きにゅう）する。

中	英		日	
移民局官員	immigration officer	ˏɪməˋgreʃən ˋɔfəsɚ	入国管理官	にゅう.こく.かん.り.かん
入境閘門	inbound gate	ˋɪnˋbaʊnd get	入国ゲート	にゅう.こく.ゲー.ト
出境閘門	outbound gate	ˋaʊtˋbaʊnd get	出国ゲート	しゅ.っこく.ゲー.ト
海關申報單	customs declaration	ˋkʌstəmz ˏdɛkləˋreʃən	税関申告書	ぜい.かん.しん.こく.しょ
健康證明表	health declaration form	hɛlθ ˏdɛkləˋreʃən fɔrm	健康証明書	けん.こう.しょう.めい.しょ
審核章	verification stamp	ˏvɛrɪfɪˋkeʃən stæmp	認証印	にん.しょう.いん
出入境處	immigration	ˏɪməˋgreʃən	出入国ロビー	しゅつ.にゅう.こく.ロ.ビー
旅客	passenger	ˋpæsṇdʒɚ	旅客	りょ.きゃく
入境表	immigration form	ˏɪməˋgreʃən fɔrm	入国カード	にゅう.こく.カー.ド
檢疫處	quarantine	ˋkwɔrənˏtin	検疫所	けん.えき.じょ
等候線	waiting line	ˋwetɪŋ laɪn	待機ライン	たい.き.ラ.イ.ン
海關人員	customs officer	ˋkʌstəmz ˋɔfəsɚ	税関係員	ぜい.かん.かかり.いん

014

高速公路上	on the freeway ɑn ðə ˋfrɪˏwe	こうそくどうろ 高速道路で

時速90公里。

Ninety miles per hour.

じそくきゅうじゅっ
時速９０キロです。

中	英		日	
路肩	shoulder	ˋʃoldɚ	路肩	ろ.かた
拋錨的車輛	breakdown car	ˋbrekˏdaʊn kɑr	故障車両	こ.しょう.しゃ.りょう
車輛故障三角牌	warning triangle	ˋwɔrnɪŋ ˋtraɪˏæŋgḷ	三角表示板	さん.かく.ひょう.じ.ばん
路標	road sign	rod saɪn	道路標識	どう.ろ.ひょう.しき
警車	police car	pəˋlis kɑr	パトカー	
護欄	crash barrier	kræʃ ˋbærɪr	ガードレール	
分隔島	traffic island	ˋtræfɪk ˋaɪlənd	中央分離帯	ちゅう.おう.ぶん.り.たい
測速照相機	speed camera	spid ˋkæmərə	速度違反取締カメラ	そく.ど.い.はん.とり.しまり.カ.メ.ラ
交流道	interchange	ˋɪntɚtʃendʒ	インターチェンジ	
車道	lane	len	車道	しゃ.どう
匝道	ramp	ræmp	ランプ	
休息站	rest area	rɛst ˋɛrɪə	サービスエリア	

015

餐桌上	on the dining table ɑn ðə ˋdaɪnɪŋ ˋtebl̩	テーブルの上(うえ)に

我喜歡日式料理。

I love Japanese cuisine.

日本料理(にほんりょうり)が好(す)きです。

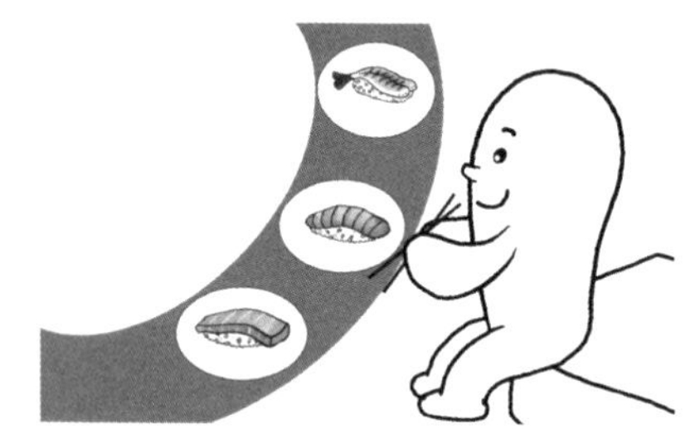

中	英		日	
碗	bowl	bol	お椀	お.わん
筷子	chopsticks	ˋtʃɑpˏstɪks	箸	はし
叉子	fork	fɔrk	フォーク	
盤子	plate	plet	皿	さら
餐刀	knife	naɪf	ナイフ	
酒杯	wine glass	waɪn glæs	グラス	
胡椒研磨器	pepper mill	ˋpɛpɚ mɪl	ペパーミル	
餐墊	place mat	ples mæt	ランチョンマット	
餐巾	napkin	ˋnæpkɪn	ナプキン	
桌巾	tablecloth	ˋtebl̩ˏklɔθ	テーブルクロス	
杯墊	coaster	ˋkostɚ	コースター	
湯匙	spoon	spun	スプーン	

016

廚房	kitchen `kɪtʃɪn	だいどころ 台　所

洗碗盤。

Do dishes.

さら　あら
皿を洗う。

中	英		日	
廚師	cook	kʊk	シェフ	
菜刀	kitchen knife	`kɪtʃɪn naɪf	包丁	ほう.ちょう
瓦斯爐	stove	stov	ガスレンジ	
水槽	sink	sɪŋk	シンク	
水龍頭	faucet	`fɔsɪt	蛇口	じゃ.ぐち
垃圾桶	trash can	træʃ kæn	ゴミ箱	ゴ.ミ.ばこ
冰箱	refrigerator	rɪ`frɪdʒə,retɚ	冷蔵庫	れい.ぞう.こ
鍋鏟	spatula	`spætjələ	フライ返し	フ.ラ.イ.がえ.し
烤箱	oven	`ʌvən	オーブン	
抽油煙機	extractor hood	ɪk`strætɚ hʊd	換気扇	かん.き.せん
微波爐	microwave oven	`maɪkro,wev `ʌvən	電子レンジ	でん.し.レ.ン.ジ
鍋子	cooking pot	`kʊkɪŋ pɑt	鍋	なべ

017

陽台	balcony ˋbælkənɪ	ベランダ

打掃陽台。

Cleaning the balcony.

ベランダを掃除(そうじ)する。

中	英		日	
植物	plant	plænt	植物	しょく.ぶつ
晾衣桿	laundry pole	ˋlɔndrɪ pol	物干し竿	もの.ほ.し.ざお
花卉	flower	ˋflaʊɚ	花	はな
落地窗	French window	frɛntʃ ˋwɪndo	フレンチドア	
陽台欄杆	balcony railing	ˋbælkənɪ ˋrelɪŋ	手すり	て.す.り
洗衣機	washing machine	ˋwɑʃɪŋ məˋʃin	洗濯機	せん.たく.き
熱水器	water heater	ˋwɔtɚ ˋhitɚ	温水器	おん.すい.き
洗衣籃	laundry basket	ˋlɔndrɪ ˋbæskɪt	洗濯かご	せん.たく.か.ご
衣夾	clothes pin	kloz pɪn	洗濯ばさみ	せん.たく.ば.さ.み
水桶	bucket	ˋbʌkɪt	バケツ	
風鈴	wind chime	wɪnd tʃaɪm	風鈴	ふう.りん
排水口	drain	dren	排水口	はい.すい.こう

018

浴室	bathroom ˋbæθˏrum	バスルーム

放熱水到<u>浴缸</u>。

Fill the <u>bathtub</u> with hot water.

<u>バスタブ</u>にお湯(ゆ)を張(は)る。

中	英		日	
毛巾	bath towel	bæθ ˋtaʊəl	タオル	
鏡子	mirror	ˋmɪrɚ	鏡	かがみ
洗手台	sink	sɪŋk	洗面台	せん.めん.だい
沖水馬桶	flush toilet	flʌʃ ˋtɔɪlɪt	水洗トイレ	すい.せん.ト.イ.レ
牙刷	toothbrush	ˋtuθˏbrʌʃ	歯ブラシ	は.ブ.ラ.シ
牙膏	toothpaste	ˋtuθˏpest	歯磨き粉	は.みが.き.こ
蓮蓬頭	shower head	ˋʃaʊɚ hɛd	シャワーヘッド	
浴缸	bathtub	ˋbæθˏtʌb	バスタブ	
肥皂	soap	sop	石鹸	せ.っけん
洗髮精	shampoo	ʃæmˋpu	シャンプー	
潤髮乳	conditioner	kənˋdɪʃənɚ	コンディショナー	
洗面乳	facial cleanser	ˋfeʃəl ˋklɛnzɚ	洗顔料	せん.がん.りょう

019

臥室	bedroom `bɛd͵rum	しんしつ 寝室

折棉被。

Folding the quilts.

ふとん　たた
布団を畳む。

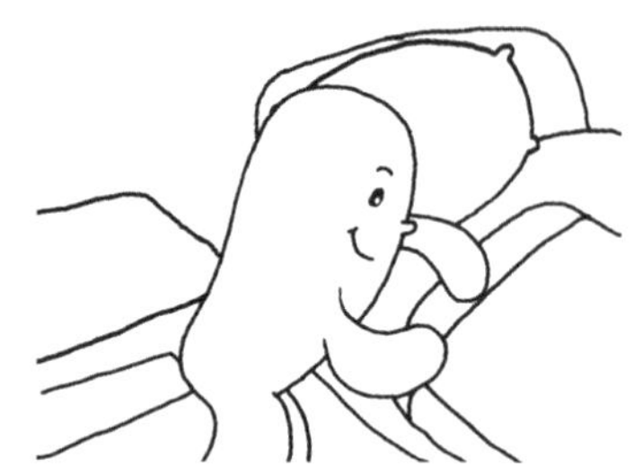

中	英		日	
床	bed	bɛd	ベッド	
床單	bed sheet	bɛd ʃit	シーツ	
枕頭	pillow	`pɪlo	枕	まくら
枕頭套	pillow case	`pɪlo kes	枕カバー	まくら.カ.バー
床頭板	headboard	`hɛd͵bord	ヘッドボード	
棉被	quilt	kwɪlt	布団	ふ.とん
鬧鐘	alarm clock	ə`lɑrm klɑk	目覚まし時計	め.ざ.ま.し.ど.けい
拖鞋	slippers	`slɪpɚz	スリッパ	
梳妝台	vanity table	`vænətɪ `tebl̩	ドレッサー	
衣櫥	wardrobe	`wɔrd͵rob	クローゼット	
掛勾	hook	hʊk	フック	
五斗櫃	chest of drawers	tʃɛst ɑv drɔrz	箪笥	たん.す

020

書房	reading room `ridɪŋ rum	書斎（しょさい）

看小說。

Reading novels.

小説（しょうせつ）を読（よ）む。

中	英		日	
書桌	desk	dɛsk	机	つくえ
椅子	chair	tʃɛr	椅子	い.す
書架	bookshelf	`bʊk͵ʃɛlf	本棚	ほん.だな
老花眼鏡	reading glasses	`ridɪŋ `glæsɪz	老眼鏡	ろう.がん.きょう
書籍	book	bʊk	書籍	しょ.せき
檯燈	reading lamp	`ridɪŋ læmp	デスクライト	
筆	pen	pɛn	ペン	
書籤	bookmarker	`bʊk͵mɑrkɚ	しおり	
電腦	computer	kəm`pjutɚ	コンピューター	
書擋	bookend	`bʊk͵ɛnd	ブックエンド	
筆筒	penholder	`pɛn͵holdɚ	ペン立て	ぺん.た.て
便利貼	post-it	`postɪt	付箋	ふ.せん

021

客廳	living room `lɪvɪŋ rum	リビングルーム

看電視。

Watching TV.

テレビを見(み)る。

中	英		日	
沙發	sofa	`sofə	ソファー	
電視	television	`tɛlə,vɪʒən	テレビ	
茶几	coffee table	`kɔfɪ `tebḷ	サイドテーブル	
靠枕	throw pillow	θro `pɪlo	クッション	
電話	telephone	`tɛlə,fon	電話	でん.わ
搖椅	rocking chair	`rɑkɪŋ tʃɛr	揺り椅子	ゆ.り.い.す
花瓶	vase	ves	花瓶	か.びん
花束	bouquet	bu`ke	花束	はな.たば
地毯	rug	rʌg	絨毯	じゅう.たん
天花板	ceiling	`silɪŋ	天井	てん.じょう
電燈開關	light switch	laɪt swɪtʃ	照明のスイッチ	しょう.めい.の.ス.イ.ッチ
遙控器	remote control	rɪ`mot kən`trol	リモコン	

022

玄關	entrance ˋɛntrəns	げんかん 玄関

在玄關有全身鏡。

There is a full-length mirror at the entrance.

げんかん　すがたみ
玄関に姿見がある。

中	英		日	
鞋櫃	shoe cabinet	ʃu ˋkæbənɪt	下駄箱	げ.た.ばこ
踩腳墊	doormat	ˋdorˏmæt	玄関マット	げん.かん.マ.ット
雨傘桶	umbrella stand	ʌmˋbrɛlə stænd	傘立て	かさ.た.て
雨傘	umbrella	ʌmˋbrɛlə	傘	かさ
鞋子	shoes	ʃuz	靴	くつ
拖鞋	slippers	ˋslɪpɚz	スリッパ	
壁燈	wall lamp	wɔl læmp	ウォールライト	
衣帽架	coat rack	kot ræk	コートハンガー	
大門	door	dor	玄関	げん.かん
門把	door knob	dor nɑb	ドアノブ	
全身鏡	full-length mirror	ˏfulˋlɛŋθ ˋmɪrɚ	姿見	すがた.み
鞋拔	shoehorn	ˋʃuˏhɔrn	靴べら	くつ.べ.ら

023

居家庭院	yard jɑrd	にわ 庭

庭院有狗屋。

There is a kennel in the yard.

にわ　いぬごや
庭に犬小屋がある。

中	英		日	
盆栽	plant	plænt	盆栽	ぼん.さい
車庫	garage	gəˋrɑʒ	車庫	しゃ.こ
鳥籠	bird cage	bɝd kedʒ	鳥籠	とり.かご
狗屋	kennel	ˋkɛnl̩	犬小屋	いぬ.ご.や
池塘	pond	pɑnd	池	いけ
灑水器	sprinkler	ˋsprɪŋklɚ	スプリンクラー	
除草機	lawn mower	lɔn ˋmoɚ	芝刈り機	しば.か.り.き
矮樹叢	bush	bʊʃ	低木	てい.ぼく
澆花壺	watering can	ˋwɔtərɪŋ kæn	如雨露	じょ.う.ろ
圍籬	fence	fɛns	フェンス	
園丁	gardener	ˋgɑrdənɚ	庭師	にわ.し
鞦韆	swing	swɪŋ	ブランコ	

024

梳妝台	vanity table ˋvænətɪ ˋtebl̩	ドレッサー

塗抹乳液。

Put on lotion.

乳液（にゅうえき）をつける。

中	英		日	
鏡子	mirror	ˋmɪrɚ	鏡	かがみ
梳子	comb	kom	ブラシ	
指甲刀	nail clipper	nel ˋklɪpɚ	爪切り	つめ.き.り
化妝品	cosmetics	kɑzˋmɛtɪks	化粧品	け.しょう.ひん
吸油面紙	oil absorbing sheet	ɔɪl əbˋsɔrbɪŋ ʃit	油取紙	あぶら.とり.がみ
珠寶盒	jewelry box	ˋdʒuəlrɪ bɑks	ジュエリーボックス	
皮膚保養品	skin care product	skɪn kɛr ˋprɑdəkt	基礎化粧品	き.そ.け.しょう.ひん
化妝棉	cotton puff	ˋkɑtn̩ pʌf	コットン	
髮飾	hair ornament	hɛr ˋɔrnəmənt	ヘアアクセサリー	
吹風機	hair dryer	hɛr ˋdraɪɚ	ドライヤー	
卸妝棉	cleansing cotton	ˋklɛnzɪŋ ˋkɑtn̩	クレンジングコットン	
耳環	earring	ˋɪr,rɪŋ	イヤリング	

025

洗衣間	laundry room ˋlɔndrɪ rum	ランドリールーム

倒入洗衣精。

Pour in the laundry detergent.

液体洗剤(えきたいせんざい)を入(い)れる。

中	英		日	
洗衣機	washing machine	ˋwɑʃɪŋ məˋʃin	洗濯機	せん.たく.き
烘衣機	clothes dryer	kloz ˋdraɪɚ	乾燥機	かん.そう.き
洗衣籃	laundry basket	ˋlɔndrɪ ˋbæskɪt	洗濯かご	せん.たく.か.ご
洗衣精	laundry detergent	ˋlɔndrɪ dɪˋtɝdʒənt	液体洗剤	えき.たい.せん.ざい
漂白水	bleach	blitʃ	漂白剤	ひょう.はく.ざい
衣物柔軟精	fabric softener	ˋfæbrɪk ˋsɔfənɚ	柔軟剤	じゅう.なん.ざい
洗衣粉	washing powder	ˋwɑʃɪŋ ˋpaʊdɚ	粉洗剤	こな.せん.ざい
洗衣網	laundry net	ˋlɔndrɪ nɛt	洗濯ネット	せん.たく.ネ.ット
熨斗	iron	ˋaɪɚn	アイロン	
燙衣板	ironing board	ˋaɪɚnɪŋ bord	アイロン台	ア.イ.ロ.ン.だい
衣架	hanger	ˋhæŋɚ	ハンガー	
衣夾	clothes pin	kloz pɪn	洗濯ばさみ	せん.たく.ば.さ.み

026

動物園	zoo zu	どうぶつえん 動物園

老虎是<u>肉食性動物</u>。

Tigers are <u>carnivorous animals</u>.

虎(とら)は<u>肉食動物(にくしょくどうぶつ)</u>です。

中	英		日	
售票口	ticket booth	`tɪkɪt buθ	入場券売場	にゅう.じょう.けん.うり.ば
園欄	fence	fɛns	檻	おり
動物	animal	`ænəml̩	動物	どう.ぶつ
草食動物	herbivore	`hɝbə,vɔr	草食動物	そう.しょく.どう.ぶつ
肉食動物	carnivore	`kɑrnə,vɔr	肉食動物	にく.しょく.どう.ぶつ
爬蟲動物	reptile	`rɛptaɪl	爬虫類	は.ちゅう.るい
室內展示館	indoor display area	`ɪn,dor dɪ`sple `ɛrɪə	室内展示場	しつ.ない.てん.じ.じょう
園區導覽手冊	guide book	gaɪd bʊk	園内ガイドブック	えん.ない.ガ.イ.ド.ブ.ック
遊客中心	tourist information center	`tʊrɪst ,ɪnfɚ`meʃən `sɛntɚ	案内所	あん.ない.じょ
紀念品商店	gift shop	gɪft ʃɑp	記念品販売所	き.ねん.ひん.はん.ばい.じょ
入口	entrance	`ɛntrəns	入口	いり.ぐち
出口	exit	`ɛksɪt	出口	で.ぐち

027

遊樂園	amusement park əˋmjuzmənt park	ゆうえんち 遊園地

玩碰碰車。

Playing bumper cars.

バンパーカーを運転する。（運転：うんてん）

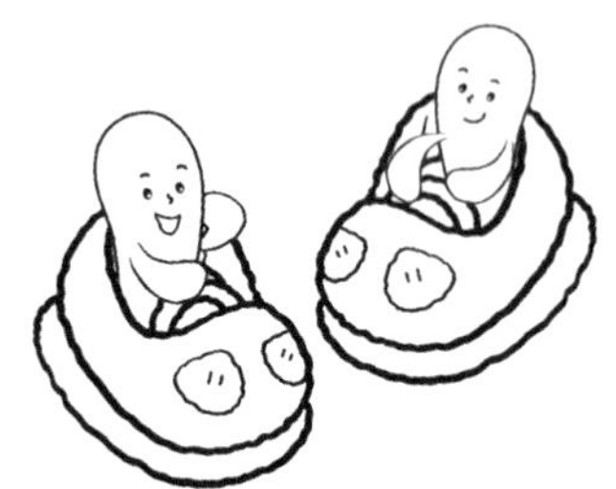

中	英		日	
熱門遊樂設施	attraction	əˋtrækʃən	人気アトラクション	にん.き.ア.ト.ラ.ク.ション
旋轉木馬	merry-go-round	ˋmɛrɪgo͵raund	メリーゴーランド	
摩天輪	Ferris wheel	ˋfɛrɪs hwil	観覧車	かん.らん.しゃ
滑水道	water slide	ˋwɔtɚ slaɪd	ウォータースライダー	
雲霄飛車	roller coaster	ˋrolɚ ˋkostɚ	ジェットコースター	
自由落體	free fall	fri fɔl	フリーフォール	
鬼屋	haunted house	ˋhɔntɪd haus	お化け屋敷	お.ば.け.や.しき
遊行	parade	pəˋred	パレード	
海盜船	swinging-ship ride	ˋswɪŋɪŋ͵ʃɪp raɪd	バイキング	
咖啡杯	teacup ride	ˋti͵kʌp raɪd	コーヒーカップ	
碰碰車	bumper car	ˋbʌmpɚ kɑr	バンパーカー	
遊樂園門票	ticket	ˋtɪkɪt	入場券	にゅう.じょう.けん

028

超市賣場	supermarket ˋsupɚˏmarkɪt	スーパー

推賣場推車。

Pushing a cart in the supermarket.

ショッピングカートを押(お)す。

中	英		日	
顧客	customer	ˋkʌstəmɚ	買い物客	か.い.もの.きゃく
肉品區	meat	mit	精肉コーナー	せい.にく.コー.ナー
乳製品區	dairy goods	ˋdɛrɪ gʊdz	乳製品コーナー	にゅう.せい.ひん.コー.ナー
熟食區	deli	ˋdɛlɪ	お惣菜コーナー	お.そう.ざい.コー.ナー
蔬果區	fruit & vegetable	frut ænd ˋvɛdʒətəbḷ	青果コーナー	せい.か.コー.ナー
飲料區	beverage	ˋbɛvərɪdʒ	飲料コーナー	いん.りょう.コー.ナー
家庭清潔用品區	household cleaners	ˋhaʊsˏhold ˋklinɚz	生活用品コーナー	せい.かつ.よう.ひん.コー.ナー
促銷區	promotion section	prəˋmoʃən ˋsɛkʃən	特売コーナー	とく.ばい.コー.ナー
藥品區	pharmacy products	ˋfarməsɪ ˋpradəkts	薬局	や.っきょく
冷凍食品區	frozen food	ˋfrozṇ fud	冷凍食品コーナー	れい.とう.しょく.ひん.コー.ナー
賣場推車	shopping cart	ˋʃapɪŋ kart	ショッピングカート	
試吃品	free sample	fri ˋsæmpḷ	試食品	し.しょく.ひん

029

結帳櫃檯	check-out counter ˋtʃɛk,aut ˋkauntɚ	せいさん 精算カウンター

在收銀檯結帳。

Check out at the cash register.

レジで会計（かいけい）する。

中	英		日	
收銀機	cash register	kæʃ ˋrɛdʒɪstɚ	レジ	
刷卡機	credit card processor	ˋkrɛdɪt kard ˋprasɛsɚ	カード決済端末機	カー.ド.け.っさい.たん.まつ.き
收銀員	cashier	kæˋʃɪr	レジ	
發票	receipt	rɪˋsit	レシート	
信用卡	credit card	ˋkrɛdɪt kard	クレジットカード	
現金	cash	kæʃ	現金	げん.きん
零錢	change	tʃendʒ	硬貨	こう.か
紙鈔	bill	bɪl	紙幣	し.へい
集點卡	point card	pɔɪnt kard	ポイントカード	
折價券	coupon	ˋkupan	割引券	わり.びき.けん
商品條碼	bar code	bar kod	商品バーコード	しょう.ひん.バー.コー.ド
條碼掃描器	scanner	ˋskænɚ	バーコードスキャナー	

030

海灘	beach bitʃ	ビーチ

擦防曬乳。

Wear sunscreen.

日(ひ)焼(や)け止(ど)めクリームを塗(ぬ)る。

中	英		日	
沙子	sand	sænd	砂	すな
沙雕	sand sculpture	sænd \`skʌlptʃɚ	砂彫刻	すな.ちょう.こく
救生圈	life preserver	laɪf prɪ\`zɝvɚ	救命ブイ	きゅう.めい.ブ.イ
救生員	lifeguard	\`laɪf͵gɑrd	ライフガード	
螃蟹	crab	kræb	蟹	かに
大型遮陽傘	beach umbrella	bitʃ ʌm\`brɛlə	パラソル	
防曬乳	sunscreen	\`sʌn͵skrin	日焼け止め クリーム	ひ.や.け.ど.め. ク.リー.ム
貝殼	shell	ʃɛl	貝殻	かい.がら
衝浪板	surfboard	\`sɝf͵bord	サーフボード	
岩石	rock	rɑk	岩	いわ
椰子樹	coconut tree	\`kokə͵nət tri	椰子の木	や.し.の.き
沙灘排球	beach volleyball	bitʃ \`vɑlɪ͵bɔl	ビーチバレー	

031

露營區	camping area kæmpɪŋ `ɛrɪə	じょう キャンプ 場

烤肉。

Barbecue.

バーベキューをする。

中	英		日	
帳棚	tent	tɛnt	テント	
營火	campfire	`kæmp,faɪr	キャンプファイアー	
手電筒	flashlight	`flæʃ,laɪt	懐中電灯	かい.ちゅう.でん.とう
打火機	lighter	`laɪtɚ	ライター	
淋浴間	shower room	`ʃaʊɚ rum	シャワールーム	
冰桶	cooler	`kulɚ	クーラーボックス	
木炭	charcoal	`tʃɑr,kol	木炭	もく.たん
睡袋	sleeping bag	`slipɪŋ bæg	寝袋	ね.ぶくろ
露營者	camper	`kæmpɚ	キャンパー	
防蟲液	bug spray	bʌg spre	虫除けスプレー	むし.よ.け.ス.プ.レー
烤肉架	barbecue grill	`bɑrbɪkju grɪl	バーベキューグリル	
火種	kindling	`kɪndlɪŋ	火種	ひ.だね

032

馬戲團	circus `sɝkəs	サーカス団（だん）

騎單輪車。

Ride a unicycle.

一輪車（いちりんしゃ）に乗（の）る。

中	英		日	
帳棚	big top	bɪg tɑp	テント	
大象	elephant	`ɛləfənt	象	ぞう
小丑	clown	klaʊn	ピエロ	
猩猩	gorilla	gə`rɪlə	ゴリラ	
獅子	lion	`laɪən	ライオン	
馴獸師	lion tamer	`laɪən `temɚ	調教師	ちょう.きょう.し
空中飛人	trapeze artist	træ`piz `ɑrtɪst	空中ブランコ	くう.ちゅう.ブ.ラ.ン.コ
單輪車	unicycle	`junɪˌsaɪkl̩	一輪車	いち.りん.しゃ
火圈	ring of fire	rɪŋ ɑv faɪr	火の輪	ひ.の.わ
雜耍者	juggler	`dʒʌglɚ	曲芸師	きょく.げい.し
走鋼索	tightrope	`taɪtˌrop	綱渡り	つな.わた.り
特技演員	stuntman	stʌntmæn	スタントマン	

033

演唱會	concert ˋkɑnsɚt	コンサート

去聽演唱會。

Go to a concert.

コンサートに行（い）く。

中	英		日	
歌手	singer	ˋsɪŋɚ	歌手	か.しゅ
舞者	dancer	ˋdænsɚ	ダンサー	
合音天使	choir	kwaɪr	コーラス隊	コー.ラ.ス.たい
特別嘉賓	special guest	ˋspɛʃəl gɛst	特別ゲスト	とく.べつ.ゲ.ス.ト
樂隊	band	bænd	バンド	
貼身保鏢	bodyguard	ˋbɑdɪˏgɑrd	ボディーガード	
工作人員	staff	stæf	コンサート係員	コ.ン.サー.ト.かかり.いん
螢幕	screen	skrin	スクリーン	
麥克風	microphone	ˋmaɪkrəˏfon	マイク	
螢光棒	glow stick	glo stɪk	サイリウム	
安可	encore	ˋɑŋkor	アンコール	
歌迷	fan	fæn	ファン	

034

舞台劇	play ple	ぶたいげき 舞台劇

主角有3個人。

There are three main characters.

主役（しゅやく）は3人（さんにん）いる。

中	英		日	
觀眾席	audience seating	ˋɔdɪəns ˋsitɪŋ	観客席	かん.きゃく.せき
舞台	stage	stedʒ	舞台	ぶ.たい
隔音設備	soundproof equipment	ˋsaʊndˏpruf ɪˋkwɪpmənt	防音設備	ぼう.おん.せつ.び
望遠鏡	binoculars	bɪˋnɑkjələs	望遠鏡	ぼう.えん.きょう
後台	backstage	ˋbækˋstedʒ	舞台裏	ぶ.たい.うら
布幕	curtain	ˋkɝtn̩	幕	まく
戲服	costume	ˋkɑstjum	コスチューム	
聚光燈	spotlight	ˋspɑtˏlaɪt	スポットライト	
男演員	actor	ˋæktɚ	男優	だん.ゆう
女演員	actress	ˋæktrɪs	女優	じょ.ゆう
包廂	box seat	bɑks sit	ボックス席	ボ.ッ.ク.ス.せき
節目單	event program	ɪˋvɛnt ˋprogræm	プログラム	

035

spa 中心	spa center spa ˋsɛntɚ	スパセンター

按摩師是女生。

The massage therapist is a woman.

マッサージセラピストは女性(じょせい)です。

中	英		日	
按摩油	massage oil	məˋsɑʒ ɔɪl	マッサージオイル	
按摩師	massage therapist	məˋsɑʒ ˋθɛrəpɪst	マッサージセラピスト	
按摩床	massage table	məˋsɑʒ ˋtebl̩	マッサージベッド	
浴巾	bath towel	bæθ ˋtaʊəl	タオル	
水療	hydrotherapy	ˋhaɪdrəˋθɛrəpɪ	水治療法	すい.ち.りょう.ほう
溫泉	hot spring	hɑt sprɪŋ	温泉	おん.せん
浴袍	robe	rob	バスローブ	
三溫暖	sauna	ˋsaunə	サウナ	
精油	essential oil	ɪˋsɛnʃəl ɔɪl	エッセンシャルオイル	
按摩水柱	massage jet	məˋsɑʒ dʒɛt	ジェットマッサージ	
熱水池	hot tub	hɑt tʌb	温水プール	おん.すい.プー.ル
冷水池	cold plunge	kold plʌndʒ	冷水プール	れい.すい.プー.ル

036

旅館大廳	hotel lobby ho`tɛl `labɪ	ホテルロビー

服務台接待員很親切。

The front-desk receptionist is very friendly.

フロント係員（かかりいん）は親切（しんせつ）です。

中	英		日	
接待櫃檯	reception desk	rɪ`sɛpʃən dɛsk	フロントデスク	
服務台接待員	front-desk receptionist	`frʌnt͵dɛsk rɪ`sɛpʃənɪst	フロント係員	フ.ロ.ン.ト.かかり.いん
門房	doorman	`dor͵mæn	ドアマン	
住宿客	hotel guest	ho`tɛl gɛst	宿泊客	しゅく.はく.きゃく
電梯	elevator	`ɛlə͵vetɚ	エレベーター	
登記住宿表	registration form	͵rɛdʒɪ`streʃən fɔrm	宿泊カード	しゅく.はく.カー.ド
水晶吊燈	chandelier	͵ʃændḷ`ɪr	シャンデリア	
行李	luggage	`lʌgɪdʒ	荷物	に.もつ
行李推車	luggage cart	`lʌgɪdʒ kart	カート	
行李服務生	bellhop	`bɛl͵hap	ベルボーイ（男）／ ベルガール（女）	
挑高的天花板	high ceiling	haɪ `silɪŋ	吹抜け	ふき.ぬ.け
旋轉門	revolving door	rɪ`valvɪŋ dor	回転ドア	かい.てん.ド.ア

037

網咖	cybercafe ˋsaɪbɚkəˋfe	インターネットカフェ

我經常到網咖。

I often go to the cybercafe.

私（わたし）はよく、インターネットカフェに行（い）く。

中	英		日	
電腦	computer	kəmˋpjutɚ	コンピューター	
滑鼠	mouse	maʊs	マウス	
線上遊戲	online game	ˋɑnˏlaɪn gem	オンラインゲーム	
未成年者	minor	ˋmaɪnɚ	未成年者	み.せい.ねん.しゃ
成年人	adult	əˋdʌlt	成人	せい.じん
泡麵	instant noodles	ˋɪnstənt ˋnudl̩z	インスタントラーメン	
零食	snack	snæk	スナック	
飲料	beverage	ˋbɛvərɪdʒ	飲物	のみ.もの
禁菸區	non-smoking area	ˏnɑnˋsmokɪŋ ˋɛrɪə	禁煙エリア	きん.えん.エ.リ.ア
吸菸區	smoking area	ˋsmokɪŋ ˋɛrɪə	喫煙エリア	きつ.えん.エ.リ.ア
櫃檯	counter	ˋkaʊntɚ	カウンター	
店員	clerk	klɝk	店員	てん.いん

038

賭場	casino kə`sino	カジノ

我賭輸了一大筆錢。

I've lost a lot of money on betting.

私(わたし)はギャンブルで負(ま)けて、大金(たいきん)を使(つか)ってしまった。

中	英		日	
吃角子老虎	slot machine	slɑt məˋʃin	スロットマシーン	
輪盤	roulette	ruˋlɛt	ルーレット	
骰子	dice	daɪs	サイコロ	
賓果	bingo	ˋbɪŋgo	ビンゴ	
監視攝影機	security camera	sɪˋkjʊrətɪ ˋkæmərə	監視カメラ	かん.し.カ.メ.ラ
老千	casino cheater	kə`sino ˋtʃitɚ	イカサマ師	イ.カ.サ.マ.し
賭場經理	casino manager	kə`sino ˋmænɪdʒɚ	カジノマネージャー	
發牌員	dealer	ˋdilɚ	カジノディーラー	
籌碼	token	ˋtokən	トークン	
莊家	banker	ˋbæŋkɚ	バンカー	
賭客	gambler	ˋgæmbḷɚ	カジノ客	カ.ジ.ノ.きゃく
撲克牌遊戲	poker	ˋpokɚ	ポーカー／バカラ	

039

宴會廳	ballroom ˋbɔlˏrum	ボールルーム

（在派對上）我介紹賓客認識。

I introduce the guests to each other.

客(きゃく)を他(ほか)の客(きゃく)に紹介(しょうかい)する。

中	英		日	
管弦樂團	orchestra	ˋɔrkɪstrə	オーケストラ	
禮服	dress	drɛs	ドレス	
燕尾服	tuxedo	tʌkˋsido	タキシード	
香檳	champagne	ʃæmˋpen	シャンパン	
高腳杯	goblet	ˋgɑblɪt	ワイングラス	
舞池	dance floor	dæns flor	ダンスフロア	
男主人	host	host	男性主催者	だん.せい.しゅ.さい.しゃ
女主人	hostess	ˋhostɪs	女性主催者	じょ.せい.しゅ.さい.しゃ
賓客	guest	gɛst	ゲスト	
氣泡飲料	fizzy drink	ˋfɪzɪ drɪŋk	炭酸飲料	たん.さん.いん.りょう
雞尾酒	cocktail	ˋkɑkˏtel	カクテル	
餐點	food	fud	食事	しょく.じ

040

購物中心	shopping mall ˋʃapɪŋ mɔl	ショッピングモール

試穿衣服。

Try on clothes.

服(ふく)を試着(しちゃく)する。

中	英		日	
男裝部	men's department	mɛnz dɪˋpartmənt	紳士服売場	しん.し.ふく.うり.ば
女裝部	women's department	ˋwɪmɪnz dɪˋpartmənt	婦人服売場	ふ.じん.ふく.うり.ば
童裝部	children's department	ˋtʃɪldrənz dɪˋpartmənt	子供服売場	こ.ども.ふく.うり.ば
玩具部	toy department	tɔɪ dɪˋpartmənt	おもちゃ売場	お.も.ちゃ.うり.ば
化妝品專櫃	cosmetics department	kazˋmɛtɪks dɪˋpartmənt	化粧品売場	け.しょう.ひん.うり.ば
購物推車	shopping cart	ˋʃapɪŋ kart	ショッピングカート	
停車場	parking lot	ˋparkɪŋ lat	駐車場	ちゅう.しゃ.じょう
美食廣場	food court	fud kort	フードコート	
逃生門	emergency exit	ɪˋmɝdʒənsɪ ˋɛksɪt	非常口	ひ.じょう.ぐち
服務台	customer-service center	ˋkʌstəmɚˋsɝvɪs ˋsɛntɚ	サービスカウンター	
置物櫃	locker	ˋlakɚ	ロッカー	
尋人廣播	public announcement	ˋpʌblɪk əˋnaunsmənt	呼び出し	よ.び.だ.し

041

在酒吧	in the bar ɪn ðə bɑr	バーで

警察來臨檢。

Police rummage.

警察(けいさつ)が検問(けんもん)する。

中	英		日	
撞球台	pool table	pul \`tebḷ	ビリヤード台	ビ.リ.ヤー.ド.だい
飛鏢	dart	dɑrt	ダーツ	
飛鏢靶	dartboard	\`dɑrt,bɔrd	ダーツボード	
啤酒	beer	bɪr	ビール	
吧台	bar	bɑr	バーカウンター	
高腳椅	bar stool	bɑr stul	ハイチェア	
調酒師	bartender	\`bɑr,tɛndɚ	バーテンダー	
酒吧老闆	owner	\`onɚ	バーオーナー	
醉漢	drunk	\`drʌŋk	酔っ払い	よ.っぱら.い
酒精飲料	alcoholic beverage	,ælkə\`hɔlɪk \`bɛvərɪdʒ	アルコール飲料	ア.ル.コー.ル.いん.りょう
遊戲機	video game	\`vɪdɪ,o gem	ゲーム機	ゲー.ム.き
吃角子老虎	slot machine	slɑt mə\`ʃin	スロットマシーン	

042

博物館	museum mju`zɪəm	はくぶつかん 博物館

欣賞名畫。

Appreciating a famous painting.

めいが　かんしょう
名画を鑑賞する。

中	英		日	
展覽區	exhibition area	ɛksə`bɪʃən `ɛrɪə	展覧エリア	てん.らん.エ.リ.ア
語音導覽	audio tour	`ɔdɪ,o tʊr	音声ガイド	おん.せい.ガ.イ.ド
紀念品商店	gift shop	gɪft ʃap	記念品売場	き.ねん.ひん.うり.ば
導覽員	tour guide	tʊr gaɪd	ガイド	
繪畫作品	painting	`pentɪŋ	絵画作品	かい.が.さく.ひん
雕塑作品	sculpture	`skʌlptʃɚ	彫刻作品	ちょう.こく.さく.ひん
樓層簡介表	floor directory	flor də`rɛktərɪ	フロア案内	フ.ロ.ア.あん.ない
防盜系統	security system	sɪ`kjʊrətɪ `sɪstəm	防犯システム	ぼう.はん.シ.ス.テ.ム
詢問處	information desk	ˌɪnfɚ`meʃən dɛsk	インフォメーションセンター	
置物櫃	locker	`lakɚ	ロッカー	
購票處	ticket counter	`tɪkɪt `kaʊntɚ	入場券売場	にゅう.じょう.けん.うり.ば
物品寄放處	checkroom	`tʃɛk,rum	手荷物預かり所	て.に.もつ.あず.か.り.じょ

教室內	in the classroom ɪn ðə ˋklæsˏrʊm	きょうしつ 教 室 で

用粉筆塗鴉。

Graffiti with chalk.

チョークで落書き（らくが）をする。

中	英		日	
桌子	desk	dɛsk	机	つくえ
椅子	chair	tʃɛr	椅子	い.す
學生	student	ˋstjudn̩t	学生	がく.せい
老師	teacher	ˋtitʃɚ	先生	せん.せい
粉筆	chalk	tʃɔk	チョーク	
黑板	blackboard	ˋblækˏbord	黒板	こく.ばん
板擦	eraser	ɪˋresɚ	黒板消し	こく.ばん.け.し
教科書	textbook	ˋtɛkstˏbʊk	教科書	きょう.か.しょ
布告欄	bulletin board	ˋbʊlətɪn bord	掲示板	けい.じ.ばん
掃把	broom	brum	箒	ほうき
畚箕	dustpan	ˋdʌstˏpæn	塵取り	ちり.と.り
垃圾桶	trash can	træʃ kæn	ゴミ箱	ゴ.ミ.ばこ

044

書店	bookstore `bʊk͵stor	ほんや 本屋

翻開書。

Open the book.

本(ほん)を開(ひら)く。

中	英		日	
店員	clerk	klɝk	店員	てん.いん
消費者	consumer	kən`sjumɚ	消費者	しょう.ひ.しゃ
書架	bookshelf	`bʊk͵ʃɛlf	本棚	ほん.だな
書籍	book	bʊk	書籍	しょ.せき
暢銷書區	best seller	bɛst `sɛlɚ	売れ筋コーナー	う.れ.すじ.コー.ナー
新書區	new arrival	nju ə`raɪvḷ	新書コーナー	しん.しょ.コー.ナー
文學書區	literature	`lɪtərətʃɚ	文学書コーナー	ぶん.がく.しょ.コー.ナー
漫畫書區	comic book	`kɑmɪk bʊk	漫画コーナー	まん.が.コー.ナー
童書區	children's book	͵tʃɪldrənz bʊk	児童書コーナー	じ.どう.しょ.コー.ナー
文具區	stationery	`steʃən͵ɛrɪ	文房具コーナー	ぶん.ぼう.ぐ.コー.ナー
暢銷排行榜	best seller list	best `sɛlɚ lɪst	売れ筋ランキング	う.れ.すじ.ラ.ン.キ.ン.グ
雜誌區	magazine	͵mægə`zin	雑誌コーナー	ざ.っし.コー.ナー

操場	sports field spɔrts fild	うんどうじょう 運動場

做<u>廣播體操</u>。

Do <u>radio exercise</u>.

<u>ラジオ体操(たいそう)</u>をする。

中	英		日	
體育老師	PE teacher	`pi`i `titʃɚ	体育教師	たい.いく.きょう.し
學生	student	`stjudn̩t	学生	がく.せい
司令台	stage	stedʒ	朝礼台	ちょう.れい.だい
旗杆	flagpole	`flæg͵pol	旗竿	はた.ざお
籃球場	basketball court	`bæskɪt͵bɔl kort	バスケット場	バ.ス.ケ.ッ.ト.じょう
足球場	soccer pitch	`sɑkɚ pɪtʃ	サッカー場	サ.ッ.カ.ー.じょう
沙坑	sand box	sænd bɑks	砂場	すな.ば
攀爬杆	jungle gym	`dʒʌŋgl̩ dʒɪm	ジャングルジム	
單槓	chin-up bar	`tʃɪn͵ʌp bɑr	鉄棒	てつ.ぼう
鞦韆	swing	swɪŋ	ブランコ	
升旗典禮	flag-raising ceremony	`flæg`rezɪŋ `sɛrə͵monɪ	国旗掲揚式	こ.っき.けい.よう.しき
跑道	track	træk	トラック	

046

急診室	emergency room ɪ`mɝdʒənsɪ rum	きゅうきゅうきゅうめいしつ 救急救命室

到醫院掛急診。

Go to the hospital's emergency room.

急患で病院に行く。（きゅうかん・びょういん・い）

中	英		日	
醫生	doctor	`dɑktɚ	医師	い.し
護士	nurse	nɝs	看護師	かん.ご.し
隔簾	curtain	`kɝtn̩	カーテン	
病人	patient	`peʃənt	患者	かん.じゃ
急救箱	first aid kit	fɝst ed kɪt	救急箱	きゅう.きゅう.ばこ
繃帶	bandage	`bændɪdʒ	包帯	ほう.たい
止痛藥	painkiller	`pen͵kɪlɚ	痛み止め	いた.み.ど.め
輪椅	wheelchair	`hwil`tʃɛr	車椅子	くるま.い.す
擔架	stretcher	`strɛtʃɚ	担架	たん.か
枴杖	crutch	krʌtʃ	杖	つえ
口罩	facemask	`fes͵mæsk	マスク	
棉球	cotton ball	`kɑtn̩ bɔl	コットンボール	

047

學校宿舍	dormitory ˋdɔrmə͵torɪ	がっこう りょう 学校の寮

共用淋浴間。

Shared shower room.

シャワールームを共用（きょうよう）する。

中	英		日	
舍監	resident assistant	ˋrɛzədənt əˋsɪstənt	寮の管理人	りょう.の.かん.り.にん
男宿	boy's dormitory	bɔɪz ˋdɔrmə͵torɪ	男子寮	だん.し.りょう
女宿	girl's dormitory	gɝlz ˋdɔrmə͵torɪ	女子寮	じょ.し.りょう
洗衣間	laundry room	ˋlɔndrɪ rum	ランドリールーム	
公共電話	public phone	ˋpʌblɪk fon	公衆電話	こう.しゅう.でん.わ
廁所	toilet	ˋtɔɪlɪt	トイレ	
交誼廳	common room	ˋkɑmən rum	談話室	だん.わ.しつ
電視	television	ˋtɛlə͵vɪʒən	テレビ	
寢室	dormitory room	ˋdɔrmə͵torɪ rum	寝室	しん.しつ
雙層床	bunk bed	bʌŋk bɛd	二段ベッド	に.だん.べ.ッド
室友	roommate	ˋrum͵met	ルームメイト	
宵禁時間	curfew	ˋkɝfju	門限時間	もん.げん.じ.かん

048

考場內	in the examination hall ɪn ði ɪɡˌzæməˋneʃən hɔl	しけんかいじょう 試験会場で

考試時間是 50 分鐘。

The examination lasts for 50 minutes.

試験時間(しけんじかん)は50分(ごじゅっぷん)です。

中	英		日	
考生	test taker	tɛst ˋtekɚ	受験生	じゅ.けん.せい
考試時間表	examination timetable	ɪɡˋzæməˋneʃən ˋtaɪmˋtebḷ	試験時間表	し.けん.じ.かん.ひょう
2B 鉛筆	2B pencil	ˋtuˋbi ˋpɛnsḷ	2Bの鉛筆	に.ビー.の.えん.ぴつ
考卷	question paper	ˋkwɛstʃən ˋpepɚ	問題用紙	もん.だい.よう.し
橡皮擦	eraser	ɪˋresɚ	消しゴム	け.し.ゴ.ム
原子筆	pen	pɛn	ボールペン	
立可白	white-out	ˋhwaɪtˌaʊt	修正液	しゅう.せい.えき
監考人員	examination supervisor	ɪɡˋzæməˋneʃən ˌsupɚˋvaɪzɚ	試験官	し.けん.かん
小抄	cheat sheet	tʃit ʃit	カンニングペーパー	
答案卡	answer sheet	ˋænsɚ ʃit	答案用紙	とう.あん.よう.し
作弊	cheating	ˋtʃitɪŋ	カンニング	
准考證	admission ticket	ədˋmɪʃən ˋtɪkɪt	受験票	じゅ.けん.ひょう

049

幼稚園	kindergarten ˋkɪndɚˏgartn̩	ようちえん 幼稚園

我送小孩子上幼稚園。

I take my child to kindergarten.

子供(こども)を幼稚園(ようちえん)まで送(おく)る。

中	英		日	
老師	teacher	ˋtitʃɚ	先生	せん.せい
家長	parents	ˋpɛrənts	保護者	ほ.ご.しゃ
小朋友	children	ˋtʃɪldrən	子供	こ.ども
教室	classroom	ˋklæsˏrum	教室	きょう.しつ
遊戲場	playground	ˋpleˏgraʊnd	遊び場	あそ.び.ば
娃娃車	school bus	skul bʌs	幼稚園バス	よう.ち.えん.バ.ス
園長	principal	ˋprɪnsəpl̩	園長	えん.ちょう
校門	school gate	skul get	校門	こう.もん
辦公室	office	ˋɔfɪs	職員室	しょく.いん.しつ
保健室	nurse's office	ˋnɝsɪz ˋɔfɪs	保健室	ほ.けん.しつ
美勞作品	artworks	artˏwɝks	美術作品	び.じゅつ.さく.ひん
布告欄	bulletin board	ˋbʊlətɪn bord	掲示板	けい.じ.ばん

050

國家公園	National Park ˋnæʃənl̩ pɑrk	こくりつこうえん 国立公園

我是國家公園的解說員。

I am the guide at the National Park.

わたし　こくりつこうえん　かいせついん
私は国立公園の解説員です。

中	英		日	
保護區	protected area	prəˋtɛktɪd ˋɛrɪə	保護区	ほ.ご.く
野生動物	wildlife	ˋwaɪld͵laɪf	野生動物	や.せい.どう.ぶつ
植物	plant	plænt	植物	しょく.ぶつ
瀕臨絕種的動物	endangered species	ɪnˋdendʒəd ˋspiʃiz	絶滅に瀕した動物	ぜつ.めつ.に.ひん.し.た.どう.ぶつ
礦物	mineral	ˋmɪnərəl	鉱物	こう.ぶつ
國家公園管理員	ranger	ˋrendʒɚ	国立公園管理人	こく.りつ.こう.えん.かん.り.にん
森林	forest	ˋfɔrɪst	森林	しん.りん
山	mountain	ˋmaʊntn̩	山	やま
溪流	stream	strim	渓流	けい.りゅう
峽谷	valley	ˋvælɪ	渓谷	けい.こく
懸崖	cliff	klɪf	崖	がけ
解說員	park interpreter	pɑrk ɪnˋtɝprɪtɚ	解説員	かい.せつ.いん

051

畫室裡	in the art studio ɪn ði ɑrt `stjudɪ͵o	アトリエで

畫了<u>水彩畫</u>。

Paint a <u>watercolor painting</u>.

<u>水彩画</u>（すいさいが）を描（か）いた。

中	英		日	
油畫	oil painting	ɔɪl `pentɪŋ	油絵	あぶら.え
水彩畫	watercolor painting	`wɑtɚ͵kʌlɚ `pentɪŋ	水彩画	すい.さい.が
人體模特兒	model	`mɑdḷ	美術モデル	び.じゅつ.モ.デ.ル
畫家	painter	`pentɚ	画家	が.か
畫布	canvas	`kænvəs	キャンバス	
畫板	drawing board	`drɔɪŋ bord	画板	が.ばん
調色盤	palette	`pælɪt	パレット	
石膏像	plaster statue	`plæstɚ `stætʃu	石膏像	せ.っこう.ぞう
畫架	easel	`izḷ	イーゼル	
靜物	still life	stɪl laɪf	静物	せい.ぶつ
素描	drawing／sketch	`drɔɪŋ／skɛtʃ	デッサン	
素描本	sketchbook	`skɛtʃ͵bʊk	スケッチブック	

052

健身中心	fitness center ˋfɪtnɪs ˋsɛntə˞	スポーツジム

在跑步機上走路。

Walking on the treadmill.

トレッドミルで歩く（ある）。

中	英		日	
教練	personal trainer	ˋpɝsn̩l ˋtrenə˞	コーチ	
蒸氣室	steam room	stim rum	スチームルーム	
會員制	membership	ˋmɛmbə˞ˏʃɪp	会員制	かい.いん.せい
瑜珈	yoga	ˋjogə	ヨガ	
啞鈴	dumbbell	ˋdʌmˏbɛl	ダンベル	
跑步機	treadmill	ˋtrɛdˏmɪl	トレッドミル	
健身腳踏車	stationary bike	ˋsteʃənˏɛrɪ baɪk	エアロバイク	
舉重架	power rack	ˋpaʊə˞ ræk	バーベルラック	
置物櫃	locker	ˋlɑkə˞	ロッカー	
游泳池	swimming pool	ˋswɪmɪŋ pul	プール	
重量訓練室	weight room	wet rum	ウエイトトレーニングルーム	
按摩浴池	massage tub	məˋsɑʒ tʌb	ジャグジー	

053

田徑場	track & field stadium træk ænd fild `stedɪəm	りくじょうきょうぎじょう 陸上競技場

（在田徑場上）加油！快跑！

Come on. Run.

がんばって。もっと速（はや）く。

中	英		日	
撐竿跳	pole vault	pol vɔlt	棒高跳	ぼう.たか.とび
跳高	high jump	haɪ dʒʌmp	走高跳	はしり.たか.とび
跳遠	long jump	lɔŋ dʒʌmp	走幅跳	はしり.はば.とび
安全墊	mattress	`mætrɪs	マット	
跨欄	hurdle	`hɝdḷ	ハードル	
跳箱	vaulting box	`vɔltɪŋ bɑks	跳び箱	と.び.ばこ
跑道	track	træk	トラック	
彎道	curve	kɝv	カーブ	
起跑槍	starting gun	`stɑrtɪŋ gʌn	スターターピストル	
起跑線	starting line	`stɑrtɪŋ laɪn	スタートライン	
終點線	finish line	`fɪnɪʃ laɪn	ゴールライン	
碼表	stopwatch	`stɑp,wɑtʃ	ストップウォッチ	

054

游泳池	swimming pool ˋswɪmɪŋ pul	プール

戴上泳鏡。

Wear goggles.

ゴーグルをつける。

中	英		日	
大型遮陽傘	beach umbrella	bitʃ ʌmˋbrɛlə	パラソル	
海灘椅	beach chair	bitʃ tʃɛr	ビーチチェア	
浮板	kickboard	ˋkɪk͵bord	ビート板	ビー.ト.ばん
水道	lane	len	コース	
救生員	lifeguard	ˋlaɪf͵gɑrd	ライフガード	
救生圈	life preserver	laɪf prɪˋzɝvɚ	救命ブイ	きゅう.めい.ブ.イ
孩童游泳池	children's pool	ˋtʃɪldrənz pul	子供用プール	こ.ども.よう.プー.ル
更衣室	dressing room	ˋdrɛsɪŋ rum	更衣室	こう.い.しつ
泳鏡	goggles	ˋgɑglz	ゴーグル	
泳帽	swimming cap	ˋswɪmɪŋ kæp	水泳帽	すい.えい.ぼう
跳板	diving board	ˋdaɪvɪŋ bord	飛び込み板	と.び.こ.み.ばん
跳水台	diving platform	ˋdaɪvɪŋ ˋplæt͵fɔrm	飛び込み台	と.び.こ.み.だい

055

（泳池）更衣室	changing room tʃendʒɪŋ rum	こういしつ 更衣室

使用淋浴間。

Use the shower room.

シャワールームを使(つか)う。

中	英		日	
換洗衣物	change of clothing	tʃendʒ ɑv \`kloðɪŋ	着替え	き.が.え
置物櫃	locker	\`lɑkɚ	ロッカー	
泳衣	swimsuit	\`swɪmsut	水着	みず.ぎ
鏡子	mirror	\`mɪrɚ	鏡	かがみ
長椅	bench	bɛntʃ	ベンチ	
毛巾	towel	\`tauəl	タオル	
掛勾	hook	hʊk	フック	
洗手台	basin	\`besn̩	洗面台	せん.めん.だい
淋浴間	shower room	\`ʃauɚ rum	シャワールーム	
水龍頭	faucet	\`fɔsɪt	蛇口	じゃ.ぐち
吹風機	hair dryer	hɛr \`draɪɚ	ドライヤー	
蓮蓬頭	shower head	\`ʃauɚ hɛd	シャワーヘッド	

056

拳擊比賽	boxing match bɑksɪŋ mætʃ	じあい ボクシング試合

比賽獲勝。

Win the competition.

しあい　か
試合に勝った。

中	英		日	
拳擊手	boxer	`bɑksɚ	ボクサー	
拳擊手套	boxing gloves	`bɑksɪŋ glʌvz	ボクシンググローブ	
裁判	referee	ˌrɛfə`ri	審判	しん.ぱん
讀秒	count	kaʊnt	カウント	
頭部護具	headgear	`hɛdˌgɪr	ヘッドガード	
贏家	winner	`wɪnɚ	勝者	しょう.しゃ
輸家	loser	`luzɚ	敗者	はい.しゃ
圍繩	rope	rop	ロープ	
拳擊台	boxing ring	`bɑksɪŋ rɪŋ	リング	
犯規	foul	faʊl	反則	はん.そく
直拳	straight punch	stret pʌntʃ	ストレート	
上鉤拳	uppercut	`ʌpɚˌkʌt	アッパーカット	

057

農牧場	farm fɑrm	のうぼくじょう 農牧場

飼養家禽。

Raise poultry.

家禽(かきん)を飼育(しいく)する。

中	英		日	
家禽	poultry	`poltrɪ	家禽	か.きん
家畜	livestock	`laɪv͵stɑk	家畜	か.ちく
飼料	feed	fid	飼料	し.りょう
牧草	pasture	`pæstʃɚ	牧草地	ぼく.そう.ち
樹木	tree	tri	樹木	じゅ.もく
菜園	vegetable garden	`vɛdʒətəbl̩ `gɑrdn̩	野菜畑	や.さい.ばたけ
果園	fruit farm	frut fɑrm	果樹園	か.じゅ.えん
肥料	fertilizer	`fɝtl̩͵aɪzɚ	肥料	ひ.りょう
農藥	pesticide	`pɛstɪ͵saɪd	農薬	のう.やく
擠奶器	milking machine	`mɪlkɪŋ məˋʃin	搾乳機	さく.にゅう.き
農場主人	owner	`onɚ	農場所有者	のう.じょう.しょ.ゆう.しゃ
籬笆	fence	fɛns	フェンス	

058

宇宙	universe ˋjunəˏvɝs	うちゅう 宇宙

我希望成為太空人。

I wish to become an astronaut.

私は、宇宙飛行士になりたい。(わたし／うちゅうひこうし)

中	英		日	
行星	planet	ˋplænɪt	惑星	わく.せい
恆星	star	stɑr	恒星	こう.せい
黑洞	black hole	blæk hol	ブラックホール	
銀河	milky way	ˋmɪlkɪ we	銀河	ぎん.が
太空船	spacecraft	ˋspesˏkræft	宇宙船	う.ちゅう.せん
太空站	space station	spes ˋsteʃən	宇宙ステーション	う.ちゅう.ス.テー.ショ.ン
太空人	astronaut	ˋæstrəˏnɔt	宇宙飛行士	う.ちゅう.ひ.こう.し
外星人	alien	ˋelɪən	宇宙人	う.ちゅう.じん
飛碟	UFO (unidentified flying object)	ˋjuˋɛfˋo (ˏʌnaɪˋdɛntɪˏfaɪd ˋflaɪɪŋ ˋɑbdʒɪkt)	UFO	ユー.フォー
衛星	natural satellite	ˋnætʃərəl ˋsætḷˏaɪt	衛星	えい.せい
人造衛星	artificial satellite	ˏɑrtəˋfɪʃəl ˋsætḷˏaɪt	人工衛星	じん.こう.えい.せい
彗星	comet	ˋkɑmɪt	彗星	すい.せい

059

天空	sky skaɪ	そら 空

彩虹出現了。

Here comes a rainbow.

虹が出た。（にじ、で）

中	英		日	
氣球	balloon	bə`lun	風船	ふう.せん
雲朵	cloud	klaʊd	雲	くも
流星	shooting star	`ʃutɪŋ stɑr	流れ星	なが.れ.ぼし
雪	snow	sno	雪	ゆき
太陽	sun	sʌn	太陽	たい.よう
星星	star	stɑr	星	ほし
月亮	moon	mun	月	つき
滑翔翼	glider	`glaɪdɚ	ハングライダー	
彩虹	rainbow	`ren,bo	虹	にじ
雪花	snowflake	`sno,flek	雪の結晶	ゆき.の.け.っしょう
雷	thunder	`θʌndɚ	雷	かみなり
閃電	lightning	`laɪtnɪŋ	稲妻	いな.ずま

060

山區	mountain area `mauntn̩ `ɛrɪə	さんち 山地

搭乘纜車。

Take the cable car.

ロープウェイに乗（の）る。

中	英		日	
森林	forest	`fɔrɪst	森林	しん.りん
小木屋	cottage	`kɑtɪdʒ	木の小屋	き.の.こ.や
登山客	hiker	`haɪkɚ	登山客	と.ざん.きゃく
高山植物	mountain plant	`mauntn̩ plænt	高山植物	こう.ざん.しょく.ぶつ
纜車	cable car	`kebl̩ kɑr	ケーブルカー（地面）／ロープウェイ（空中）	
露天溫泉	hot spring	hɑt sprɪŋ	露天温泉	ろ.てん.おん.せん
霧	fog	fɑg	霧	きり
瀑布	waterfall	`wɔtɚˏfɔl	滝	たき
電塔	power tower	`pauɚ `tauɚ	鉄塔	て.っとう
落石	falling rocks	`fɔlɪŋ rɑks	落石	らく.せき
小溪	stream	strim	小川	お.がわ
山崩	landslide	`lændˏslaɪd	山崩れ	やま.くずれ

餐車	food truck fud trʌk	キッチンカー

塗抹果醬。

Spread on jam.

ジャムを塗(ぬ)る。

中	英		日	
砧板	chopping board	`tʃapɪŋ bord	まな板	ま.な.いた
吸管	straw	strɔ	ストロー	
蕃茄醬	ketchup	`kɛtʃəp	ケチャップ	
胡椒	pepper	`pɛpɚ	胡椒	こ.しょう
紙袋	paper bag	`pepɚ bæg	紙袋	かみ.ぶくろ
紙杯	paper cup	`pepɚ kʌp	紙コップ	かみ.コ.ップ
紙巾	paper napkin	`pepɚ `næpkɪn	紙ナプキン	かみ.ナ.プ.キ.ン
陳列櫃	display case	dɪ`sple kes	陳列棚	ちん.れつ.だな
招牌	shop signage	ʃap `saɪnɪdʒ	看板	かん.ばん
遮雨棚	awning	`ɔnɪŋ	オーニング	
老闆	owner	`onɚ	店主	てん.しゅ
顧客	customer	`kʌstəmɚ	客	きゃく

062

（速食店）櫃檯	counter `kaʊntɚ	レジ

點餐。

Take an order.

注文（ちゅうもん）する。

中	英		日	
菜單	menu	`mɛnju	メニュー	
店員	clerk	klɝk	店員	てん.いん
食物托盤	food tray	fud tre	トレー	
吸管盒	straw box	strɔ bɑks	ストロー入れ	ス.ト.ロー.い.れ
餐巾盒	napkin box	`næpkɪn bɑks	紙ナプキンスタンド	かみ.ナ.プ.キ.ン.ス.タ.ン.ド
套餐	combo	`kɑmbo	セットメニュー	
折價券	coupon	`kupɑn	割引券	わり.びき.けん
(主餐搭配的)附餐	side order	saɪd `ɔrdɚ	サイドメニュー	
單一餐點	single order	`sɪŋgl̩ `ɔrdɚ	単品	たん.ぴん
排隊	line	laɪn	列に並ぶ	れつ.に.なら.ぶ
點餐	order	`ɔrdɚ	注文	ちゅう.もん
得來速	drive through	draɪv θru	ドライブスルー	

063

麵包店	bakery ˋbekərɪ	パン屋（や）

夾取<u>麵包</u>。

Take the <u>bread</u>.

<u>パン</u>を取（と）る。

中	英		日	
托盤	tray	tre	トレー	
夾子	tongs	tɔŋz	トング	
麵包	bread	brɛd	パン	
麵包籃	basket	ˋbæskɪt	バスケット	
烤吐司	toast	tost	トースト	
收銀機	cash register	kæʃ ˋrɛdʒɪstɚ	レジ	
店員	clerk	klɝk	店員	てん.いん
麵包師傅	baker	ˋbekɚ	パン職人	パ.ン.しょく.にん
展示架	display rack	dɪˋsple ræk	陳列棚	ちん.れつ.だな
試吃品	free sample	fri ˋsæmpḷ	試食品	し.しょく.ひん
手工餅乾	handmade cookie	ˋhændˏmed ˋkʊkɪ	手作りクッキー	て.づく.り.ク.ッキー
生日蛋糕	birthday cake	ˋbɝθˏde kek	バースデーケーキ	

064

露天咖啡座	sidewalk café ˋsaɪdˏwɔk kəˋfe	カフェテラス

坐有遮陽傘的座位。

Sit on the seat with an umbrella.

パラソル付(つ)きの席(せき)に座(すわ)る。

中	英		日	
現場演奏	live performance	laɪv pɚˋfɔrməns	生演奏	なま.えん.そう
遮陽傘	sun umbrella	sʌn ʌmˋbrɛlə	パラソル	
侍者	waiter	ˋwetɚ	ホールスタッフ	
菜單	menu	ˋmɛnju	メニュー	
咖啡杯	coffee cup	ˋkɔfɪ kʌp	コーヒーカップ	
小湯匙	spoon	spun	コーヒースプーン	
糖罐	sugar jar	ˋʃugɚ dʒɑr	シュガーポット	
奶油球	creamer	ˋkrimɚ	コーヒーフレッシュ	
下午茶	afternoon tea	ˋæftɚˋnun ti	アフタヌーンティー	
蛋糕	cake	kek	ケーキ	
叉子	fork	fɔrk	フォーク	
(格子)鬆餅	waffle	ˋwɑfḷ	ワッフル	

065

辦公桌上	on the office table ɑn ði ˋɔfɪs ˋtebl̩	オフィスデスクの上（うえ）

使用桌上型電腦。

Use a desktop computer.

デスクトップのパソコンを使（つか）う。

中	英		日	
筆記型電腦	notebook computer	ˋnot͵bʊk kəmˋpjutɚ	ノートパソコン	
電腦螢幕	computer monitor	kəmˋpjutɚ ˋmɑnətɚ	パソコンモニター	
鍵盤	keyboard	ˋki͵bord	キーボード	
滑鼠	mouse	maus	マウス	
滑鼠墊	mouse pad	maus pæd	マウスパッド	
電腦喇叭	speaker	ˋspikɚ	スピーカー	
膠帶台	tape dispenser	tep dɪˋspɛnsɚ	テープカッター	
活頁夾	ring binder	rɪŋ ˋbaɪndɚ	リングバインダー	
筆筒	penholder	ˋpɛn͵holdɚ	ペン立て	ぺ.ン.た.て
電話	telephone	ˋtɛlə͵fon	電話	でん.わ
便利貼	post-it	ˋpostɪt	付箋	ふ.せん
便條紙	memo	ˋmɛmo	メモ用紙	メ.モ.よう.し

066

辦公室	office `ɔfɪs	オフィス

打卡。

Punch in.

タイムカードを押(お)す。

中	英		日	
用隔板區隔的辦公座位	cubicle	`kjubɪkḷ	オフィスの個人スペース	オ.フィ.ス.の.こ.じん.ス.ペー.ス
檔案櫃	file cabinet	faɪl `kæbənɪt	ファイルキャビネット	
茶水間	pantry	`pæntrɪ	給湯室	きゅう.とう.しつ
影印機	photocopier	`fotə͵kɑpɪɚ	コピー機	コ.ピー.き
印表機	printer	`prɪntɚ	プリンター	
傳真機	fax machine	fæks məˋʃin	ファックス	
辦公文具	office stationery	`ɔfɪs `steʃən͵ɛrɪ	事務用品	じ.む.よう.ひん
空調系統	air conditioning system	ɛr kənˋdɪʃənɪŋ `sɪstəm	空調システム	くう.ちょう.シ.ス.テ.ム
打卡鐘	time clock	taɪm klɑk	タイムレコーダー	
員工	employee	͵ɛmplɔɪˋi	職員	しょく.いん
老闆	employer	ɪmˋplɔɪɚ	社長	しゃ.ちょう
會客室	reception room	rɪˋsɛpʃən rum	応接室	おう.せつ.しつ

067

會議室	conference room `kɑnfərəns rum	かいぎしつ 会議室

交換名片。

Exchange business cards.

めいし　こうかん
名刺を交換する。

中	英		日	
與會成員	participant	pɑr`tɪsəpənt	参加者	さん.か.しゃ
會議桌	conference table	`kɑnfərəns `tebḷ	会議机	かい.ぎ.づくえ
折疊椅	folding chair	`foldɪŋ tʃɛr	折畳み椅子	おり.たた.み.い.す
影像放映布幕	screen	skrin	スクリーン	
視訊會議	video conference	`vɪdɪˏo `kɑnfərəns	ビデオ会議	ビ.デ.オ.かい.ぎ
提案說明	proposal	prə`pozḷ	企画説明	き.かく.せつ.めい
筆記型電腦	notebook computer	`notˏbuk kəm`pjutɚ	ノートパソコン	
客戶	client	`klaɪənt	顧客	こ.きゃく
會議主持人	chairman	`tʃɛrmən	会議司会者	かい.ぎ.し.かい.しゃ
麥克風	microphone	`maɪkrəˏfon	マイク	
白板	whiteboard	`hwaɪtbord	ホワイトボード	
會議大綱	outline	`autˏlaɪn	概要	がい.よう

068

公園	park park	こうえん 公園

騎腳踏車。

Riding a bicycle.

じてんしゃ の
自転車に乗る。

中	英		日	
噴泉	fountain	ˋfaʊntɪn	噴水	ふん.すい
蹺蹺板	seesaw	ˋsiˏsɔ	シーソー	
鞦韆	swing	swɪŋ	ブランコ	
單槓	chin-up bar	ˋtʃɪnˏʌp bɑr	鉄棒	てつ.ぼう
溜滑梯	slide	slaɪd	滑り台	すべ.り.だい
彈簧搖搖椅	spring rider	sprɪŋ ˋraɪdɚ	スプリング遊具	ス.プ.リ.ン.グ.ゆう.ぐ
垃圾桶	trash can	træʃ kæn	ゴミ箱	ゴ.ミ.ばこ
涼亭	gazebo	gəˋzibo	屋根付き(の)休憩場所	や.ね.つき.(の).きゅう.けい.ば.しょ
溜冰場	roller skating rink	ˋrolɚ ˋsketɪŋ rɪŋk	ローラースケートリンク	
飛盤	Frisbee	ˋfrɪzbi	フリスビー	
風箏	kite	kaɪt	凧	たこ
草坪	lawn	lɔn	芝生	しば.ふ

069

騎樓	arcade ɑrˋked	アーケード

要打公共電話。

Use a public phone.

こうしゅうでんわ　でんわ
公衆電話から電話する。

中	英		日	
摩托車	motorcycle	ˋmotɚ͵saɪkḷ	バイク	
腳踏車	bicycle	ˋbaɪsɪkḷ	自転車	じ.てん.しゃ
商店	shop	ʃɑp	店	みせ
商店招牌	store sign	stor saɪn	店の看板	みせ.の.かん.ばん
攤販	street vendor	strit ˋvɛndɚ	露天商	ろ.てん.しょう
行人	pedestrian	pəˋdɛstrɪən	通行人	つう.こう.にん
住家	residence	ˋrɛzədəns	住宅	じゅう.たく
門牌號碼	house number	haʊs ˋnʌmbɚ	番地番号	ばん.ち.ばん.ごう
公共電話	public phone	ˋpʌblɪk fon	公衆電話	こう.しゅう.でん.わ
導盲磚	curbs for the blind	kɝbz fɔr ðə blaɪnd	誘導ブロック	ゆう.どう.ブ.ロ.ック
塗鴉	graffiti	græˋfitɪ	落書き	らく.が.き
自動販賣機	vending machine	ˋvɛndɪŋ məˋʃin	自動販売機	じ.どう.はん.ばい.き

地下道	underpass ˋʌndɚˏpæs	ちかどう 地下道

造型搶眼的街頭藝人。

eye-catching street performer.

奇抜(きばつ)な格好(かっこう)をした、ストリートパフォーマー。

中	英		日	
路人	passerby	ˋpæsɚˋbaɪ	通行人	つう.こう.にん
街頭藝人	street performer	strit pɚˋfɔrmɚ	ストリートパフォーマー	
遊民	homeless person	ˋhomlɪs ˋpɝsn̩	ホームレス	
老鼠	rat	ræt	ネズミ	
垃圾桶	trash can	træʃ kæn	ゴミ箱	ゴ.ミ.ばこ
海報	poster	ˋpostɚ	ポスター	
階梯	stairs	stɛrz	階段	かい.だん
乞丐	beggar	ˋbɛgɚ	物乞い	もの.ご.い
算命攤	fortuneteller stand	ˋfɔrtʃənˋtɛlɚ stænd	占いブース	うらな.い.ブー.ス
排水溝	drain	dren	排水溝	はい.すい.こう
扶手欄杆	rail	rel	手すり	て.す.り
導盲磚	curbs for the blind	kɝbz fɔr ðə blaɪnd	誘導ブロック	ゆう.どう.ブ.ロ.ッ.ク

071

便利商店	convenience store kən`vinjəns stor	コンビニ

使用影印機。

Use a photocopier.

コピー機(き)を利用(りよう)する。

中	英		日	
影印機	photocopier	`fotə͵kɑpɪɚ	コピー機	コ.ピー.き
傳真機	fax machine	fæks məˋʃin	ファックス	
自動櫃員機	ATM	`eˋtiˋɛm	ATM	エー.ティー.エム
結帳櫃檯	check-out counter	`tʃɛk͵aut `kauntɚ	レジ	
報紙架	newspaper rack	`njuz͵pepɚ ræk	新聞コーナー	しん.ぶん.コー.ナー
雜誌架	magazine shelf	͵mægəˋzin ʃɛlf	雑誌コーナー	ざ.っし.コー.ナー
書籍櫃位	book shelf	buk ʃɛlf	書籍コーナー	しょ.せき.コー.ナー
香菸櫃位	cigarette rack	͵sɪgəˋrɛt ræk	タバココーナー	
零食架	snack rack	snæk ræk	スナックコーナー	
飲料櫃	beverage cabinet	`bɛvərɪdʒ `kæbənɪt	ドリンクコーナー	
麵包架	bread rack	brɛd ræk	ベーカリーコーナー	
冰品櫃	freezer	`frizɚ	アイスコーナー	

072

郵局	post office post `ɔfɪs	ゆうびんきょく 郵便局

貼郵票。

Glue on the postal stamp.

切手(きって)を貼(は)る。

中	英		日	
郵差	mailman	`melˏmæn	郵便配達員	ゆう.びん.はい.たつ.いん
信件	letter	`lɛtɚ	手紙	て.がみ
掛號信	registered mail	`rɛdʒɪstɚd mel	書留	かき.とめ
包裹	package	`pækɪdʒ	小包	こ.づつみ
快捷郵件	express mail	ɪk`sprɛs mel	速達	そく.たつ
海運郵件	sea mail	si mel	船便	ふな.びん
航空郵件	air mail	ɛr mel	航空便	こう.くう.びん
郵戳	postmark	`postˏmɑrk	消印	けし.いん
明信片	postcard	`postˏkɑrd	はがき	
信封	envelope	`ɛnvəˏlop	封筒	ふう.とう
郵票	stamp	stæmp	切手	き.って
郵筒	mail drop	mel drɑp	ポスト	

073

銀行櫃檯	bank counter bæŋk ˋkaʊntɚ	ぎんこうまどぐち 銀行窓口

我要提款。

I would like to withdraw some money.

お金(かね)を下(お)ろしたい。

中	英		日	
銀行行員	teller	ˋtɛlɚ	銀行員	ぎん.こう.いん
存摺	passbook	ˋpæs,bʊk	通帳	つう.ちょう
提款單	withdrawal slip	wɪðˋdrɔəl slɪp	払戻請求書	はらい.もどし.せい.きゅう.しょ
存款單	deposit slip	dɪˋpɑzɪt slɪp	入金票	にゅう.きん.ひょう
匯款單	remittance form	rɪˋmɪtn̩s fɔrm	振込用紙	ふり.こみ.よう.し
印泥	ink	ɪŋk	朱肉	しゅ.にく
鈔票	bill	bɪl	紙幣	し.へい
外幣	foreign currency	ˋfɔrɪn ˋkɝənsɪ	外国貨幣	がい.こく.か.へい
支票	check	tʃɛk	小切手	こ.ぎ.って
監視器	security camera	sɪˋkjurətɪ ˋkæmərə	監視カメラ	かん.し.カ.メ.ラ
點鈔機	bill counter	bɪl ˋkaʊntɚ	紙幣計数機	し.へい.けい.すう.き
叫號顯示器	display screen	dɪˋsple skrin	番号表示機	ばん.ごう.ひょう.じ.き

074

藥局	pharmacy ˋfɑrməsɪ	やっきょく 薬局

我要買<u>OK繃</u>。

I would like to buy <u>band-aids</u>.

<u>絆創膏</u>(ばんそうこう)を買(か)いたい。

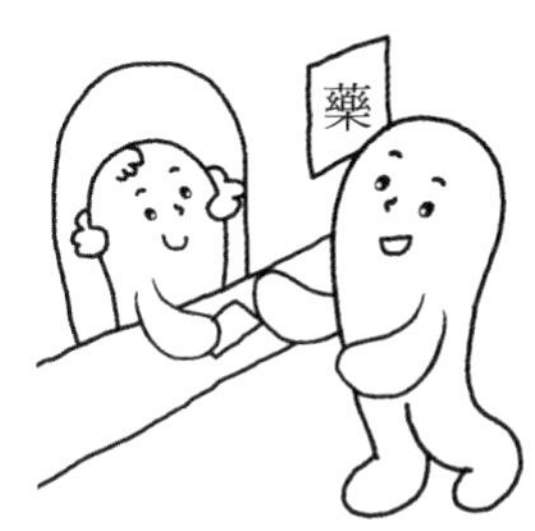

中	英		日	
藥師	pharmacist	ˋfɑrməsɪst	薬剤師	やく.ざい.し
處方籤	prescription	prɪˋskrɪpʃən	処方箋	しょ.ほう.せん
膠囊	capsule	ˋkæpsḷ	カプセル	
藥片	tablet	ˋtæblɪt	錠剤	じょう.ざい
維他命	vitamin	ˋvaɪtəmɪn	ビタミン	
咳嗽糖漿	cough syrup	kɔf ˋsɪrəp	咳止めシロップ	せき.ど.め.シ.ロ.ップ
藥膏	ointment	ˋɔɪntmənt	軟膏	なん.こう
繃帶	bandage	ˋbændɪdʒ	包帯	ほう.たい
OK 繃	band-aid	ˋbændˏed	絆創膏	ばん.そう.こう
止痛藥	painkiller	ˋpenˏkɪlɚ	痛み止め	いた.み.ど.め
避孕藥	birth control pill	ˋbɝθ kənˋtrol pɪl	ピル	
衛生棉	sanitary napkin	ˋsænəˏtɛrɪ ˋnæpkɪn	生理用ナプキン	せい.り.よう.ナ.プ.キ.ン

075

傳統市場	traditional market trə`dɪʃənḷ `mɑrkɪt	市場（いちば）

我要去買水果。

I am going to buy some fruit.

果物（くだもの）を買（か）いたい。

中	英		日	
小吃攤	food stand	fud stænd	屋台	や.たい
磅秤	scale	skel	計量器	けい.りょう.き
熟食	cooked food	kʊkt fud	加熱した食べ物	か.ねつ.し.た.た.べ.もの
生食	raw food	rɔ fud	ローフード	
家庭主婦	housewife	`haus͵waɪf	主婦	しゅ.ふ
菜販	vegetable stand	`vɛdʒətəbḷ stænd	八百屋	や.お.や
肉販	meat stand	mit stænd	肉屋	にく.や
蔬菜	vegetable	`vɛdʒətəbḷ	野菜	や.さい
水果	fruit	frut	果物	くだ.もの
乾貨	dry food	draɪ fud	乾物	かん.ぶつ
海鮮	seafood	`si͵fud	海鮮	かい.せん
醃漬物	pickle	`pɪkḷ	漬物	つけ.もの

076

電梯	elevator `ɛlə͵vetɚ	エレベーター

電梯門開了。

The elevator door is open.

エレベーターのドアが開(ひら)いた。

中	英		日	
電梯門	elevator door	`ɛlə͵vetɚ dor	エレベーターのドア	
緊急按鈕	alarm button	ə`lɑrm `bʌtn̩	緊急ボタン	きん.きゅう.ボ.タ.ン
對講機	emergency intercom	ɪ`mɝdʒənsɪ `ɪntɚ͵kɑm	インターホン	
開門鈕	door-open button	`dor`opən `bʌtn̩	"開く"ボタン	"ひら.く"ボ.タ.ン
關門鈕	door-close button	`dor͵kloz `bʌtn̩	"閉じる"ボタン	"と.じ.る"ボ.タ.ン
向上按鈕	up button	ʌp `bʌtn̩	上ボタン	うえ.ボ.タ.ン
向下按鈕	down button	daʊn `bʌtn̩	下ボタン	した.ボ.タ.ン
樓層按鈕	floor button	flor `bʌtn̩	フロアボタン	
樓層簡介表	floor directory	flor də`rɛktərɪ	フロア案内	フ.ロ.ア.あん.ない
顯示螢幕	screen	skrin	モニター	
禁菸標示	no smoking sign	no `smokɪŋ saɪn	禁煙表示	きん.えん.ひょう.じ
電梯小姐	elevator girl	`ɛlə͵vetɚ gɝl	エレベーターガール	

077

花店	flower store `flauɚ stor	はなや 花屋

送妳花。

I would like to give you these flowers.

あなたに花（はな）をプレゼントします。

中	英		日	
花束	wrapped bouquet	ræpt bu`ke	花束	はな.たば
鮮花	flower	`flauɚ	生花	せい.か
乾燥花	dried flower	draɪd `flauɚ	ドライフラワー	
花盆	flower pot	`flauɚ pɑt	植木鉢	うえ.き.ばち
澆花器	watering can	`wɔtərɪŋ kæn	如雨露	じょ.う.ろ
緞帶	ribbon	`rɪbən	リボン	
卡片	card	kɑrd	カード	
花瓶	vase	ves	花瓶	か.びん
工作圍裙	apron	`eprən	エプロン	
花籃	flower basket	`flauɚ `bæskɪt	フラワーバスケット	
盆栽	plant	plænt	盆栽	ぼん.さい
橡膠手套	rubber glove	`rʌbə glʌv	ゴム手袋	ゴ.ム.て.ぶくろ

078

美容院	beauty salon ˋbjutɪ səˋlɑn	びよういん 美容院

我想換個髮型。

I would like to change my hairstyle.

髮型(かみがた)を変(か)えたい。

中	英		日	
髮型設計師	hairdresser	ˋhɛr͵drɛsɚ	美容師	び.よう.し
吹風機	hair dryer	hɛr ˋdraɪɚ	ドライヤー	
梳子	comb	kom	ブラシ	
沖水台	shampoo sink	ʃæmˋpu sɪŋk	シャンプー台	シャ.ン.プー.だい
剪頭髮穿的袍子	hair cutting cape	hɛr ˋkʌtɪŋ kæp	カットクロス	
染髮劑	hair dye	hɛr daɪ	カラーリング剤	カ.ラー.リ.ン.グ.ざい
潤髮乳	conditioner	kənˋdɪʃənɚ	コンディショナー	
洗髮精	shampoo	ʃæmˋpu	シャンプー	
假髮	wig	wɪg	鬘	かつら
髮捲	hair curler	hɛr ˋkɝlɚ	カーラー	
造型產品	styling product	ˋstaɪlɪŋ ˋprɑdəkt	スタイリング製品	ス.タ.イ.リ.ン.グ.せい.ひん
髮型雜誌	hair magazine	hɛr ͵mægəˋzin	ヘア雑誌	ヘ.ア.ざ.っし

079

戶外廣場	outdoor plaza `aut.dor `plæzə	やがいひろば 野外広場

我想要外出走走。

I want to take a walk outside.

外(そと)を歩(ある)きたい。

中	英		日	
花壇	flower bed	`flauɚ bɛd	花壇	か.だん
街頭藝人	street performer	strit pɚ`fɔrmɚ	ストリートパフォーマー	
雕像	statue	`stætʃu	銅像	どう.ぞう
鴿子	pigeon	`pɪdʒɪn	鳩	はと
遊客	tourist	`turɪst	観光客	かん.こう.きゃく
噴泉	fountain	`fauntɪn	噴水	ふん.すい
音樂會	music concert	`mjuzɪk `kɑnsɚt	コンサート	
市集	market	`mɑrkɪt	マーケット	
跳蚤市場	flea market	fli `mɑrkɪt	フリーマーケット	
許願池	wishing pond	`wɪʃɪŋ pɑnd	願い池	ねが.い.いけ
紀念碑	monument	`mɑnjəmənt	記念碑	き.ねん.ひ
鐘塔	clock tower	klɑk `tauɚ	時計台	と.けい.だい

080

行李箱	suitcase `sut͵kes	スーツケース

要出發去旅行了！

We are about to start the journey.

今(いま)から旅行(りょこう)に出発(しゅっぱつ)する。

中	英		日	
換洗衣物	change of clothing	tʃendʒ ɑv `kloðɪŋ	着替え	き.が.え
盥洗用具	toiletry	`tɔɪlɪtrɪ	洗面用具	せん.めん.よう.ぐ
地圖	map	mæp	地図	ち.ず
收納袋	storage bag	`storɪdʒ bæg	収納袋	しゅう.のう.ぶくろ
收納盒	storage box	`storɪdʒ bɑks	収納ケース	しゅう.のう.ケース
藥品	medicine	`mɛdəsn̩	薬	くすり
筆記本	notebook	`not͵bʊk	ノート	
密碼鎖	combination lock	͵kɑmbə`neʃən lɑk	ダイヤル錠	ダ.イ.ヤ.ル.じょう
拉鍊	zip	zɪp	ファスナー	
暗袋	hidden pocket	`hɪdn̩ `pɑkɪt	シークレットポケット	
皮夾	wallet	`wɑlɪt	財布	さい.ふ
充電器	charger	`tʃɑrdʒɚ	充電器	じゅう.でん.き

081

車禍現場	car accident scene kɑr `æksədənt sin	こうつうじこげんば 交通事故現場

發生車禍了！

There is a car accident.

こうつうじこ　お
交通事故が起こった。

中	英		日	
醫護人員	paramedic	ˌpærə`mɛdɪk	救護員	きゅう.ご.いん
救護車	ambulance	`æmbjələns	救急車	きゅう.きゅう.しゃ
擔架	stretcher	`strɛtʃɚ	担架	たん.か
車輛故障三角牌	warning triangle	`wɔrnɪŋ `traɪˌæŋgḷ	三角表示板	さん.かく.ひょう.じ.ばん
封鎖線	cordon	`kɔrdṇ	規制線	き.せい.せん
駕駛	driver	`draɪvɚ	運転者	うん.てん.しゃ
拖吊車	tow truck	to trʌk	レッカー車	レ.ッカー.しゃ
卡車	truck	trʌk	トラック	
小客車	passenger vehicle	`pæsṇdʒɚ `viɪkḷ	乗用車	じょう.よう.しゃ
警車	police car	pə`lis kɑr	パトカー	
交通警察	traffic police	`træfɪk pə`lis	交通警察	こう.つう.けい.さつ
傷患	injured person	`ɪndʒɚd `pɝsṇ	怪我人	け.が.にん

火災現場	fire spot faɪr spɑt	かさいげんば 火災現場

失火了！

There is a fire.

火事(かじ)だ。

中	英		日	
消防員	firefighter	`faɪr,faɪtɚ	消防員	しょう.ぼう.いん
消防車	fire engine	faɪr `ɛndʒən	消防車	しょう.ぼう.しゃ
雲梯車	ladder truck	`lædɚ trʌk	はしご車	は.し.ご.しゃ
水箱車	tanker truck	`tæŋkɚ trʌk	タンク車	タ.ン.ク.しゃ
救護車	ambulance	`æmbjələns	救急車	きゅう.きゅう.しゃ
氧氣罩	oxygen mask	`ɑksədʒən mæsk	酸素マスク	さん.そ.マ.ス.ク
濃煙	thick smoke	θɪk smok	濃い煙	こ.い.けむり
灰燼	ash	æʃ	灰	はい
圍觀人群	bystander	`baɪ,stændɚ	見物人	けん.ぶつ.にん
救生氣墊	rescue air cushion	`rɛskju ɛr `kʊʃən	救助マット	きゅう.じょ.マ.ット
消防水帶	fire hose	faɪr hoz	消防ホース	しょう.ぼう.ホー.ス
滅火器	fire extinguisher	faɪr ɪk`stɪŋgwɪʃɚ	消火器	しょう.か.き

083

警察局	police station pə`lis `steʃən	けいさつしょ 警察署

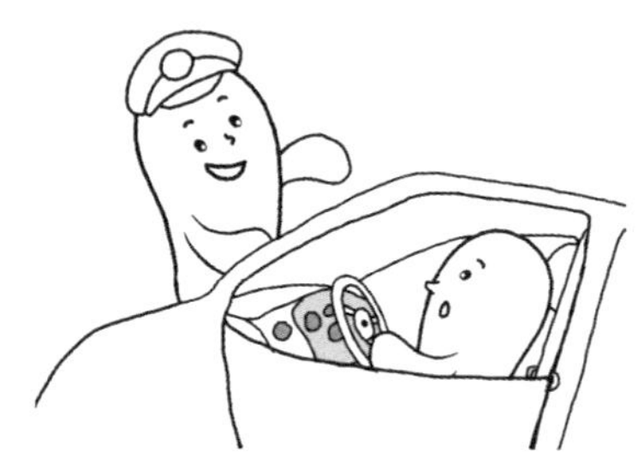

<u>警察</u>把我攔下。

The <u>police</u> stopped me.

わたし　けいさつ　と
私は<u>警察</u>に止められた。

中	英		日	
便衣警察	plainclothes officer	`plen`kloz `ɔfəsɚ	私服警官	し.ふく.けい.かん
警察	police	pə`lis	警察	けい.さつ
警棍	nightstick	`naɪt,stɪk	警棒	けい.ぼう
臂章	patch	pætʃ	パッチ	
警徽	police badge	pə`lis bædʒ	ポリスバッジ	
手槍	handgun	`hænd,gʌn	拳銃	けん.じゅう
警帽	police hat	pə`lis hæt	警察帽	けい.さつ.ぼう
手銬	handcuffs	`hænd,kʌfs	手錠	て.じょう
犯人	criminal	`krɪmənl̩	犯人	はん.にん
嫌疑犯	suspect	`səspɛkt	容疑者	よう.ぎ.しゃ
受害者	victim	`vɪktɪm	被害者	ひ.がい.しゃ
偵訊室	interrogation room	ɪn,tɛrə`geʃən rum	取調室	とり.しらべ.しつ

加護病房	ICU `aɪ`si`ju	しゅうちゅうちりょうしつ 集中治療室

醫生幫我看病。

The doctor examined me.

私（わたし）は、医者（いしゃ）に診（み）てもらった。

中	英		日	
重症患者	critical patient	`krɪtɪkḷ `peʃənt	重症患者	じゅう.しょう.かん.じゃ
主治醫師	doctor in charge	`dɑktɚ ɪn tʃɑrdʒ	主治医	しゅ.じ.い
值班護士	nurse on-duty	nɝs ˌɑn `djutɪ	当直看護師	とう.ちょく.かん.ご.し
呼吸器	ventilator	vɛntḷ.etɚ	人工呼吸器	じん.こう.こ.きゅう.き
心電圖	EKG (electrocardiogram)	`i`ke`dʒi (ɪ.lɛktro`kɑrdɪə.græm)	心電図	しん.でん.ず
點滴	intravenous drip	ˌɪntrə`vinəs drɪp	点滴	てん.てき
探病時間	visiting hour	`vɪzɪtɪŋ aur	面会時間	めん.かい.じ.かん
心臟電擊器	defibrillator	dɪˌfɪbrə`letɚ	除細動器	じょ.さい.どう.き
昏迷指數	coma scale	`komə skel	意識レベル	い.しき.レ.ベ.ル
緊急呼叫鈴	emergency call button	ɪ`mɝdʒənsɪ kɔl `bʌtṇ	緊急ボタン	きん.きゅう.ボ.タ.ン
氧氣罩	oxygen mask	`ɑksədʒən mæsk	酸素マスク	さん.そ.マ.ス.ク
手術服	scrubs	skrʌbz	スクラブ	

085

攝影棚	movie or TV studio ˋmuvɪ ɔr ˋtiˋvi ˋstjudɪˏo	さつえい 撮 影 スタジオ

拍攝影片。

Making films.

えいぞう　と
映 像を撮る。

中	英		日	
藝人	artist	ˋɑrtɪst	芸能人	げい.のう.じん
主持人	MC (master of ceremony)	ˋɛmˋsi (ˋmæstɚ ɑv ˋsɛrəˏmonɪ)	司会者	し.かい.しゃ
導播	program director	ˋprogræm dəˋrɛktɚ	プログラムディレクター	
製作人	producer	prəˋdjusɚ	プロデューサー	
背景	background	ˋbækˏgraʊnd	背景	はい.けい
迷你麥克風	mini mic	ˋmɪnɪ maɪk	ミニマイク	
燈光師	gaffer	ˋgæfɚ	照明係	しょう.めい.がかり
聚光燈	spotlight	ˋspɑtˏlaɪt	スポットライト	
化妝師	makeup artist	ˋmekˏʌp ˋɑrtɪst	メイクアップアーティスト	
節目流程	rundown	ˋrʌnˏdaʊn	番組の流れ	ばん.ぐみ.の.なが.れ
攝影機	camera	ˋkæmərə	カメラ	
攝影師	cameraman	ˋkæmərəˏmæn	カメラマン	

086

動物醫院	animal hospital `ænəml̩ `hɑspɪtl̩	どうぶつびょういん 動物病院

小狗生病了。

The puppy is sick.

ペットの犬（いぬ）が病気（びょうき）になった。

中	英		日	
獸醫	veterinarian	ˌvɛtərə`nɛrɪən	獣医	じゅう.い
護士	nurse	nɝs	看護師	かん.ご.し
動物	animal	`ænəml̩	動物	どう.ぶつ
注射	injection	ɪn`dʒɛkʃən	注射	ちゅう.しゃ
針筒	syringe	`sɪrɪndʒ	注射器	ちゅう.しゃ.き
麻醉劑	anesthesia	ˌænəs`θiʒə	麻酔	ま.すい
鎮靜劑	sedative	`sɛdətɪv	鎮静剤	ちん.せい.ざい
體溫計	thermometer	θɚ`mɑmətɚ	体温計	たい.おん.けい
等候室	waiting room	`wetɪŋ rum	待合室	まち.あい.しつ
診療室	examination room	ɪgˌzæmən`neʃən rum	診察室	しん.さつ.しつ
手術室	operating room	`ɑpəretɪŋ rum	手術室	しゅ.じゅつ.しつ
狂犬病疫苗	rabies vaccine	`rebiz `væksin	狂犬病ワクチン	きょう.けん.びょう.ワ.ク.チ.ン

087

命案現場	crime scene kraɪm sin	さつじんげんば 殺人現場

凶器是手槍。

The murder weapon is a handgun.

凶器(きょうき)は拳銃(けんじゅう)です。

中	英		日	
血跡	bloodstain	`blʌd,sten	血痕	け.っこん
凶器	murder weapon	`mɝdɚ `wɛpən	凶器	きょう.き
死前留言	dying message	`daɪɪŋ `mɛsɪdʒ	ダイイングメッセージ	
指紋	fingerprint	`fɪŋgɚ,prɪnt	指紋	し.もん
鞋印	shoeprint	`ʃu,prɪnt	足跡	あし.あと
目擊證人	witness	`wɪtnɪs	目撃者	もく.げき.しゃ
警察	police	pə`lis	警察	けい.さつ
法醫	coroner	`kɔrənɚ	法医	ほう.い
屍體	corpse	kɔrps	遺体	い.たい
倖存者	survivor	sɚ`vaɪvɚ	生存者	せい.ぞん.しゃ
封鎖線	cordon	`kɔrdṇ	規制線	き.せい.せん
證物袋	evidence bag	`ɛvədəns bæg	証拠品袋	しょう.こ.ひん.ぶくろ

088

(天主教)教堂裡	in a Catholic church ɪn ə `kæθəlɪk tʃɝtʃ	きょうかい 教　会で

大家一起唱聖歌。

Let's sing the hymn.

みんなで聖歌(せいか)を歌(うた)おう。

中	英		日	
聖母像	Virgin Mary Statue	`vɝdʒɪn `mɛrɪ `stætʃʊ	聖母像	せい.ぼ.ぞう
十字架	cross	krɔs	十字架	じゅう.じ.か
耶穌像	statue of Jesus	`stætʃʊ ɑv `dʒizəs	キリスト像	キ.リ.ス.ト.ぞう
壁畫	mural	`mjʊrəl	壁画	へき.が
彩繪玻璃	stained glass	stend glæs	ステンドグラス	
聖經	Bible	`baɪbl̩	聖書	せい.しょ
神職人員	clergy	`klɝdʒɪ	聖職者	せい.しょく.しゃ
修女	nun	nʌn	修道女	しゅう.どう.じょ
神父	priest	prist	神父	しん.ぷ
唱詩班	choir	kwaɪr	聖歌隊	せい.か.たい
彌撒／禮拜儀式	mass	mæs	ミサ	
教宗	Pope	pop	教皇	きょう.こう

089

寺廟裡	in the temple ɪn ðə tɛmpḷ	てら 寺で

來擲筊吧！

Let's throw the divining blocks.

たいわんしき
台湾式おみくじをしましょう。

中	英		日	
佛經	Buddhist scripture	\`bʊdɪst \`skrɪptʃɚ	お経	お.きょう
神壇	altar	\`ɔltɚ	神壇	しん.だん
祭品	sacrifice	\`sækrə͵faɪs	お供え物	お.そな.え.もの
佛像	Buddhist statue	\`bʊdɪst \`stætʃu	仏像	ぶつ.ぞう
籤筒	lots container	lɑts kən\`tenɚ	籤筒	くじ.づつ
籤詩	fortune slip	\`fɔrtʃən slɪp	御神籤	お.み.くじ
筊杯	divining blocks	də\`vaɪnɪŋ blɑkz	台湾式おみくじ	たい.わん.しき.お.み.くじ
護身符	amulet	\`æmjəlɪt	お守り	お.まも.り
線香	incense	\`ɪnsɛns	線香	せん.こう
香爐	incense burner	\`ɪnsɛns \`bɝnɚ	香炉	こう.ろ
僧侶	monk	mʌŋk	僧侶	そう.りょ
尼姑	nun	nʌn	尼	あま

090

溫室裡	in the greenhouse ɪn ðə `grin,haʊs	温室で（おんしつ）

我吃有機蔬菜。

I eat organic vegetables.

私（わたし）は、有機野菜（ゆうきやさい）を食（た）べている。

中	英		日	
植物	plant	plænt	植物	しょく.ぶつ
小鏟子	scoop	skup	スコップ	
大鏟子	shovel	`ʃʌvḷ	シャベル	
雜草	weed	wid	雑草	ざ.っそう
害蟲	harmful insect	`hɑrmfəl `ɪnsɛkt	害虫	がい.ちゅう
土壤	soil	sɔɪl	土壌	ど.じょう
肥料	fertilizer	`fɝtḷ,aɪzɚ	肥料	ひ.りょう
除蟲劑	pesticide	`pɛstɪ,saɪd	殺虫剤	さ.っちゅう.ざい
有機蔬菜	organic vegetable	ɔr`gænɪk `vɛdʒətəbḷ	有機野菜	ゆう.き.や.さい
有機水果	organic fruit	ɔr`gænɪk frut	有機果物	ゆう.き.くだ.もの
農藥噴霧器	pesticide sprayer	`pɛstɪ,saɪd `spreɚ	農薬噴霧器	のう.やく.ふん.む.き
灑水設備	sprinkler	`sprɪŋklɚ	スプリンクラー	

091

建築工地	construction site kən`strʌkʃən saɪt	けんちくげんば 建築現場

戴上安全帽。

Put on my helmet.

ヘルメットをかぶる。

中	英		日	
鷹架	scaffold	`skæfḷd	足場	あし.ば
建築工人	construction worker	kən`strʌkʃən `wɝkə	建築作業員	けん.ちく.さ.ぎょう.いん
建築師	architect	`ɑrkə͵tɛkt	建築家	けん.ちく.か
吊車	crane truck	kren trʌk	クレーン車	ク.レー.ン.しゃ
地基	foundation	faʊn`deʃən	基礎	き.そ
磚塊	brick	brɪk	レンガ	
臨時工	temporary worker	`tɛmpə͵rɛrɪ `wɝkɚ	臨時作業員	りん.じ.さ.ぎょう.いん
起重機	crane	kren	クレーン	
鋼筋混凝土	reinforced concrete	͵riɪn`fɔrst `kɑnkrit	鉄筋コンクリート	て.っきん.コ.ン.ク.リー.ト
安全帽	helmet	`hɛlmɪt	ヘルメット	
監工者	supervisor	`supɚ͵vaɪzɚ	現場監督	げん.ば.かん.とく
手推車	wheelbarrow	`hwil͵bæro	一輪車	いち.りん.しゃ

092

記者會	press conference `prɛs ˌkɑnfərəns	きしゃかいけん 記者会見

記者會開始了。

The press conference has just started.

記者会見(きしゃかいけん)が始(はじ)まった。

中	英		日	
記者	reporter	rɪ`portɚ	記者	き.しゃ
攝影機	camera	`kæmərə	カメラ	
發言人	spokesperson	`spoksˌpɝsn̩	発表者	は.っぴょう.しゃ
受害者	victim	`vɪktɪm	被害者	ひ.がい.しゃ
名人	celebrity	sɪ`lɛbrətɪ	有名人	ゆう.めい.じん
律師	lawyer	`lɔjɚ	弁護士	べん.ご.し
攝影師	photographer	fə`tɑgrəfɚ	カメラマン	
麥克風	microphone	`maɪkrəˌfon	マイク	
SNG 車	SNG car (satellite news gathering)	`ɛs`ɛn`dʒi kɑr (`sætl̩ˌaɪt njuz `gæðərɪŋ)	SNG車	エス.エヌ.ジー.しゃ
保鑣	bodyguard	`bɑdɪˌgɑrd	ボディーガード	
警衛	security	sɪ`kjʊrətɪ	ガードマン	
狗仔隊	paparazzi	ˌpɑpə`rɑtsɪ	パパラッチ	

093

法院裡	in the court ɪn ðə kort	ほうてい 法廷で

<u>被告</u>不停地哭泣。

The <u>defendant</u> is crying non-stop.

<u>被告</u>(ひこく)が泣(な)き続(つづ)けている。

中	英		日	
法官	judge	dʒʌdʒ	裁判官	さい.ばん.かん
法庭	court	kort	法廷	ほう.てい
檢察官	prosecutor	ˋprɑsɪˏkjutɚ	検察官	けん.さつ.かん
陪審員	juror	ˋdʒʊrɚ	陪審員	ばい.しん.いん
證人	witness	ˋwɪtnɪs	証人	しょう.にん
證詞	testimony	ˋtɛstəˏmonɪ	証言	しょう.げん
旁聽席	public gallery	ˋpʌblɪk ˋgælərɪ	傍聴席	ぼう.ちょう.せき
原告	plaintiff	ˋplentɪf	原告	げん.こく
被告	defendant	dɪˋfɛndənt	被告	ひ.こく
證據	evidence	ˋɛvədəns	証拠	しょう.こ
判決	judgment	ˋdʒʌdʒmənt	判決	はん.けつ
辯護律師	attorney	əˋtɝnɪ	弁護人	べん.ご.にん

094

上課時	during a lecture \`djʊrɪŋ ə \`lɛktʃɚ	じゅぎょうちゅう 授業中

課堂聽講。

Taking a lecture in class.

授業(じゅぎょう)を聞(き)く。

中	英		日	
發呆	absent-minded	\`æbsnt-\`maɪndɪd	ぼうっとする	
做筆記	take notes	tek nots	ノートを取る	ノー.ト.を.と.る
打瞌睡	doze	doz	居眠りをする	い.ねむ.り.を.す.る
傳紙條	pass a note	pæs ə not	手紙回し	て.がみ.まわ.し
遲到	late	let	遅刻	ち.こく
早退	leave early	liv \`ɝlɪ	早退	そう.たい
體罰	corporal punishment	\`kɔrpərəl \`pʌnɪʃmənt	体罰	たい.ばつ
小考	quiz	kwɪz	小テスト	しょう.テ.ス.ト
點名	roll call	rol kɔl	出席を取る	しゅ.っせき.を.と.る
出席	present	\`prɛzn̩t	出席	しゅ.っせき
缺席	absent	\`æbsn̩t	欠席	け.っせき
蹺課	skip class	skɪp klæs	授業をさぼる	じゅ.ぎょう.を.さ.ぼ.る

095

學校生活	school life skul laɪf	がっこうせいかつ 学校生活

和班上同學交談。

Speaking with classmates.

クラスメートと話(はな)す。

中	英		日	
上學	go to school	go tu skul	学校へ行く	が.っこう.へ.い.く
放學	after school	`æftɚ skul	放課後	ほう.か.ご
開學	semester start	sə`mɛstɚ stɑrt	始業	し.ぎょう
作業	homework	`hom,wɝk	宿題	しゅく.だい
上學期	first semester	fɝst sə`mɛstɚ	前期	ぜん.き
下學期	second semester	`sɛkənd sə`mɛstɚ	後期	こう.き
學費	tuition	tju`ɪʃən	学費	がく.ひ
註冊	enroll	ɪn`rol	登録	とう.ろく
午休時間	lunch break	lʌntʃ brek	昼休み	ひる.やす.み
寒假	winter vacation	`wɪntɚ ve`keʃən	冬休み	ふゆ.やす.み
暑假	summer vacation	`sʌmɚ ve`keʃən	夏休み	なつ.やす.み
校慶	school birthday	skul `bɝθ,de	創立記念日	そう.りつ.き.ねん.び

096

讀書	study `stʌdɪ	べんきょう 勉強

啊～唸書好無趣～

Man, studying is boring.

ああ、勉強（べんきょう）はつまらない。

中	英		日	
知識	knowledge	`nɑlɪdʒ	知識	ち.しき
畫重點	underline	ˏʌndɚ`laɪn	下線を引く	か.せん.を.ひ.く
背誦	recite	ri`saɪt	暗唱	あん.しょう
理解	understand	ˏʌndɚ`stænd	理解	り.かい
預習	preview	`priˏvju	予習	よ.しゅう
複習	review	rɪ`vju	復習	ふく.しゅう
讀書計畫	study plan	`stʌdɪ plæn	学習計画	がく.しゅう.けい.かく
成績優秀	straight A's	stret ez	成績優秀	せい.せき.ゆう.しゅう
專心	focus	`fokəs	集中	しゅう.ちゅう
不專心	not focus	nɑt `fokəs	気が散る	き.が.ち.る
書呆子	nerd	nɝd	がり勉	が.り.べん
壓力	pressure	`prɛʃɚ	プレッシャー	

考試	examination ɪg͵zæmə`neʃən	テスト

交巻。

Turn in the answer sheet.

テストを提出(ていしゅつ)する。

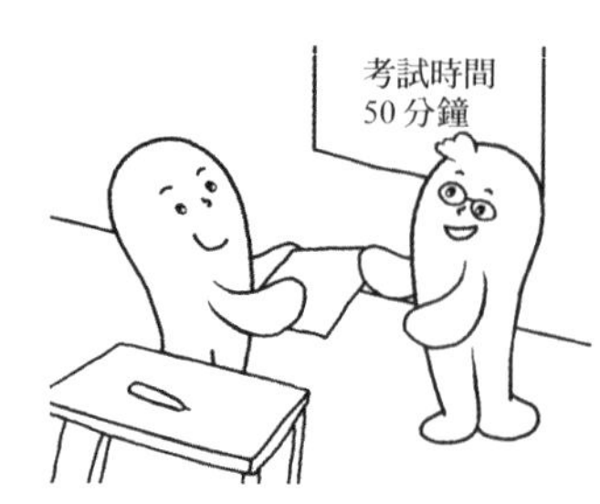

中	英		日	
答案	answer	`ænsɚ	答え	こたえ
考卷	question paper	`kwɛstʃən `pepɚ	問題用紙	もん.だい.よう.し
答案紙	answer sheet	`ænsɚ ʃit	答案用紙	とう.あん.よう.し
合格	pass	pæs	合格	ごう.かく
不合格	fail	fel	不合格	ふ.ごう.かく
作弊	cheat	tʃit	カンニング	
可帶課本和筆記	open book	`opən bʊk	教科書ノート持ち込み	きょう.か.しょ.ノー.ト.も.ち.こ.み
選擇題	multiple choice question	`mʌltəpl̩ tʃɔɪs `kwɛstʃən	選択問題	せん.たく.もん.だい
填充題	cloze question	kloz `kwɛstʃən	穴埋め問題	あな.う.め.もん.だい
科目	subject	`sʌbdʒɪkt	教科	きょう.か
期中考	midterm exam	`mɪd͵tɝm ɪg`zæm	中間テスト	ちゅう.かん.テ.ス.ト
期末考	final exam	`faɪnl̩ ɪg`zæm	期末テスト	き.まつ.テ.ス.ト

098

成績優異	good grades gud gredz	せいせきゆうしゅう 成績優秀

獲得<u>100分</u>。

Receiving <u>100 points</u> on the score.

<u>100点</u>(ひゃくてん)を取(と)った。

中	英		日	
高分	high score	haɪ skor	高得点	こう.とく.てん
優等生	straight A student	stret e ˋstjudn̩t	優等生	ゆう.とう.せい
獎學金	scholarship	ˋskɑlɚ͵ʃɪp	奨学金	しょう.がく.きん
勤奮	hard-working	͵hɑrdˋwɝkɪŋ	勤勉	きん.べん
努力	effort	ˋɛfɚt	努力	ど.りょく
頭腦好	brainy	ˋbrenɪ	頭が良い	あたま.が.よ.い
前途光明	bright future	braɪt ˋfjutʃɚ	前途洋々	ぜん.と.よう.よう
第一名	first place	fɝst ples	一位	いち.い
引以為傲	proud	praʊd	誇りに思う	ほこ.り.に.おも.う
唸書祕訣	study tip	ˋstʌdɪ tɪp	勉強の秘訣	べん.きょう.の.ひ.けつ
出國進修	study abroad	ˋstʌdɪ əˋbrɔd	海外進学	かい.がい.しん.がく
天才	genius	ˋdʒinjəs	天才	てん.さい

099

大學生活	college life `kɑlɪdʒ laɪf	だいがくせいかつ 大学生活

快要期中考了。

The mid-term is coming.

もうすぐ中間（ちゅうかん）テストです。

中	英		日	
教授	professor	prəˋfɛsɚ	教授	きょう.じゅ
學分	credit	ˋkrɛdɪt	単位	たん.い
聯誼活動	group dating activity	grup ˋdetɪŋ ækˋtɪvətɪ	合コン	ごう.こん
蹺課	skip class	skɪp klæs	授業をさぼる	じゅ.ぎょう.を.さ.ぼる
必修課	required course	rɪˋkwaɪrd kors	必修科目	ひ.っしゅう.か.もく
選修課	optional course	ˋɑpʃənḷ kors	選択科目	せん.たく.か.もく
點名	roll call	rol kɔl	出席を取る	しゅ.っせき.を.と.る
休學	leave of absence	liv ɑv ˋæbsṇs	休学	きゅう.がく
退學	drop out	drɑp aut	退学	たい.がく
社團	club	klʌb	サークル	
課程	lecture	ˋlɛktʃɚ	講義	こう.ぎ
實習	internship	ˋɪntɝnʃɪp	実習	じ.っしゅう

100

畢業	graduation ˌgrædʒʊˋeʃən	そつぎょう 卒　業

找工作。

Look for a job.

仕事(しごと)を探(さが)す。

中	英		日	
學士服	academic dress	ˌækəˋdɛmɪk drɛs	アカデミックガウン	
畢業考	graduation examination	ˌgrædʒʊˋeʃən ɪgˌzæməˋneʃən	卒業試験	そつ.ぎょう.し.けん
畢業證書	diploma	dɪˋplomə	卒業証書	そつ.ぎょう.しょう.しょ
畢業典禮	graduation ceremony	ˌgrædʒʊˋeʃən ˋsɛrəˌmonɪ	卒業式	そつ.ぎょう.しき
畢業論文	thesis／dissertation	ˋθisɪs／ˌdɪsɚˋteʃən	卒業論文	そつ.ぎょう.ろん.ぶん
畢業紀念冊	yearbook	ˋjɪrˌbʊk	卒業アルバム	そつ.ぎょう.ア.ル.バ.ム
畢業照	yearbook photo	ˋjɪrˌbʊk ˋfoto	卒業写真	そつ.ぎょう.しゃ.しん
畢業旅行	graduation trip	ˌgrædʒʊˋeʃən trɪp	卒業旅行	そつ.ぎょう.りょ.こう
應屆畢業生	new graduate	nju ˋgrædʒʊˌet	新卒	しん.そつ
研究所	graduate school	ˋgrædʒʊˌet skul	大学院	だい.がく.いん
就業諮詢	career counseling	kəˋrɪr ˋkaʊnsḷɪŋ	就職相談	しゅう.しょく.そう.だん
肄業	drop out	drɑp aʊt	中途退学	ちゅう.と.たい.がく

留學	study abroad \`stʌdɪ ə\`brɔd	りゅうがく 留　学

打算出國留學。

Plan to study overseas.

私（わたし）は、海外（かいがい）に留学（りゅうがく）するつもりです。

中	英		日	
唸書	study	\`stʌdɪ	勉強	べん.きょう
公費	government-financed	\`gʌvənmənt-ˏfaɪ\`nænst	国費	こく.ひ
自費	at one's own expense	æt wʌns on ɪk\`spɛns	私費	し.ひ
學位	degree	dɪ\`gri	学位	がく.い
學生簽證	student visa	\`stjudn̩t \`vɪzə	学生ビザ	がく.せい.ビ.ザ
學分抵免	credit transfer	\`krɛdɪt træns\`fɝ	単位互換	たん.い.ご.かん
申請學校	apply for school	ə\`plaɪ fɔr skul	学校の申請	が.っこう.の.しん.せい
指導教授	advisor	əd\`vaɪzɚ	指導教授	し.どう.きょう.じゅ
種族歧視	racial discrimination	\`reʃəl dɪˏskrɪ-məneʃən	人種差別	じん.しゅ.さ.べつ
交換學生	exchange student	ɪks\`tʃendʒ \`stjudn̩t	交換留学生	こう.かん.りゅう.がく.せい
文化衝擊	culture shock	\`kʌltʃɚ ʃɑk	カルチャーショック	
想家	homesick	\`homˏsɪk	ホームシック	

102

閱讀	reading ˋridɪŋ	どくしょ 読書

翻到下一頁。

Turn to the next page.

次(つぎ)のページを見(み)る。

中	英		日	
書	book	bʊk	本	ほん
電子書	e-book	ˋiˋbʊk	電子書籍	でん.し.しょ.せき
報紙	newspaper	ˋnjuzˏpepɚ	新聞	しん.ぶん
雜誌	magazine	ˏmægəˋzin	雑誌	ざ.っし
閱讀習慣	reading habit	ˋridɪŋ ˋhæbɪt	読書習慣	どく.しょ.しゅう.かん
瀏覽	browse	braʊz	ざっと見る	ざ.っと.み.る
精讀	intensive reading	ɪnˋtɛnsɪv ˋridɪŋ	精読	せい.どく
速讀	speed reading	spid ˋridɪŋ	速読	そく.どく
引人入勝的書	page-turner	ˋpedʒˏtɝnɚ	読者を虜にする本	どく.しゃ.を.とりこ.に.す.る.ほん
書籤	bookmark	ˋbʊkˏmɑrk	しおり	
書評	book review	bʊk rɪˋvju	書評	しょ.ひょう
序言	preface	ˋprɛfɪs	序	じょ

103

作文	essay ˋɛse	さくぶん 作文

我沒有靈感。

I am out of inspiration.

ひらめかない。

中	英		日	
起（開端）	beginning	bɪˋgɪnɪŋ	起	き
承（承接並申述）	middle	ˋmɪdḷ	承	しょう
轉（轉折）	climax	ˋklaɪmæks	転	てん
合（總結）	conclusion	kənˋkluʒən	結	けつ
論點	argument	ˋɑrgjəmənt	論点	ろん.てん
陳述	state	stet	述べる	の.べ.る
抄襲	plagiarism	ˋpledʒəˏrɪzəm	盜作	とう.さく
参考資料	reference	ˋrefərəns	参考資料	さん.こう.し.りょう
段落	paragraph	ˋpærəˏgræf	段落	だん.らく
標題	title	ˋtaɪtḷ	タイトル	
句子	sentence	ˋsɛntəns	文	ぶん
主題	theme	θim	テーマ	

104

書	book buk	ほん 本

這本書真有趣！

This is an interesting book.

この本（ほん）はすごく面白（おもしろ）いね。

中	英		日	
作者	author	`ɔθɚ	作者	さく.しゃ
譯者	translator	trænsˋletɚ	訳者	やく.しゃ
出版社	publisher	`pʌblɪʃɚ	出版社	しゅ.っぱん.しゃ
編輯	editor	`ɛdɪtɚ	編集	へん.しゅう
版權	copyright	`kɑpɪˏraɪt	著作権	ちょ.さく.けん
排版	layout	`leˏaut	レイアウト	
校對	proofread	`prufˏrid	校正	こう.せい
印刷	print	prɪnt	印刷	いん.さつ
裝訂	bookbinding	`bukˏbaɪndɪŋ	製本	せい.ほん
刷次／版本	version	`vɝʒən	版数	はん.すう
二手書	second-hand book	`sɛkəndˋhænd buk	古本	ふる.ほん
絕版	out of print	aut ɑv prɪnt	絶版	ぜ.っぱん
封面	cover	`kʌvɚ	表紙	ひょう.し
內頁	content	`kɑntɛnt	中身	なか.み

105

日常數學	normal mathematics \`nɔrml ˌmæθə\`mætɪks	にちじょう　すうがく 日　常　の 数　学

看看有幾副？（指眼鏡）

How many pairs are there?

いくつ眼鏡(めがね)を持(も)っていますか。

中	英		日	
加法	addition	əˋdɪʃən	足算	たし.ざん
減法	subtraction	səbˋtrækʃən	引算	ひき.ざん
乘法	multiplication	ˌmʌltəpləˋkeʃən	掛算	かけ.ざん
除法	division	dəˋvɪʒən	割算	わり.ざん
九九乘法表	multiplication table	ˌmʌltəpləˋkeʃən ˋtebḷ	九九表	く.く.ひょう
奇數	odd number	ɑd ˋnʌmbɚ	奇数	き.すう
偶數	even number	ˋivən ˋnʌmbɚ	偶数	ぐう.すう
四捨五入	round	raʊnd	四捨五入	し.しゃ.ご.にゅう
小數點	decimal point	ˋdɛsɪmḷ pɔɪnt	小数点	しょう.すう.てん
計算	calculate	ˋkælkjə.let	計算	けい.さん
平均值	average	ˋævərɪdʒ	平均値	へい.きん.ち
阿拉伯數字	Arabic numerals	ˋærəbɪk ˋnjumərəlz	アラビア数字	ア.ラ.ビ.ア.すう.じ

106

度量衡	measuring `mɛʒrɪŋ	どりょうこう 度量衡

你有多高（身高是多少公分）？

How tall are you?

身長（しんちょう）は何（なん）センチですか。

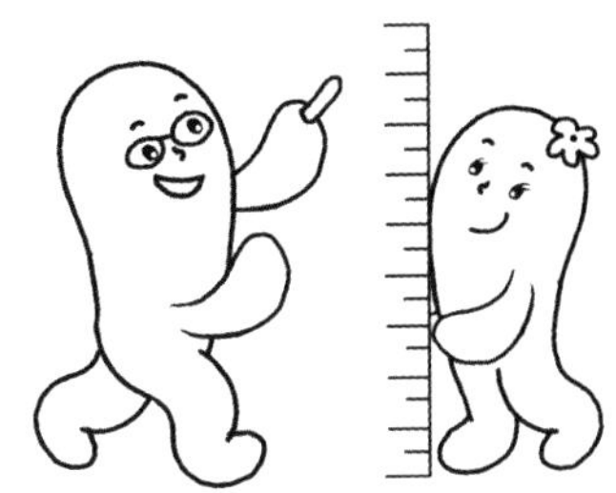

中	英		日	
公里	kilometer	`kɪlə,mitɚ	キロメートル	
公尺	meter	`mitɚ	メートル	
公分	centimeter	`sɛntə,mitɚ	センチメートル（＝センチ）	
公釐	millimeter	`mɪlə,mitɚ	ミリメートル	
公斤	kilogram	`kɪlə,græm	キログラム	
公克	gram	græm	グラム	
公升	liter	`litɚ	リットル	
毫升	milliliter	`mɪlɪ,litɚ	CC	シー.シー
磅	pound	paʊnd	ポンド	
盎司	ounce	aʊns	オンス	
哩	mile	maɪl	マイル	
呎	foot	fʊt	フィート	

107

初次見面	first meet fɝst mit	しょたいめん 初対面

我們很<u>合得來</u>。

We <u>get along well</u>.

私（わたし）たち、<u>気（き）が合（あ）う</u>ね。

中	英		日	
自我介紹	self introduction	sɛlf ˌɪntrəˋdʌkʃən	自己紹介	じ.こ.しょう.かい
名片	name card	nem kɑrd	名刺	めい.し
似曾相識	deja vu	ˏdeʒɑˋvu	既視感	き.し.かん
握手	shake hands	ʃek hændz	握手	あく.しゅ
寒暄	greeting	ˋgritɪŋ	挨拶	あい.さつ
合得來	get along well	get əˋlɔŋ wɛl	気が合う	き.が.あ.う
不對盤	don't get along	dont get əˋlɔŋ	気が合わない	き.が.あ.わ.な.い
打破沈默	break the ice	brek ði aɪs	沈黙を破る	ちん.もく.を.やぶ.る
緊張	nervous	ˋnɝvəs	緊張	きん.ちょう
第一印象	first impression	fɝst ɪmˋprɛʃən	第一印象	だい.いち.いん.しょう
戒心	vigilance	ˋvɪdʒələns	警戒心	けい.かい.しん
陌生人	stranger	ˋstrendʒɚ	知らない人	し.ら.な.い.ひと

生日	birthday ˋbɜθˏde	たんじょうび 誕生日

切生日蛋糕。

Cutting a birthday cake.

バースデーケーキを切（き）る。

中	英		日	
驚喜	surprise	səˋpraɪz	驚き喜ぶ	おどろ.き.よろこ.ぶ
派對	party	ˋpartɪ	パーティー	
生日蛋糕	birthday cake	ˋbɜθˏde kek	バースデーケーキ	
生日快樂歌	birthday song	ˋbɜθˏde sɔŋ	バースデーソング	
生日禮物	birthday present	ˋbɜθˏde ˋprɛzn̩t	誕生日プレゼント	たん.じょう.び.プ.レ.ゼ.ン.ト
蠟燭	candle	ˋkændl̩	蝋燭	ろう.そく
許願	make a wish	mek ə wɪʃ	願をかける	がん.を.か.け.る
感動的	touching	ˋtʌtʃɪŋ	感動的	かん.とう.てき
生日卡	birthday card	ˋbɜθˏde kard	バースデーカード	
慶祝	celebrate	ˋsɛləˏbret	お祝いする	お.いわ.い.す.る
誕生	born	born	誕生	たん.じょう
電子賀卡	e-card	ˋiˋkard	電子カード	でん.し.カー.ド

109

打電話	making a call ˋmekɪŋ ə kɔl	電話(でんわ)をかける

接聽電話。

Taking a phone call.

電話(でんわ)を取(と)る。

中	英		日	
撥號	dial	ˋdaɪəl	電話をかける	でん.わ.を.か.け.る
打錯電話	wrong number	rɔŋ ˋnʌmbɚ	間違い電話	ま.ちが.い.でん.わ
無人接聽	no answer	no ˋænsɚ	不在で電話に出ない	ふ.ざい.で.でん.わ.に.で.な.い
通話紀錄	call log	kɔl lɔg	通話記録	つう.わ.き.ろく
留話	leave a message	liv ə ˋmɛsɪdʒ	メッセージを残す	メ.ッセ.ー.ジ.を.のこ.す
總機	operator	ˋɑpəˏretɚ	オペレーター	
詐騙電話	telephone scam	ˋtɛləˏfon ˋskæm	詐欺電話	さ.ぎ.でん.わ
電話號碼	phone number	fon ˋnʌmbɚ	電話番号	でん.わ.ばん.ごう
接聽	answer	ˋænsɚ	応答	おう.とう
轉接	transfer	trænsˋfɝ	転送	てん.そう
分機	extension	ɪkˋstɛnʃən	内線	ない.せん
忙線	busy	ˋbɪzɪ	話し中	はな.し.ちゅう

110

時間	time taɪm	じかん 時間

現在剛好六點。

It is six o'clock sharp.

今(いま)、6時(ろくじ)ちょうどです。

中	英		日	
時間到	time's up	taɪmz ʌp	時間だ	じ.かん.だ
當地時間	local time	`lokḷ taɪm	現地時間	げん.ち.じ.かん
日期	date	det	日付	ひ.づけ
月	month	mʌnθ	月	つき
分	minute	`mɪnɪt	分	ふん
秒	second	`sɛkənd	秒	びょう
小時	hour	aʊr	時間	じ.かん
未來	future	`fjutʃɚ	未来	み.らい
現在	present	`prɛzṇt	現在	げん.ざい
過去	past	pæst	過去	か.こ
今天	today	tə`de	今日	きょう
明天	tomorrow	tə`mɔro	明日	あした

111

談戀愛	be in love bi ɪn lʌv	恋(こい)する

寫情書。

Write a love letter.

ラブレターを書(か)く。

中	英		日	
約會	date	det	デート	
親吻	kiss	kɪs	キス	
牽手	hold hands	hold hændz	手を繋ぐ	て.を.つな.ぐ
浪漫	romantic	rəˋmæntɪk	ロマンチック	
情書	love letter	lʌv ˋlɛtɚ	ラブレター	
劈腿	two-time	ˋtu͵taɪm	二股をかける	ふた.また.を.か.け.る
情人	lover	ˋlʌvɚ	恋人	こい.びと
同居	live together	lɪv təˋgɛðɚ	同棲	どう.せい
墜入愛河	fall in love	fɔl ɪn lʌv	恋に落ちる	こい.に.お.ち.る
承諾	promise	ˋpramɪs	約束	やく.そく
紀念日	anniversary	͵ænəˋvɝsərɪ	記念日	き.ねん.び
一見鍾情	love at first sight	lʌv æt fɝst saɪt	一目惚れ	ひと.め.ぼ.れ

112

搬家	move muv	ひっこ 引越し

搬新家。

Move to a new house.

しんきょ　ひっこ
新居に引越しする。

中	英		日	
卡車	truck	trʌk	トラック	
搬家工人	mover	\`muvɚ	引越作業員	ひ.っこし.さ.ぎょう.いん
搬家公司	moving company	\`muvɪŋ \`kʌmpənɪ	引越業者	ひ.っこし.ぎょう.しゃ
家具	furniture	\`fɝnɪtʃɚ	家具	か.ぐ
轉學	transfer	træns\`fɝ	転校	てん.こう
鄰居	neighbor	\`nebɚ	近所の人	きん.じょ.の.ひと
搬入	move in	muv ɪn	転入	てん.にゅう
遷出	move out	muv aʊt	転出	てん.しゅつ
新生活	new life	nju laɪf	新しい生活	あたら.し.い.せい.かつ
行李	luggage	\`lʌgɪdʒ	荷物	に.もつ
打包裝箱	pack	pæk	箱詰めする	はこ.づ.め.す.る
厚紙箱	cardboard box	\`kɑrd͵bord bɑks	ダンボール箱	ダ.ン.ボー.ル.ばこ

113

說話	talk tɔk	はな 話す

說悄悄話。

Whisper.

ないしょばなし
内緒話をする。

中	英		日	
說話	speak	spik	話す	はな.す
（說話）速度	speed	spid	（話す）スピード	（はな.す）ス.ピー.ド
語調	intonation	ˌɪntoˋneʃən	語調	ご.ちょう
對話	dialogue	ˋdaɪəˌlɔg	会話	かい.わ
方言	dialect	ˋdaɪəlɛkt	方言	ほう.げん
發音	pronunciation	prəˌnʌnsɪˋeʃən	発音	はつ.おん
口齒清晰	clearly	ˋklɪrlɪ	言葉がはっきりしている	こと.ば.が.は.っき.り.し.て.い.る
口齒不清	lisp	lɪsp	舌足らず	した.た.ら.ず
自言自語	talk to oneself	tɔk tu wʌnˋsɛlf	独り言	ひと.り.ごと
胡言亂語	talk nonsense	tɔk ˋnɑnsɛns	出任せを言う	で.まか.せ.を.い.う
口吃	stutter	ˋstʌtɚ	どもる	
插嘴	interrupt	ˌɪntəˋrʌpt	口を挟む	くち.を.はさ.む

114

發言	speaking ˋspikɪŋ	はつげん 発言

好無聊的演講。

It is a boring speech.

つまらない講演（こうえん）。

中	英		日	
陳述	state	stet	述べる	の.べ.る
舉手	raise one's hand	rez wʌns hænd	手を挙げる	て.を.あ.げ.る
形容	describe	dɪˋskraɪb	形容	けい.よう
解釋	explain	ɪkˋsplen	解釈	かい.しゃく
溝通	communication	kəˋmjunəˋkeʃən	コミュニケーション	
立場	position	pəˋzɪʃən	立場	たち.ば
發言人	speaker	ˋspikɚ	発言者	はつ.げん.しゃ
官方說法	official anno-uncement	əˋfɪʃəl əˋnaunsmənt	公式発表	こう.しき.は.っぴょう
打斷發言	interrupt	ˌɪntəˋrʌpt	発言を中断する	はつ.げん.を.ちゅう.だん.す.る
爭論	debate	dɪˋbet	争論	そう.ろん
說話緩慢	speak slowly	spik ˋslolɪ	ゆっくり話す	ゆ.っ.く.り.はな.す
口才好	eloquent	ˋɛləkənt	弁が立つ	べん.が.た.つ

115

敵對	antagonistic æn͵tægə`nɪstɪk	てきたい 敵 対

可惡！掛你電話！

Damn, I am hanging up on you.

むかつく。電話切るよ。(でんわき)

中	英		日	
盛怒	rage	redʒ	立腹する	り.っぷく.す.る
選邊站	take sides	tek saɪdz	(～の) 味方をする	(～の) み.かた.を.す.る
憤慨	resent	rɪ`zɛnt	憤慨	ふん.がい
吼叫	yell	jɛl	大声で叫ぶ	おお.ごえ.で.さけ.ぶ
口出惡言	curse	kɝs	罵る	ののし.る
髒話	curse word	kɝs wɝd	汚い言葉	きたな.い.こと.ば
中傷	smear	smɪr	中傷	ちゅう.しょう
惡意	malice	`mælɪs	悪意	あく.い
敵意	hostility	hɑs`tɪlətɪ	敵意	てき.い
保持中立	sit on the fence	sɪt ɑn ðə fɛns	中立を保つ	ちゅう.りつ.を.たも.つ
憎恨	hate	het	恨み嫌う	うら.み.きら.う
敵人	enemy	`ɛnəmɪ	敵	てき

116

吵架	fight faɪt	けんか 喧嘩

為什麼不理我？

Why won't you speak with me?

何で無視するの。

中	英		日	
和好	make up	mek ʌp	仲直りする	なか.なお.り.す.る
誤解	misunderst-anding	ˋmɪsʌndɚ-ˋstændɪŋ	誤解	ご.かい
道歉	apologize	əˋpɑlə͵dʒaɪz	謝る	あやま.る
面子	face	fes	面子	めん.つ
安慰	comfort	ˋkʌmfɚt	慰める	なぐさ.め.る
冷戰	silent treatment	ˋsaɪlənt ˋtritmənt	冷戦	れい.せん
口角	wrangle	ˋræŋgḷ	口喧嘩をする	くち.げん.か.を.す.る
抱怨	complain	kəmˋplen	文句を言う	もん.く.を.い.う
爭辯	argue	ˋɑrgjʊ	言い争う	い.い.あらそ.う
絕交	break off	brek ɔf	絶交する	ぜ.っこう.す.る
指責	point the finger	pɔɪnt ðə ˋfɪŋgɚ	非難する	ひ.なん.す.る
哭泣	cry	kraɪ	泣く	な.く

117

討論事情	discuss dɪˋskʌs	とうろん 討論する

我們討論企劃案。

We are going over a project.

ビジネスプランについて話し合っている。

中	英		日	
提出建議	propose	prəˋpoz	提案する	てい.あん.す.る
同意	agree	əˋgri	賛成	さん.せい
不同意	disagree	ˏdɪsəˋgri	反対	はん.たい
指出	point out	pɔɪnt aut	指摘する	し.てき.す.る
不予置評	no comment	no ˋkɑmɛnt	ノーコメント	
意見	opinion	əˋpɪnjən	意見	い.けん
總結	conclude	kənˋklud	まとめる	
考慮	consider	kənˋsɪdɚ	考慮する	こう.りょ.す.る
妥協	compromise	ˋkɑmprəˏmaɪz	妥協	だ.きょう
爭論	debate	dɪˋbet	争論	そう.ろん
主題	theme	θim	テーマ	
占上風	dominant	ˋdɑmənənt	優位に立つ	ゆう.い.に.た.つ

118

送禮	gift-giving `gɪft,gɪvɪŋ	プレゼントを送(おく)る

打上緞帶。

Tie a ribbon.

リボンをかける。

中	英		日	
禮物	gift	gɪft	プレゼント	
禮儀	manners	`mænɚz	礼儀	れい.ぎ
包裝紙	wrapping paper	`ræpɪŋ `pepɚ	包装紙	ほう.そう.し
蝴蝶結	bow	bo	蝶々結び	ちょう.ちょう.むす.び
緞帶	ribbon	`rɪbən	リボン	
拆開(包裝)	unwrap	ʌn`ræp	開ける	あ.け.る
阿諛奉承	kiss up to someone	kɪs ʌp tu `sʌm,wʌn	お世辞を言う	お.せ.じ.を.い.う
交換禮物	gift exchange	gɪft ɪks`tʃendʒ	プレゼント交換	プ.レ.ゼ.ン.ト.こう.かん
禁忌	taboo	te`bu	タブー	
得體	appropriate	ə`proprɪ,et	適切	てき.せつ
人情世故	the ways of the world	ðə wez ɑv ðə wɝld	義理人情	ぎ.り.にん.じょう
禮品店	gift shop	gɪft ʃɑp	ギフトショップ	

119

洗衣服	do the laundry du ðə `lɔndrɪ	せんたく 洗濯

搓洗衣服。

Scrub the clothes.

服(ふく)を揉(も)み洗(あら)いする。

中	英		日	
洗衣機	washing machine	`wɑʃɪŋ məˋʃin	洗濯機	せん.たく.き
烘乾機	dryer	`draɪɚ	乾燥機	かん.そう.き
乾洗	dry cleaning	draɪ `klinɪŋ	ドライクリーニング	
手洗	wash by hand	wɑʃ baɪ hænd	手洗い	て.あら.い
洗衣粉	washing powder	`wɑʃɪŋ `paʊdɚ	粉洗剤	こな.せん.ざい
洗衣精	detergent	dɪˋtɝdʒənt	液体洗剤	えき.たい.せん.ざい
漂白	bleach	blitʃ	漂白	ひょう.はく
褪色	fade	fed	色褪せ	いろ.あ.せ
毛球	pill	pɪl	毛玉	け.だま
縮水	shrink	ʃrɪŋk	縮む	ちぢ.む
脫水	spin dry	spɪn draɪ	脱水	だ.っすい
洗滌標示	care label	kɛr `lebl̩	洗濯表示	せん.たく.ひょう.じ

120

朋友	friend frɛnd	ともだち 友達

我們是<u>好朋友</u>。

We are <u>close friends</u>.

私(わたし)たちは<u>親友(しんゆう)</u>です。

中	英		日	
友誼	friendship	ˋfrɛndʃɪp	友情	ゆう.じょう
信賴	trust	trʌst	信頼	しん.らい
親近	close	kloz	仲良し	なか.よ.し
點頭之交	acquaintance	əˋkwentəns	顔見知り	かお.み.し.り
童年好友	childhood friend	ˋtʃaɪld͵hʊd frɛnd	幼馴染	おさな.な.じみ
人際關係	interpersonal relationship	͵ɪntəˋpɝsənḷ rɪˋleʃənˋʃɪp	人間関係	にん.げん.かん.けい
酒肉朋友	fair-weather friend	ˋfɛr͵wɛðə frɛnd	都合のいい時だけの友達	つ.ごう.の.い.い.とき.だ.け.の.とも.だち
網友	internet friend	ˋɪntə͵nɛt frɛnd	ネット仲間	ネ.ッ.ト.なか.ま
好友	close friend	kloz frɛnd	親友	しん.ゆう
知音	soul mate	sol met	ソウルメイト	
絕交	end friendship	ɛnd ˋfrɛndʃɪp	絶交	ぜ.っ.こう
依靠	rely on	rɪˋlaɪ ɑn	頼る	たよ.る

121

居家裝潢	decoration ˌdɛkəˋreʃən	そうしょく 装　飾

我的房間採光很好。

There is good lighting in my room.

私（わたし）の部屋（へや）は、日当（ひあ）たりがいい。

中	英		日	
裝潢	decorate	ˋdɛkəˌret	装飾する	そう.しょく.す.る
設計	design	dɪˋzaɪn	デザイン	
藍圖	blueprint	ˋbluˋprɪnt	青写真	あお.じゃ.しん
室內設計師	interior designer	ɪnˋtɪrɪɚ dɪˋzaɪnɚ	インテリアデザイナー	
刷油漆	paint	pent	ペンキを塗る	ぺ.ン.キ.を.ぬ.る
採光	lighting	ˋlaɪtɪŋ	日当たり	ひ.あ.た.り
隔間	partition	pɑrˋtɪʃən	仕切り	し.き.り
木匠	carpenter	ˋkɑrpəntɚ	大工	だい.く
家具	furniture	ˋfɝnɪtʃɚ	家具	か.ぐ
施工	construction	kənˋstrʌkʃən	工事	こう.じ
建材	construction material	kənˋstrʌkʃən məˋtɪrɪəl	建材	けん.ざい
壁紙	wallpaper	ˋwɔlˌpepɚ	壁紙	かべ.がみ

122

清潔環境	cleaning ˋkliniŋ	そうじ 掃除

拖地板。

Mop the floor.

モップがけをする。

中	英		日	
掃地	sweep	swip	掃き掃除する	は.き.そう.じ.す.る
拖地	mop	mɑp	モップがけをする	
倒垃圾	take out the garbage	tek aut ðə gɑrbɪdʒ	ゴミを捨てる	ゴ.ミ.を.す.て.る
灰塵	dust	dʌst	埃	ほこり
蜘蛛網	spider web	ˋspaɪdɚ wɛb	クモの巣	ク.モ.の.す
發霉	get moldy	gɛt ˋmoldɪ	カビが生える	カ.ビ.が.は.え.る
雜亂	mess	mɛs	散らかった	ち.ら.か.った
骯髒	dirty	ˋdɝtɪ	不潔	ふ.けつ
汙垢	filth	fɪlθ	汚れ	よご.れ
打蠟	wax	wæks	ワックスをかける	
居家衛生	household hygiene	ˋhaʊsˏhold ˋhaɪdʒin	家庭の衛生	か.てい.の.えい.せい
消毒	sterilize	ˋstɛrəˏlaɪz	消毒	しょう.どく

123

睡覺	sleeping ˋslipɪŋ	すいみん 睡眠

作惡夢了。

I had a nightmare.

悪夢(あくむ)を見(み)た。

中	英		日	
熟睡	deep sleep	dip slip	熟睡	じゅく.すい
淺睡	light sleep	laɪt slip	浅い眠り	あさ.い.ねむ.り
作夢	dream	drim	夢を見る	ゆめ.を.み.る
說夢話	talk in someone's sleep	tɔk ɪn ˋsʌmˏwʌnz slip	寝言を言う	ね.ごと.を.い.う
失眠	insomnia	ɪnˋsɑmnɪə	不眠	ふ.みん
數羊	count sheep	kaʊnt ʃip	羊を数える	ひつじ.を.かぞ.え.る
翻身	toss and turn	tɔs ænd tɝn	寝返り	ね.がえ.り
磨牙	grind one's teeth	graɪnd wʌnz tiθ	歯軋り	は.ぎし.り
打呼	snore	snor	いびき	
睡眠品質	sleep quality	slip ˋkwɑlətɪ	眠りの質	ねむ.り.の.しつ
睡過頭	oversleep	ˋovɚˋslip	寝坊	ね.ぼう
打瞌睡	snooze	snuz	居眠りをする	い.ねむ.り.を.す.る

124

用電	electricity ˌilɛkˋtrɪsətɪ	でんりょく 電　力

啊！停電了！

Oh no! There is a blackout.

あ、停電（ていでん）だ。

中	英		日	
電線	electric wire	ɪˋlɛktrɪk　waɪr	電線	でん.せん
觸電	electrical shock	ɪˋlɛktrɪkḷ ʃɑk	感電	かん.でん
短路	short circuit	ʃɔrt　ˋsɝkɪt	ショートする	
發電機	generator	ˋdʒɛnəˏretɚ	発電機	はつ.でん.き
電度表	electric meter	ɪˋlɛktrɪk ˋmitɚ	電力量計	でん.りょく.りょう.けい
發電廠	power station	ˋpauɚ　ˋsteʃən	発電所	はつ.でん.しょ
插頭	plug	plʌg	電源プラグ	でん.げん.プ.ラ.グ
變壓器	transformer	trænsˋfɔrmɚ	変圧器	へん.あつ.き
電量超載	overload	ˋovɚˋlod	使用電力オーバー	し.よう.でん.りょく.オー.バー
漏電	electric leakage	ɪˋlɛktrɪk ˋlɪkɪdʒ	漏電	ろう.でん
充電	charge	tʃɑrdʒ	充電	じゅう.でん
停電	blackout	ˋblækˏaut	停電	てい.でん

125

美容保養	beauty care ˋbjutɪ kɛr	びようびがん 美容美顔

敷面膜。

Applying a facial mask.

フェイスマスクをする。

中	英		日	
面膜	facial mask	ˋfeʃəl mæsk	フェイシャルマスク	
去角質	exfoliation	ɛks͵folɪˋeʃən	角質除去	かく.しつ.じょ.きょ
卸妝	remove makeup	rɪˋmuv ˋmek͵ʌp	クレンジング	
防曬	sun block	sʌn blɑk	日焼け止め	ひ.や.け.ど.め
美白	skin whitening	skɪn ˋhwaɪtnɪŋ	美白	び.はく
按摩	massage	məˋsɑʒ	マッサージ	
粉刺	blackheads	ˋblæk͵hɛdz	毛穴の黒ずみ	け.あな.の.くろ.ず.み
面皰	acne	ˋæknɪ	ニキビ	
毛孔	pore	por	毛穴	け.あな
深層清潔	deep clean	dip klin	ディープクレンジング	
抗老	anti-aging	͵æntɪˋedʒɪŋ	アンチエイジング	
控油	oil control	ɔɪl kənˋtrol	オイルコントロール	

126

盥洗	cleaning ˋkliniŋ	せいけつ 清潔

刷牙。

Brush your teeth.

歯磨き（はみがき）をする。

中	英		日	
刷牙	brush teeth	brʌʃ tiθ	歯磨き	は.みが.き
洗臉	wash face	wɑʃ fes	洗顔	せん.がん
漱口	rinse mouth	rɪns maʊθ	うがい	
洗澡	take a shower	tek ə ˋʃaʊɚ	入浴	にゅう.よく
泡澡	bathe	beð	バスタブに浸かる	バ.ス.タ.ブ.に.つ.か.る
淋浴	shower	ˋʃaʊɚ	シャワー	
蓮蓬頭	shower head	ˋʃaʊɚ hɛd	シャワーヘッド	
洗頭	wash hair	wɑʃ hɛr	シャンプー	
裸體	naked	ˋnekɪd	裸	はだか
熱水	hot water	hɑt ˋwɔtɚ	お湯	お.ゆ
冷水	cold water	kold ˋwɔtɚ	冷水	れい.すい
沐浴鹽	bath salt	bæθ sɔlt	バスソルト	

127

個人衛生	personal hygiene `pɝsn̩l `haɪdʒin	こじんえいせい 個人衛生

洗手。

Wash hands.

手(て)を洗(あら)う。

中	英		日	
衛生	hygiene	`haɪdʒin	衛生	えい.せい
乾淨	clean	klin	清潔	せい.けつ
骯髒	dirty	`dɝtɪ	不潔	ふ.けつ
細菌	germ	dʒɝm	細菌	さい.きん
口臭	bad breath	bæd brɛθ	口臭	こう.しゅう
潔癖	clean freak	klin frik	潔癖	け.っぺき
病毒	virus	`vaɪrəs	ウイルス	
體味	body odor	`bɑdɪ `odɚ	体臭	たい.しゅう
皮膚病	skin disease	skɪn dɪ`ziz	皮膚病	ひ.ふ.びょう
儀容	looks	lʊks	ルックス	
盥洗用具	toiletry	`tɔɪlɪtrɪ	洗面用具	せん.めん.よう.ぐ
免疫力	immunity	ɪ`mjunətɪ	免疫力	めん.えき.りょく

128

禮儀	manners `mænɚz	れいぎ 礼儀

好久不見，你好。

It has been a while. How are you?

こんにちは。久(ひさ)しぶりですね。

中	英		日	
請	please	pliz	どうぞ	
謝謝	thank you	θæŋk ju	ありがとう	
對不起	sorry	`sɑrɪ	ごめんなさい	
有禮貌	good manners	gʊd `mænɚz	礼儀正しい	れい.ぎ.ただ.し.い
沒禮貌	bad manners	bæd `mænɚz	礼儀を知らない	れい.ぎ.を.し.ら.な.い
尊敬	respect	rɪ`spɛkt	尊敬	そん.けい
鞠躬	bow	baʊ	お辞儀	お.じ.ぎ
禮節	etiquette	`ɛtɪkɛt	礼節	れい.せつ
握手	shake hands	ʃek hændz	握手	あく.しゅ
好感	good feeling	gʊd `filɪŋ	好感	こう.かん
粗魯	rude	rud	無礼	ぶ.れい
隱私	privacy	`praɪvəsɪ	プライバシー	

129

起床	get up gɛt ʌp	きしょう 起床

鬧鐘響了。

The alarm rang.

目覚まし時計が鳴り始めた。(め ざ / ど けい / な / はじ)

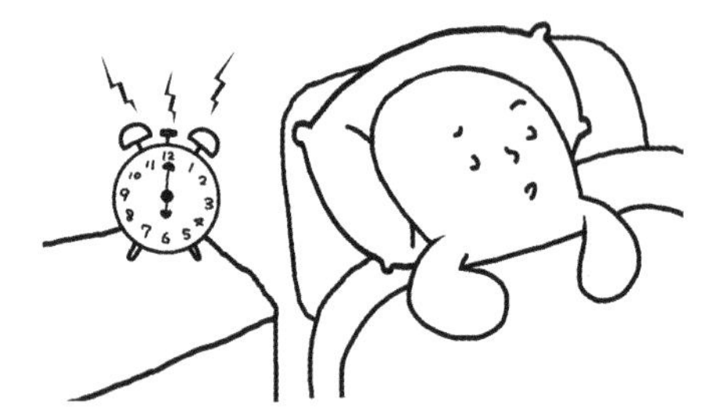

中	英		日	
早起	get up early	gɛt ʌp ˋɝlɪ	早起き	はや.お.き
鬧鐘	alarm clock	əˋlɑrm klɑk	目覚まし時計	め.ざ.ま.し.ど.けい
早安	good morning	gʊd ˋmɔrnɪŋ	おはようございます	
想睡的	sleepy	ˋslipɪ	眠い	ねむ.い
睡過頭	oversleep	ˋovəˋslip	寝過ごす	ね.す.ご.す
低血壓	hypotension	ˌhaɪpəˋtɛnʃən	低血圧	てい.けつ.あつ
眼皮水腫	puffy eyes	ˋpʌfɪ aɪz	目が腫れる	め.が.は.れ.る
回籠覺	go back to sleep	go bæk tu slip	二度寝	に.ど.ね
伸懶腰	stretch	strɛtʃ	背伸びする	せ.の.び.す.る
賴床	sleep in	slip ɪn	ゴロゴロして起きない	ゴ.ロ.ゴ.ロ.し.て.お.き.な.い
醒來	wake up	wek ʌp	目が覚める	め.が.さ.め.る
呵欠	yawn	jɔn	あくび	

130

寵物	pet pɛt	ペット

我養一隻小狗。

I'm raising a puppy.

私（わたし）は犬（いぬ）を飼（か）っている。

中	英		日	
寵物玩具	pet toy	pɛt tɔɪ	ペット玩具	ペ.ッ ト.がん.ぐ
寵物訓練師	pet trainer	pɛt `trenɚ	調教師	ちょう.きょう.し
寵物旅館	pet hotel	pɛt ho`tɛl	ペットホテル	
項圈	collar	`kalɚ	首輪	くび.わ
飼料	feed	fid	餌	えさ
飼主	owner	`onɚ	飼い主	か.い.ぬし
寵物衣服	pet clothing	pɛt `kloðɪŋ	ペット服	ペ.ッ ト.ふ.く
品種	breed	brid	品種	ひん.しゅ
動物醫院	animal hospital	`ænəml̩ `haspɪtl̩	動物病院	どう.ぶつ.びょう.いん
結紮（公的）	neuter	`njutɚ	去勢手術する	きょ.せい.しゅ.じゅつ.す.る
結紮（母的）	spay	spe	避妊手術する	ひ.にん.しゅ.じゅつ.す.る
認養	adopt	ə`dapt	引き取る	ひ.き.と.る

131

商店	store stor	みせ 店

在餐廳用餐。

Dining in a restaurant.

レストランで食事（しょくじ）をする。

中	英		日	
精品店	boutique	buˋtik	ブティック	
小吃攤	food stand	fud stænd	屋台	や.たい
連鎖商店	chain store	tʃen stor	チェーンストア	
書店	book store	bʊk stor	書店	しょ.てん
購物中心	shopping mall	ˋʃapɪŋ mɔl	ショッピングモール	
二手商店	second-hand store	ˋsɛkəndˋhænd stor	リサイクルショップ	
超級市場	supermarket	ˋsupɚˏmarkɪt	スーパー	
線上商店	online store	ˋɑnˏlaɪn stor	オンラインストア	
便利商店	convenience store	kənˋvinjəns stor	コンビニ	
文具行	stationery store	ˋsteʃənˏɛrɪ stor	文房具屋	ぶん.ぼう.ぐ.や
暢貨中心	outlet	ˋaʊtˏlɛt	アウトレットストア	
寵物店	pet shop	pɛt ʃap	ペットショップ	

132

駕車	driving ˋdraɪvɪŋ	うんてん 運転

發動汽車引擎。

Starting a car engine.

エンジンをかける。

中	英		日	
超速	speeding	ˋspidɪŋ	スピード違反	ス.ピー.ド.い.はん
回轉	U-turn	ˋjutˏɝn	ユーターン	
闖紅燈	run a red light	rʌn ə rɛd laɪt	信号無視	しん.ごう.む.し
塞車	traffic jam	ˋtræfɪk dʒæm	渋滞	じゅう.たい
安全距離	safe distance	sef ˋdɪstəns	安全な車間距離	あん.ぜん.な.しゃ. かん.きょ.り
酒測	breath test	brɛθ tɛst	アルコール 検査	ア.ル.コー.ル. けん.さ
酒駕	drunk driving	drʌŋk ˋdraɪvɪŋ	飲酒運転	いん.しゅ.うん.てん
速限	speed limit	spid ˋlɪmɪt	制限速度	せい.げん.そく.ど
駕照	driver's license	ˋdraɪvɚz ˋlaɪsn̩s	運転免許証	うん.てん.めん. きょ.しょう
無照駕駛	drive without a license	draɪv wɪðaut ə ˋlaɪsn̩s	無免許運転	む.めん.きょう. うん.てん
罰單	ticket	ˋtɪkɪt	違反切符	い.はん.き.っぷ
無鉛汽油	unleaded gasoline	ʌnˋlɛdɪd ˋgæsəˏlin	無鉛ガソリン	む.えん.ガ.ソ.リ.ン

133

聚餐	dining together ˋdaɪnɪŋ təˋgɛðɚ	かいしょく 会　食

喝吧，乾杯！

Cheers!

飲（の）もう。乾杯（かんぱい）。

中	英		日	
預訂	reservation	ˏrɛzɚˋveʃən	予約	よ.やく
菜單	menu	ˋmɛnju	メニュー	
點菜	order	ˋɔrdɚ	注文する	ちゅう.もん.す.る
上菜	serve	sɝv	料理が出る	りょう.り.が.で.る
付現	pay cash	pe kæʃ	現金で支払う	げん.きん.で.し.はら.う
分攤費用	split	splɪt	割り勘にする	わ.り.かん.に.す.る
慶祝	celebration	ˏsɛləˋbreʃən	お祝い	お.いわ.い
刷卡	pay by credit card	pe baɪ ˋkrɛdɪt kɑrd	カードで支払う	カー.ド.で.し.はら.う
敬酒	toast	tost	酒をすすめる	さけ.を.す.す.め.る
乾杯	cheers	tʃɪrz	乾杯	かん.ぱい
酩酊大醉	drunk	drʌŋk	酩酊する	めい.てい.す.る
打包	doggy-bag	ˋdɔgɪbæg	持ち帰る	も.ち.かえ.る

美食	delicacy `dɛləkəsɪ	グルメ

我是大胃王。

I am a big eater.

私(わたし)は大食(おおぐ)いです。

中	英		日	
精緻餐點	delicacy	`dɛləkəsɪ	凝った料理	こ.った.りょう.り
美味的	delicious	dɪ`lɪʃəs	美味しい	お.い.し.い
異國料理	exotic cuisine	ɛg`zɑtɪk kwɪ`zin	異国料理	い.こく.りょう.り
獨家祕方	secret ingredient	`sikrɪt ɪn`gridɪənt	隠し味	かく.し.あじ
食慾	appetite	`æpəˌtaɪt	食欲	しょく.よく
食慾大振	appetizing	`æpəˌtaɪzɪŋ	食欲旺盛	しょく.よく.おう.せい
餐館	restaurant	`rɛstərənt	レストラン	
商業機密	trade secret	tred `sikrɪt	企業秘密	き.ぎょう.ひ.みつ
醬汁	sauce	sɔs	ソース	
饕客	foodie	fudɪ	美食家	び.しょく.か
美食家	gourmet	`gʊrme	グルメ	
地方料理	local cuisine	`lokḷ kwɪ`zin	地方料理	ち.ほう.りょう.り

135

烹調	cooking `kʊkɪŋ	りょうり 料理

這是我的<u>拿手菜</u>。

This is my <u>signature dish</u>.

わたし　とくいりょうり
私の<u>得意料理</u>はこれです。

中	英		日	
食譜	recipe	`rɛsəpɪ	レシピ	
食材	ingredient	ɪn`gridɪənt	食材	しょく.ざい
燒焦	scorch	skɔrtʃ	焦げる	こ.げ.る
調味	season	`sizn̩	味付け	あじ.つ.け
嘗試味道	taste	test	味見する	あじ.み.す.る
切	cut	kʌt	切る	き.る
切片	slice	slaɪs	スライス	
切丁	cube	kjub	さいころ状	さ.い.こ.ろ.じょう
剁	chop	tʃɑp	みじん切り	み.じ.ん.ぎ.り
混合	mix	mɪks	混ぜる	ま.ぜ.る
削皮	peel	pil	皮を剥く	かわ.を.む.く
廚藝	cooking skill	`kʊkɪŋ `skɪl	料理の腕	りょう.り.の.うで

136

飲酒	drink drɪŋk	さけ　の 酒を飲む

我喝醉了。

I am drunk.

よ　ぱら
酔っ払った。

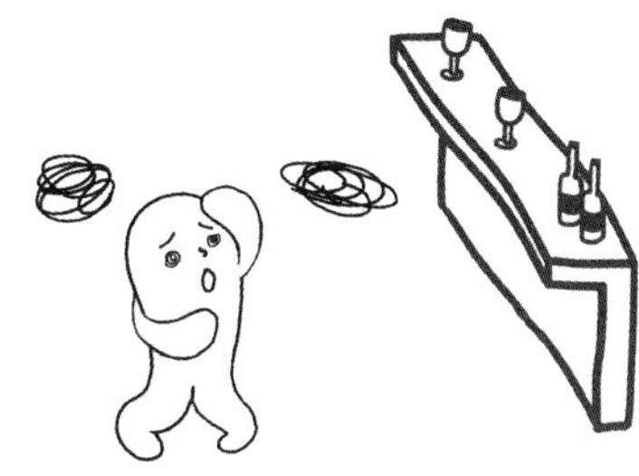

中	英		日	
喝醉	drunk	drʌŋk	酔っ払う	よ.っぱら.う
酒精中毒	alcohol poisoning	`ælkə,hɔl `pɔɪzn̩ɪŋ	アルコール中毒	ア.ル.コー.ル.ちゅう.どく
酒精濃度	alcohol content	`ælkə,hɔl kən`tɛnt	アルコール度数	ア.ル.コー.ル.ど.すう
酗酒	alcoholism	`ælkəhɔl-ˌɪzəm	大酒飲み	おお.ざけ.の.み
酒駕	drunk driving	drʌŋk `draɪvɪŋ	飲酒運転	いん.しゅ.うん.てん
爛醉	wasted	`westɪd	酔いつぶれる	よ.い.つ.ぶ.れ.る
嘔吐	throw up	θro ʌp	吐く	は.く
酒杯	wine glass	waɪn glæs	グラス	
乾杯	cheers	tʃɪrz	乾杯	かん.ぱい
敬酒	toast	tost	酒をすすめる	さけ.を.す.す.め.る
面紅耳赤	red face	rɛd fes	顔が赤くなる	かお.が.あか.く.な.る
酒精性飲料	liquor	`lɪkɚ	アルコール飲料	ア.ル.コー.ル.いん.りょう

雞蛋	egg ɛg	たまご 卵

煎個荷包蛋吧。

Let me make a fried egg.

目玉焼き（めだまやき）を作る（つくる）。

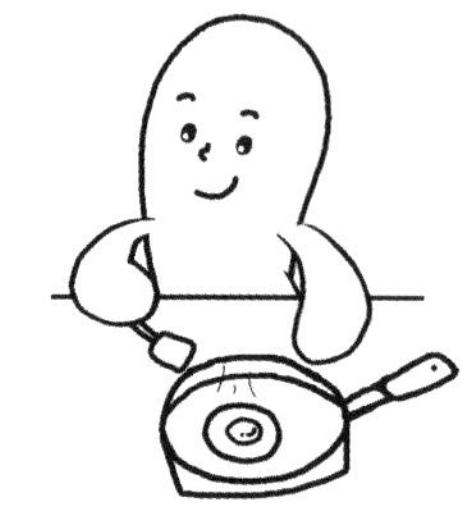

中	英		日	
蛋殼	egg shell	ɛg ʃɛl	卵の殻	たまご.の.から
蛋黃	yolk	jok	黄身	き.み
蛋白	egg white	ɛg hwaɪt	白身	しろ.み
孵蛋	hatch	hætʃ	孵化する	ふ.か.す.る
母雞	hen	hɛn	雌鶏	めん.どり
小雞	chick	tʃɪk	雛	ひよこ
打破（蛋）	break	brek	（卵を）割る	（たまご.を）わ.る
打散（蛋）	beat	bit	（卵を）溶く	（たまご.を）と.く
半熟蛋	soft-boiled	\`sɔft\`bɔɪld	半熟卵	はん.じゅく.たまご
蛋白質	protein	\`protiɪn	蛋白質	たん.ぱく.しつ
歐姆蛋	omelet	\`ɑmlɪt	オムレツ	
炒蛋	scrambled eggs	\`skræmbḷd ɛgz	スクランブルエッグ	

138

西式早餐	Western style breakfast ˋwɛstən staɪl ˋbrɛkfəst	せいようしきちょうしょく 西洋式朝食

烤片吐司吧。

Let’s toast a slice of bread.

トーストを作(つく)る。

中	英		日	
培根	bacon	ˋbekən	ベーコン	
奶油	butter	ˋbʌtɚ	バター	
穀片	cereal	ˋsɪrɪəl	シリアル	
咖啡	coffee	ˋkɔfɪ	コーヒー	
蛋	egg	ɛg	卵	たまご
法式吐司	French toast	frɛntʃ tost	フレンチトースト	
三明治	sandwich	ˋsændwɪtʃ	サンドイッチ	
火腿	ham	hæm	ハム	
果醬	jam	dʒæm	ジャム	
燕麥片	oatmeal	ˋot͵mil	オートミール	
貝果	bagel	ˋbegəl	ベーグル	
鬆餅	pancake	ˋpæn͵kek	ホットケーキ	

139

飲食習慣	eating habits `itɪŋ `hæbɪts	飲食の習慣 (いんしょく しゅうかん)

我愛吃垃圾食物。

I love junk food.

私(わたし)は、ジャンクフードが好(す)きです。

中	英		日	
挑食	picky	`pɪkɪ	偏食	へん.しょく
暴飲暴食	binge	bɪndʒ	暴飲暴食	ぼう.いん.ぼう.しょく
垃圾食物	junk food	dʒʌŋk fud	ジャンクフード	
細嚼慢嚥	eat slowly	it `slolɪ	よく噛んで食べる	よ.く.か.ん.で.た.べ.る
清淡	light	laɪt	あっさりした	
油膩	greasy	`grizɪ	脂っこい	あぶら.っこ.い
鹹的	salty	`sɔltɪ	塩辛い	しお.から.い
辣的	spicy	`spaɪsɪ	辛い	から.い
甜食	sweet	swit	スイーツ	
食物過敏	food allergy	fud `ælədʒɪ	食物アレルギー	しょく.もつ.ア.レ.ル.ギー
營養失調	malnutrition	ˌmælnju-`trɪʃən	栄養失調	えい.よう.し.っちょう
文化差異	cultural difference	`kʌltʃərəl `dɪfərəns	文化の違い	ぶん.か.の.ちが.い

食物保存	preserving food prɪˋzɝvɪŋ fud	たべもの ほぞん 食物の保存

咦！這個東西味道怪怪的。

Ugh… This thing tastes weird.

何（なに）、この味（あじ）。

中	英		日	
新鮮	fresh	frɛʃ	新鮮	しん.せん
過期	expire	ɪkˋspaɪr	賞味期限切れ	しょう.み.き.げん.ぎ.れ
有效日期	expiration date	ˏɛkspəˋreʃən det	賞味期限	しょう.み.き.げん
封口夾	sealing clip	ˋsilɪŋ klɪp	密封クリップ	みっぷう.ク.リ.ップ
腐敗	rotten	ˋrɑtn̩	腐った	くさ.った
食物中毒	food poisoning	fud ˋpɔɪzn̩ɪŋ	食中毒	しょく.ちゅう.どく
防腐劑	preservative	prɪˋzɝvətɪv	保存料	ほ.ぞん.りょう
避免日曬	keep out of the sun	kip aut ɑv ðə sʌn	直射日光を避ける	ちょく.しゃ.に.っこう.を.さ.け.る
發霉	turn moldy	tɝn ˋmoldɪ	カビが生える	カ.ビ.が.は.え.る
冰箱	refrigerator	rɪˋfrɪdʒəˏretɚ	冷蔵庫	れい.ぞう.こ
冷凍	freeze	friz	冷凍	れい.とう
未吃完的食物	leftovers	ˋleftˏovɚz	残り物	のこ.り.もの

141

咖啡	coffee ˋkɔfɪ	コーヒー

煮咖啡。

Make coffee.

コーヒーを入(い)れる。

中	英		日	
咖啡廳	café	kəˋfe	喫茶店	き.っさ.てん
咖啡因	caffeine	ˋkæfiɪn	カフェイン	
心悸	palpitation	ˏpælpəˋteʃən	動悸	どう.き
咖啡豆	coffee bean	ˋkɔfɪ bin	コーヒー豆	コー.ヒー.まめ
烘焙	bake	bek	焙煎	ばい.せん
研磨	grind	graɪnd	挽く	ひ.く
磨豆機	coffee grinder	ˋkɔfɪ ˋgraɪndɚ	コーヒーミル	
濾紙	filter	ˋfɪltɚ	フィルター	
咖啡渣	coffee grounds	ˋkɔfɪ graʊndz	コーヒーかす	
奶泡	foam	fom	ミルクフォーム	
熱咖啡	hot coffee	hɑt ˋkɔfɪ	ホットコーヒー	
即溶咖啡	instant coffee	ˋɪnstənt ˋkɔfɪ	インスタントコーヒー	

142

看電影	watching movies watʃɪŋ ˋmuvɪz	えいがみ 映画を見る

買電影票。

Buy movie tickets.

映画のチケットを買う。(えいが・か)

中	英		日	
首映場	premiere	prɪˋmjɛr	プレミア	
片長	length	lɛŋθ	上映時間	じょう.えい.じ.かん
續集	sequel	ˋsikwəl	続編	ぞく.へん
熱門鉅片	blockbuster	ˋblɑkˏbʌstɚ	人気超大作	にん.き.ちょう.たい.さく
爛片	bad movie	bæd ˋmuvɪ	ワースト映画	ワー.ス.ト.えい.が
爆米花	popcorn	ˋpɑpˏkɔrn	ポップコーン	
開演時間	showtime	ˋʃotaɪm	開演時間	かい.えん.じ.かん
院線片	currently showing	ˋkɝəntlɪ ˋʃoɪŋ	公開中の映画	こう.かい.ちゅう.の.えい.が
二輪片	second-run movie	ˋsɛkəndˋrʌn ˋmuvɪ	セカンドラン	
字幕	subtitle	ˋsʌbˏtaɪtl̩	字幕	じ.まく
影評	review	rɪˋvju	映画レビュー	えい.が.レ.ビュー
上映日期	release date	rɪˋlis det	上映日	じょう.えい.び

看電視	watching TV watʃɪŋ `ti`vi	み テレビを見る

打開電視。

Turn on the TV.

テレビをつける。

中	英		日	
遙控器	remote control	rɪ`mot kən`trol	リモコン	
頻道	channel	`tʃænḷ	チャンネル	
音量	volume	`vɑljəm	音量	おん.りょう
轉台	change the channel	tʃendʒ ðə `tʃænḷ	チャンネルを変える	チャ.ン.ネ.ル.を.か.え.る
觀眾	audience	`ɔdɪəns	視聴者	し.ちょう.しゃ
時段	time slot	taɪm slɑt	時間帯	じ.かん.たい
節目表	TV schedule	`ti`vi `skɛdʒul	番組表	ばん.ぐみ.ひょう
有線電視	cable TV	`kebḷ `ti`vi	有線放送	ゆう.せん.ほう.そう
廣告	commercial	kə`mɝʃəl	コマーシャル	
重播	repeat	rɪ`pit	再放送	さい.ほう.そう
收視率	rating	`retɪŋ	視聴率	し.ちょう.りつ
收訊微弱	weak signal	wik `sɪgnḷ	電波が弱い	でん.ぱ.が.よわ.い

144

新聞	news njuz	ニュース

收看新聞。

Watch the news.

ニュースを見(み)る。

中	英		日	
現場直播	live broadcast	laɪv brɔdˏkæst	生放送	なま.ほう.そう
頭條新聞	headline	ˋhɛdˏlaɪn	ヘッドラインニュース	
採訪	interview	ˋɪntɚˏvju	インタビュー	
國際新聞	international news	ˏɪntɚˋnæʃənḷ njuz	国際ニュース	こく.さい.ニュー.ス
專題報導	featured report	fitʃɚd rɪˋport	特集	とく.しゅう
焦點新聞	in focus	ɪn ˋfokəs	注目ニュース	ちゅう.もく.ニュー.ス
新聞主播	newscaster	ˋnjuzˏkæstɚ	ニュースキャスター	
吃螺絲	tongue-tied	ˋtʌŋˏtaɪd	舌足らず	した.た.ら.ず
新聞跑馬燈	news ticker	njuz tɪkɚ	ニュースのテロップ	
新聞快報	breaking news	ˋbrekɪŋ njuz	ニュース速報	ニュー.ス.そく.ほう
偏頗	biased	ˋbaɪəst	偏った	かたよ.った
獨家	exclusive	ɪkˋsklusɪv	独占	どく.せん

145

旅行	traveling `trævl̩ɪŋ	りょこう 旅行

我要<u>租</u>一輛車。

I will <u>rent</u> a car.

レンタカーを<u>借(か)りる</u>。

中	英		日	
背包客	backpacker	`bæk,pækɚ	バックパッカー	
旅館	hotel	ho`tɛl	ホテル	
打工遊學	working holiday	wɝkɪŋ `hɑlə,de	ワーキングホリデー	
行程	schedule	`skɛdʒʊl	スケジュール	
迷路	lost	lɔst	道に迷う	みち.に.まよ.う
地陪	local guide	`lokl̩ gaɪd	地元のガイド	じ.もと.の.ガ.イ.ド
導遊	tour guide	tʊr gaɪd	ガイド	
當地人	local	`lokl̩	現地の人	げん.ち.の.ひと
一日通行票	one day pass	wʌn de pæs	ワンデーパス	
租車	rental car	`rɛntl̩ kɑr	レンタカー	
紀念品	souvenir	`suvə,nɪr	おみやげ	
自由行	independent travel	,ɪndɪ`pɛndənt `trævl̩	自由旅行	じ.ゆう.りょ.こう

146

藝人	artist \`artɪst	げいのうじん 芸能人

他是個搞笑藝人。

He is a comedian.

かれ　　わら　げいにん
彼はお笑い芸人です。

中	英		日	
演員	actor／ actress（女）	\`æktɚ／ \`æktrɪs	俳優	はい.ゆう
歌手	singer	\`sɪŋɚ	歌手	か.しゅ
綜藝節目	variety show	vəˋraɪətɪ ʃo	バラエティー番組	バ.ラ.エ.ティー.ばん.ぐみ
經紀人	manager	\`mænɪdʒɚ	マネージャー	
經紀公司	agency	\`edʒənsɪ	プロダクション	
合約	contract	\`kɑntrækt	契約	けい.やく
出道	debut	dɪˋbju	デビュー	
八卦	gossip	\`gɑsəp	噂	うわさ
緋聞	scandal	\`skændḷ	スキャンダル	
偶像	idol	\`aɪdḷ	アイドル	
粉絲	fan	fæn	ファン	
巡迴演唱會	concert tour	\`kɑnsɚt tʊr	コンサートツアー	

147

逛街	shopping `ʃapɪŋ	ショッピング

我花太多錢了。

I am over my budget.

お金(かね)を使(つか)いすぎてしまった。

中	英		日	
退貨	return	rɪ`tɝn	返品	へん.ぴん
百貨公司	department store	dɪ`partmənt stor	デパート	
購物袋	shopping bag	`ʃapɪŋ bæg	ショッピングバッグ	
特價	on sale	an sel	セール中	セー.ル.ちゅう
打折	discount	`dɪskaʊnt	値引き	ね.び.き
清倉拍賣	clearance sale	`klɪrəns sel	在庫一掃セール	ざい.こ.いっそう.セー.ル
精品店	boutique	bu`tik	ブティック	
(只看不買)逛街	window shopping	`wɪndo `ʃapɪŋ	ウインドウショッピング	
價位	price	praɪs	値段	ね.だん
瑕疵品	lemon	`lɛmən	不良品	ふ.りょう.ひん
昂貴	expensive	ɪk`spɛnsɪv	(値段が)高い	(ね.だん.が)たか.い
奢華的	luxury	`lʌkʃərɪ	贅沢	ぜい.たく

148

聽音樂	listen to music \`lɪsn̩ tu \`mjuzɪk	おんがく き 音楽を聴く

戴上耳機。

Put on earphones.

イヤホンをつける。

中	英		日	
聆聽	listen	\`lɪsn̩	鑑賞する	かん.しょう.す.る
現場演唱會	live concert	laɪv \`kɑnsɚt	ライブコンサート	
線上音樂	online music	\`ɑn͵laɪn \`mjuzɪk	オンラインミュージック	
音樂品味	musical taste	\`mjuzɪkl̩ test	音楽の好み	おん.がく.の.この.み
唱片行	record store	\`rɛkɚd stor	CDショップ	シー.ディー.ショップ
MP3 播放器	MP3 player	\`ɛm\`pi\`θri \`pleɚ	MP3プレーヤー	エム.ピー.スリー.プ.レー.ヤー
背景音樂	background music	\`bæk͵graʊnd \`mjuzɪk	バックミュージック	
電台	radio station	\`redɪ͵o \`steʃən	ラジオ放送局	ラ.ジ.オ.ほう.そう.きょく
電台主持人	radio host	\`redɪ͵o host	パーソナリティー	
耳機	earphones	\`ɪr͵fonz	イヤホン	
全罩耳機	headphones	\`hɛd͵fonz	ヘッドホン	
走音	off-key	\`ɔf\`ki	音を外す	おと.を.はず.す

149

歌曲	song sɔŋ	うた 歌

我喜歡這個旋律。

I like this melody.

このメロディーが好(す)きです。

中	英		日	
發行	release	rɪˋlis	発行	はっ.こう
旋律	melody	ˋmɛlədɪ	メロディー	
編曲	arrangement	əˋrendʒmənt	編曲	へん.きょく
作曲	compose	kəmˋpoz	作曲	さ.っきょく
節奏	rhythm	ˋrɪðəm	リズム	
配樂	score	skor	スコア	
歌名	title	ˋtaɪtl̩	曲名	きょく.めい
副歌	chorus	ˋkorəs	サビ	
主歌	verse	vɝs	Aメロ	エー.メ.ロ
專輯	album	ˋælbəm	アルバム	
原聲帶	soundtrack	ˋsaʊnd,træk	オリジナルサウンドトラック	
單曲	single	ˋsɪŋgl̩	シングル	

150

時尚	fashion ˋfæʃən	ファッション

這是新買的名牌包。

This is a brand-name purse I just bought.

新(あたら)しく買(か)ったブランド物(もの)のバッグは、これです。

中	英		日	
品牌	brand	brænd	ブランド	
時裝秀	fashion show	ˋfæʃən ʃo	ファッションショー	
時尚雜誌	fashion magazine	ˋfæʃən ˏmægəˋzin	ファッション雑誌	ファ.ッシ ョ.ン.ざ.っし
潮流	trend	trɛnd	流行	りゅう.こう
紐約第五大道	Fifth Avenue	fɪfθ ˋævəˏnju	ニューヨーク五番街	ニュー.ヨー.ク.ご.ばん.がい
模特兒	model	ˋmɑdḷ	モデル	
時裝設計師	fashion designer	ˋfæʃən dɪˋzaɪnɚ	ファッションデザイナー	
走秀	walking	ˋwɔkɪŋ	ウォーキング	
伸展台 (1)	catwalk	ˋkætˏwɔk	キャットウォーク	
伸展台 (2)	runway	ˋrʌnˏwe	ランウェイ	
品味	taste	test	センス	
風格	style	staɪl	スタイル	
名流人士	celebrity	sɪˋlɛbrətɪ	セレブリティー	

151

唱歌	sing sɪŋ	うた　うた 歌を歌う

聽<u>前奏</u>。

Listen to the <u>intro</u>.

ぜんそう　き
<u>前奏</u>を聴く。

中	英		日	
走音	off-key	`ɔf`ki	音を外す	おと.を.はず.す
破音	crack	kræk	声が裏返る	こえ.が.うら.がえ.る
歌詞	lyrics	`lɪrɪks	歌詞	か.し
好嗓子	good voice	gʊd vɔɪs	声が良い	こえ.が.よ.い
音量	volume	`vɑljəm	音量	おん.りょう
合唱	chorus	`korəs	合唱	が.っしょう
和聲	harmony	`hɑrmənɪ	ハーモニー	
背景音樂	background music	`bæk͵graʊnd `mjuzɪk	バックミュージック	
伴奏	accompaniment	ə`kʌmpənɪmənt	伴奏	ばん.そう
樂譜	sheet music	ʃit `mjuzɪk	楽譜	がく.ふ
前奏	intro	`ɪntro	前奏	ぜん.そう
發聲練習	vocal warmup	`vokḷ `wɔrm͵ʌp	発声練習	は.っせい.れん.しゅう

152

線上購物	online shopping `ɑn,laɪn `ʃɑpɪŋ	オンラインショッピング

選擇 ATM 轉帳。

Transfer money via ATM.

ＡＴＭ(エーティーエム)での振込(ふりこみ)を選(えら)ぶ。

中	英		日	
網路商店	webstore	`wɛbstɔr	ネットショップ	
線上型錄	online catalog	`ɑn,laɪn `kætəlɔg	オンラインカタログ	
購物車	shopping cart	`ʃɑpɪŋ kɑrt	ショッピングカート	
有庫存	in stock	ɪn stɑk	在庫あり	ざい.こ.あ.り
貨到付款	cash on delivery	kæʃ ɑn dɪ`lɪvərɪ	着払い	ちゃく.ばら.い
匯款	remittance	rɪ`mɪtn̩s	銀行振込	ぎん.こう.ふり.こみ
禮券	gift card	gɪft kɑrd	ギフトカード	
運費	shipping cost	`ʃɪpɪŋ kɔst	送料	そう.りょう
來店取貨	in-store pickup	ɪn`stɔr `pɪk,ʌp	店舗受け取り	てん.ぽ.う.け.と.り
線上刷卡	pay by credit card	pe baɪ `krɛdɪt kɑrd	オンラインカード決済	オ.ン.ラ.イ.ン.カ ー.ド.け.っさい
競標	bid	bɪd	入札する	にゅう.さつ.す.る
沒有庫存	out of stock	aut af stɑk	在庫切れ	ざい.こ.ぎ.れ

線上遊戲	online game `ɑn,laɪn gem	オンラインゲーム

（網路）連線速度好慢….

The connection is slow.

ネットの通信速度（つうしんそくど）が遅（おそ）い。

中	英		日	
多人玩家	multi-player	`mʌltɪ`pleɚ	マルチプレイヤー	
單人玩家	single player	`sɪŋgl̩ `pleɚ	シングルプレイヤー	
伺服器	server	`sɝvɚ	サーバー	
線上社群	online community	`ɑn,laɪn kə`mjunətɪ	ネットコミュニティー	
連線緩慢	lag	læg	ラグい	
註冊	register	`rɛdʒɪstɚ	登録	とう.ろく
會員	member	`mɛmbɚ	会員	かい.いん
點數卡	gift card	gɪft kɑrd	ギフトカード	
升等	level up	`lɛvl̩ ʌp	レベルアップ	
角色扮演	role-playing	`rol`pleɪŋ	ロールプレイング	
虛擬實境	virtual reality	`vɝtʃuəl ri`ælətɪ	バーチャルリアリティー	
攻略	strategy guide	`strætədʒɪ gaɪd	攻略	こう.りゃく

154

電影	film fɪlm	えいが 映画

我參加試鏡。

I am taking an audition.

オーディションに出(で)た。

中	英		日	
特效	special effect	ˋspɛʃəl ɪˋfɛkt	特殊効果	とく.しゅ.こう.か
幕後花絮	behind the scenes	bɪˋhaɪnd ðə sinz	舞台裏	ぶ.たい.うら
腳本	script	skrɪpt	脚本	きゃく.ほん
劇本	screenplay	ˋskrin͵ple	台本	だい.ほん
電影旁白	narration	næˋreʃən	ナレーション	
感謝名單	film credits	fɪlm ˋkrɛdɪts	スペシャルサンクス	
預告片	trailer	ˋtrelɚ	予告編	よ.こく.へん
剪輯	edit	ˋɛdɪt	カット編集	カ.ット.へん.しゅう
配樂	score	skor	スコア	
工作人員	staff	stæf	スタッフ	
勘景	location scouting	loˋkeʃən ˋskautɪŋ	ロケハン	
演員試鏡	audition	ɔˋdɪʃən	オーディション	

155

飯店住宿	accommodation ə͵kɑmə`deʃən	ホテルに泊(と)まる

預訂單人房。

Reserve a single room.

シングルルームを予約(よやく)する。

中	英		日	
預訂	reservation	͵rɛzə`veʃən	予約	よ.やく
入住	check in	tʃɛk ɪn	チェックイン	
退房	check out	tʃɛk aʊt	チェックアウト	
單人房	single room	`sɪŋgl̩ rum	シングルルーム	
雙人房	twin room	twɪn rum	ツインルーム	
加床	extra bed	`ɛkstrə bɛd	エキストラベッド	
五星級	five-star	`faɪv`stɑr	五つ星	いつ.つ.ぼし
套房	suite	swit	スイートルーム	
汽車旅館	motel	mo`tɛl	モーテル	
膠囊旅館	capsule hotel	`kæpsl̩ ho`tɛl	カプセルホテル	
渡假村	resort	rɪ`zɔrt	リゾート	
續住	extended stay	ɪk`stɛndɪd ste	連泊	れん.ぱく

156

故事	story `storɪ	ものがたり 物　語

男女主角是青梅竹馬。

The male character and the female character are childhood sweethearts.

主人公（しゅじんこう）の男女（だんじょ）は、幼馴染（おさななじみ）です。

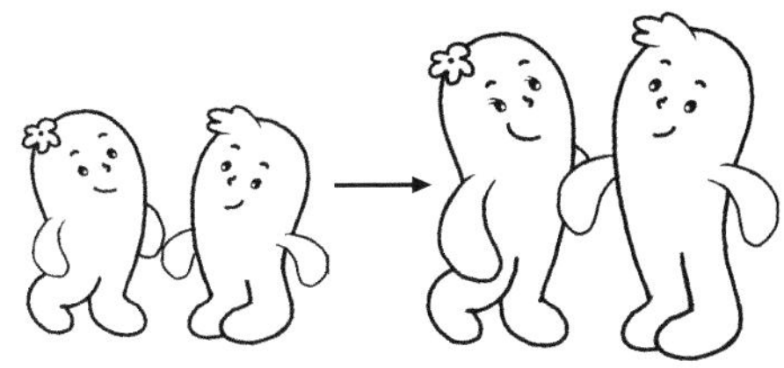

中	英		日	
情節	plot	plɑt	プロット	
架構	structure	`strʌktʃɚ	構成	こう.せい
角色	character	`kærɪktɚ	キャラクター	
主角	protagonist	pro`tægənɪst	主役	しゅ.やく
配角	supporting character	sə`portɪŋ `kærɪktɚ	脇役	わき.やく
反派角色	villain	`vɪlən	悪役	あく.やく
戲劇性	drama	`drɑmə	ドラマ性	ド.ラ.マ.せい
懸疑性	suspense	sə`spɛns	サスペンス性	サ.ス.ペ.ン.ス.せい
起頭	beginning	bɪ`gɪnɪŋ	始まり	はじ.ま.り
結尾	ending	`ɛndɪŋ	終わり	お.わ.り
快樂結局	happy ending	`hæpɪ `ɛndɪŋ	ハッピーエンド	
從前從前…	once upon a time…	wʌns ə`pɑn ə taɪm	昔昔…	むかし.むかし…

157

颱風	typhoon taɪˋfun	たいふう 台風

哇！超級強風！

What a super strong wind.

あ、すごい風（かぜ）。

中	英		日	
停電	blackout	ˋblækˏaʊt	停電	てい.でん
淹水	flood	flʌd	洪水	こう.ずい
土石流	debris flow	dəˋbri flo	土石流	ど.せき.りゅう
搜救隊	rescue team	ˋrɛskju tim	救助隊	きゅう.じょ.たい
颱風強度	intensity of a typhoon	ɪnˋtɛnsətɪ ɑv ə taɪˋfun	台風の強度	たい.ふう.の.きょう.ど
豪雨	heavy rain	ˋhɛvɪ ren	豪雨	ごう.う
強風	heavy wind	ˋhɛvɪ wɪnd	強風	きょう.ふう
颱風眼	eye	aɪ	台風の目	たい.ふう.の.め
風速／降雨量	speed／rainfall	spid／ˋrenˏfɔl	風速／雨量	ふう.そく／う.りょう
颱風假	day-off	ˋdeˏɔf	台風休暇	たい.ふう.きゅう.か
颱風路徑	path	pæθ	台風の進路	たい.ふう.の.しん.ろ
颱風警報	typhoon warning	taɪˋfun ˋwɔrnɪŋ	台風警報	たい.ふう.けい.ほう

158

火災	fire faɪr	かさい 火災

啊！失火了！

Oh no! There is a fire!

あ、火事（かじ）だ。

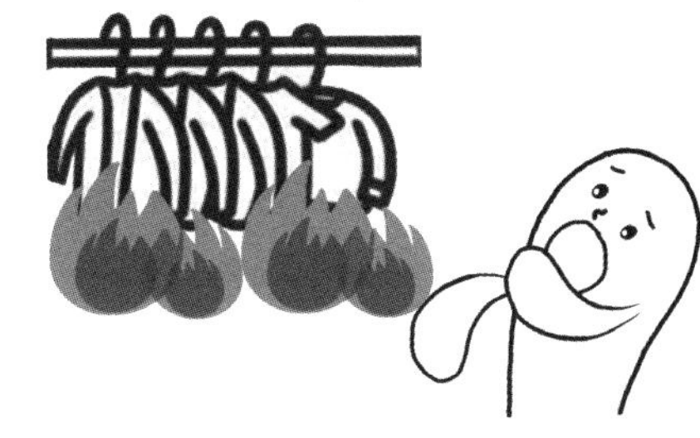

中	英		日	
濃煙	thick smoke	θɪk smok	濃煙	のう.えん
缺氧	oxygen shortage	`ɑksədʒən `ʃɔrtɪdʒ	酸素不足	さん.そ.ぶ.そく
火災保険	fire insurance	faɪr ɪn`ʃurəns	火災保険	か.さい.ほ.けん
二氧化碳	carbon dioxide	`kɑrbən daɪ`ɑksaɪd	二酸化炭素	に.さん.か.たん.そ
窒息	asphyxiation	æs͵fɪksɪ`eʃən	窒息	ち.っそく
能見度	visibility	͵vɪzə`bɪlətɪ	見通し	み.とお.し
逃生門	emergency exit	ɪ`mɝdʒənsɪ `ɛksɪt	非常ドア	ひ.じょう.ド.ア
疏散路線	evacuation route	ɪ͵vækjʊ`eʃən rut	避難経路	ひ.なん.けい.ろ
自動灑水系統	sprinkler system	`sprɪŋklɚ `sɪstəm	自動スプリンクラーシステム	じ.どう.ス.プ.リ.ン.ク.ラー.シ.ス.テ.ム
火災警鈴	fire alarm	faɪr ə`lɑrm	火災警報	か.さい.けい.ほう
滅火	extinguish a fire	ɪk`stɪŋgwɪʃ ə faɪr	消火する	しょう.か.す.る
濕毛巾	wet towel	wɛt `tauəl	濡れタオル	ぬ.れ.タ.オ.ル

山難	mountain accident \`maʊntn̩ \`æksədənt	やま そうなん 山での遭難

我迷路了。

I am lost.

みち まよ
道に迷ってっしまった。

中	英		日	
迷路	lost	lɔst	道に迷う	みち.に.まよ.う
失溫	hypothermia	ˌhaɪpə\`θɝmɪə	低体温症	てい.たい.おん.しょう
受傷	injure	\`ɪndʒɚ	怪我をする	け.が.を.す.る
昏迷	coma	\`komə	意識不明になる	い.しき.ふ.めい.に.なる
高山症	altitude sickness	\`æltəˌtjud \`sɪknɪs	高山病	こう.ざん.びょう
失聯	lose contact	luz \`kɑntækt	連絡が途絶える	れん.らく.が.と.だ.え.る
等待救援	wait for rescue	wet fɔr \`rɛskju	救援を待つ	きゅう.えん.を.ま.つ
搜救隊	search team	sɝtʃ tim	捜索隊	そう.さく.たい
無線電對講機	walkie-talkie	\`wɔkɪ\`tɔkɪ	トランシーバー	
獲救	rescued	\`rɛskjud	救出される	きゅう.しゅつ.さ.れる
登山客	hiker	\`haɪkɚ	登山客	と.ざん.きゃく
登山隊	hiking group	\`haɪkɪŋ grup	登山隊	と.ざん.たい

160

環保	environmental protection ɪn͵vaɪrən`mɛntḷ prə`tɛkʃən	かんきょうほご 環境保護

做垃圾分類。

Separating the garbage.

ゴミを分類(ぶんるい)する。

中	英		日	
購物袋	shopping bag	`ʃɑpɪŋ bæg	買い物袋	か.い.もの.ぶくろ
資源回收	recycle	ri`saɪkḷ	資源回収	し.げん.かい.しゅう
節能	energy saving	`ɛnɚdʒɪ `sevɪŋ	エネルギー節約	エ.ネ.ル.ギー.せつ.やく
減碳	carbon reduction	`kɑrbən rɪ`dʌkʃən	二酸化炭素削減	に.さん.か.たん.そ.さく.げん
汙水處理	sewage treatment	`sjuɪdʒ `tritmənt	汚水処理	お.すい.しょ.り
無鉛汽油	unleaded gasoline	ʌn`lɛdɪd `gæsə͵lin	無鉛ガソリン	む.えん.ガ.ソ.リ.ン
太陽能	solar energy	`solɚ `ɛnɚdʒɪ	太陽エネルギー	たい.よう.エ.ネ.ル.ギー
再生紙	recycled paper	ri`saɪkḷd `pepɚ	再生紙	さい.せい.し
地球	earth	ɝθ	地球	ち.きゅう
世界地球日	Earth Day	ɝθ de	アースデー	
垃圾分類	waste sorting	west `sɔrtɪŋ	ゴミの分類	ゴ.ミ.の.ぶん.るい
生態系統	ecosystem	`ɛko͵sɪstəm	生態系	せい.たい.けい

161

汙染	pollution pəˋluʃən	おせん 汚染

排放<u>廢氣</u>。

Emit <u>exhaust gas</u>.

<u>排気(はいき)ガス</u>を出(だ)す。

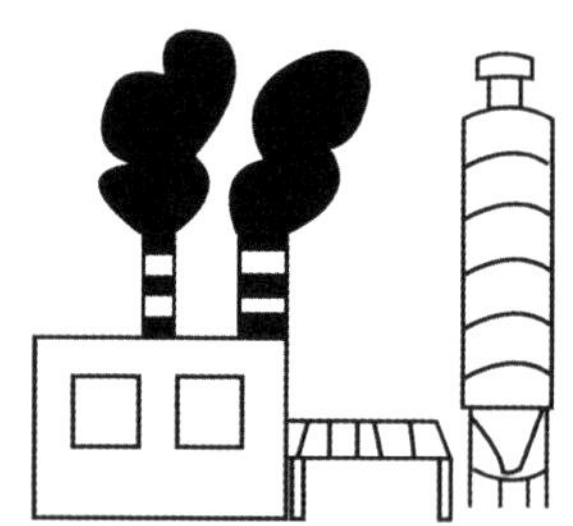

中	英		日	
空氣汙染	air pollution	ɛr pəˋluʃən	大気汚染	たい.き.お.せん
水汙染	water pollution	ˋwɔtɚ pəˋluʃən	水質汚染	すい.しつ.お.せん
噪音汙染	noise pollution	nɔɪz pəˋluʃən	騒音	そう.おん
放射性汙染	radioactive contamination	ˌredɪoˋæktɪv kənˌtæməˋneʃən	放射能汚染	ほう.しゃ.のう.お.せん
汙染源	pollutant	pəˋlutənt	汚染源	お.せん.げん
汞中毒	mercury poisoning	ˋmɝkjərɪ ˋpɔɪzn̩ɪŋ	水銀中毒	すい.ぎん.ちゅう.どく
溫室效應	greenhouse effect	ˋgrinˌhaus ɪˋfɛkt	温室効果	おん.しつ.こう.か
臭氧層破洞	ozone hole	ˋozon hol	オゾンホール	
砍伐森林	deforestation	ˌdifɔrəsˋteʃən	森林破壊	しん.りん.は.かい
汽機車廢氣	exhaust fumes	ɪgˋzɔst fjumz	排気ガス	はい.き.ガ.ス
二氧化碳	carbon dioxide	ˋkɑrbən daɪˋɑksaɪd	二酸化炭素	に.さん.か.たん.そ
酸雨	acid rain	ˋæsɪd ren	酸性雨	さん.せい.う

162

地震	earthquake ˋɜθˏkwek	じしん 地震

發生地震。

There is an earthquake.

地震(じしん)が起(お)こった。

中	英		日	
地殼	crust	krʌst	地殻	ち.かく
板塊	plate	plet	プレート	
震央	epicenter	ˋɛpɪˏsɛntɚ	震央	しん.おう
芮氏地震規模	Richter scale	ˋrɪktɚ skel	リヒタースケール	
地震帶	seismic belt	ˋsaɪzmɪk bɛlt	地震帯	じ.しん.たい
倒塌	collapse	kəˋlæps	倒壊する	とう.かい.す.る
搖晃	shake	ʃek	揺れる	ゆ.れ.る
震度	intensity	ˏɪnˋtɛnsətɪ	震度	しん.ど
耐震的	earthquake-proof	ˋɜθˏkwekˏpruf	耐震	たい.しん
餘震	aftershock	ˋæftɚˏʃɑk	余震	よ.しん
山崩	landslide	ˋlændˏslaɪd	山崩れ	やま.くず.れ
火山爆發	eruption	ɪˋrʌpʃən	火山噴火	か.ざん.ふん.か

163

懷孕	pregnancy `prɛgnənsɪ	にんしん 妊娠

害喜。

Morning sickness.

つわりになる。

中	英		日	
驗孕棒	pregnancy test	`prɛgnənsɪ tɛst	妊娠検査薬	にん.しん.けん.さ.やく
孕婦	pregnant woman	`prɛgnənt `wʊmən	妊婦	にん.ぷ
預產期	EDD (expected date of delivery)	`i`di`di (ɪk`spɛktɪd det ɑv dɪ`lɪvərɪ)	出産予定日	しゅ.っさん.よ.てい.び
產檢	prenatal diagnosis	pri`netl̩ ˏdaɪəg`nosɪs	出生前診断	しゅ.っせい.まえ.しん.だん
分娩	childbirth	`tʃaidˏbɝθ	分娩	ぶん.べん
胎教	fetal education	`fitl̩ ˏɛdʒʊ`keʃən	胎教	たい.きょう
墮胎	abortion	ə`bɔrʃən	中絶	ちゅう.ぜつ
流產	miscarry	mɪs`kærɪ	流産	りゅう.ざん
陣痛	labor pain	`lebɚ pen	陣痛	じん.つう
產假	maternity leave	mə`tɝnətɪ liv	出産育児休暇	しゅ.っさん.いく.じ.きゅう.か
不孕	infertility	ɪnfɚ`tɪlətɪ	不妊	ふ.にん
試管嬰兒	test tube baby	tɛst tjub `bebɪ	試験管ベビー	し.けん.かん.べ.ビー

164

減肥	weight loss wet lɔs	ダイエット

消除腹部<u>贅肉</u>。

Get rid of belly <u>fat</u>.

おなかの<u>贅肉(ぜいにく)</u>を落(お)とす。

中	英		日	
過重	overweight	ˋovɚˏwet	過体重	か.たい.じゅう
體脂肪	body fat	ˋbɑdɪ fæt	体脂肪	たい.し.ぼう
減重諮詢	diet consultation	ˋdaɪət ˏkɑnsəlˋteʃən	ダイエットの相談	ダ.イ.エ.ッ.ト.の.そう.だん
營養師	nutritionist	njuˋtrɪʃənɪst	栄養士	えい.よう.し
厭食症	anorexia	ˏænəˋrɛksɪə	拒食症	きょ.しょく.しょう
貪食症	bulimia	bjuˋlɪmɪə	過食症	か.しょく.しょう
減肥食譜	weight loss diet	wet lɔs ˋdaɪət	ダイエットレシピ	
低卡路里	low calorie	lo ˋkælərɪ	低カロリー	てい.カ.ロ.リー
節食	diet	ˋdaɪət	節食する	せっ.しょく.す.る
副作用	side effect	saɪd ɪˋfɛkt	副作用	ふく.さ.よう
不實廣告	deceptive advertisement	dɪˋsɛptɪv ˏædvɚˋtaɪzmənt	詐欺広告	さ.ぎ.こう.こく
抽脂	liposuction	ˋlɪpoˏsʌkʃən	脂肪吸引	し.ぼう.きゅう.いん

165

健康	healthy ˋhɛlθɪ	けんこう 健康

戒菸。

Quit smoking.

タバコをやめる。

中	英		日	
生理時鐘	biological clock	ˏbaɪəˋlɑdʒɪkl̩ klɑk	体内時計	たい.ない.ど.けい
新陳代謝	metabolism	mɛˋtæbl̩ˏɪzəm	新陳代謝	しん.ちん.たい.しゃ
血壓	blood pressure	blʌd ˋprɛʃɚ	血圧	けつ.あつ
健康食品	health food	hɛlθ fud	健康食品	けん.こう.しょく.ひん
有機食品	organic food	ɔrˋgænɪk fud	有機食品	ゆう.き.しょく.ひん
運動	exercise	ˋɛksɚˏsaɪz	運動	うん.どう
有活力的	energetic	ˏɛnɚˋdʒɛtɪk	元気	げん.き
體重控制	weight control	wet kənˋtrol	体重制限	たい.じゅう.せい.げん
有氧運動	aerobic exercise	eəˋrobɪk ˋɛksɚˏsaɪz	有酸素運動	ゆう.さん.そ.うん.どう
心理健康	mental health	ˋmɛntl̩ hɛlθ	心の健康	こころ.の.けん.こう
生理健康	physical health	ˋfɪzɪkl̩ hɛlθ	体の健康	からだ.の.けん.こう
健康檢查	health evaluation	hɛlθ ɪˏvæljʊˋeʃən	健康診断	けん.こう.しん.だん

166

不健康	unhealthy ʌn`hɛlθɪ	ふけんこう 不健康

總是睡眠不足。

I never get enough sleep.

私(わたし)はいつも睡眠不足(すいみんぶそく)です。

中	英		日	
病厭厭	sick	sɪk	病弱	びょう.じゃく
營養失調	malnutrition	ˌmælnju-`trɪʃən	栄養失調	えい.よう.し.っちょう
睡眠不足	inadequate sleep	ɪn`ædəkwɪt slip	睡眠不足	すい.みん.ぶ.そく
抽菸	smoke	smok	喫煙	きつ.えん
喝酒	drink	drɪŋk	飲酒	いん.しゅ
高血壓	high blood pressure	haɪ blʌd `prɛʃɚ	高血圧	こう.けつ.あつ
高膽固醇	high cholesterol	haɪ kə`lɛstəˌrol	高コレステロール	こう.コ.レ.ス.テ.ロー.ル
高熱量	high calorie	haɪ `kælərɪ	高カロリー	こう.カ.ロ.リー
消化不良	indigestion	ˌɪndə`dʒɛstʃən	消化不良	しょう.か.ふ.りょう
偏食	picky	`pɪkɪ	偏食	へん.しょく
臉色蒼白	pale	pel	顔色が悪い	かお.いろ.が.わる.い
骨質疏鬆	osteoporosis	ˌɑstɪopə`rosɪs	骨粗鬆症	こつ.そ.しょう.しょう

167

眼睛	eye aɪ	め 目

測量視力。

Measuring vision.

視力(しりょく)を測(はか)る。

中	英		日	
瞳孔放大	mydriasis	mɪˋdraɪəsɪs	散瞳	さん.どう
瞳孔縮小	miosis	maɪˋosɪs	縮瞳	しゅく.どう
雙眼皮	double eyelid	ˋdʌbḷ ˋaɪ.lɪd	二重まぶた	ふた.え.ま.ぶ.た
單眼皮	single eyelid	ˋsɪŋgḷ ˋaɪ.lɪd	一重まぶた	ひと.え.ま.ぶ.た
眨眼	wink	wɪŋk	まばたきをする	
閉眼	close eyes	kloz aɪz	目を閉じる	め.を.と.じ.る
揉眼睛	rub eyes	rʌb aɪz	目をこする	め.を.こ.す.る
視線	line of vision	laɪn ɑv ˋvɪʒən	視線	し.せん
視力	vision	ˋvɪʒən	視力	し.りょく
眼睛痠痛	sore eye	sor aɪ	目が痛い	め.が.い.た.い
眼皮水腫	puffy eyes	ˋpʌfɪ aɪz	目が腫れる	め.が.は.れ.る
雷射手術	LASIK surgery	ˋlezɪk ˋsɝdʒərɪ	レーシック手術	レー.シ.ッ.ク.しゅ.じゅつ

168

血液	blood blʌd	けつえき 血液

我是 B 型的。

My blood type is B.

私の血液型はB型です。（わたし　けつえきがた　ビーがた）

中	英		日	
輸血	blood transfusion	blʌd træns`fjuʒən	輸血	ゆ.けつ
捐血	blood donation	blʌd do`neʃən	献血	けん.けつ
驗血	blood test	blʌd tɛst	血液検査	けつ.えき.けん.さ
抽血	draw blood	drɔ blʌd	採血	さい.けつ
貧血	anemia	ə`nimɪə	貧血	ひん.けつ
血型	blood type	blʌd taɪp	血液型	けつ.えき.がた
A 型	blood type A	blʌd taɪp e	A型	エー.がた
B 型	blood type B	blʌd taɪp bi	B型	ビー.がた
罕見血型	rare blood type	rɛr blʌd taɪp	珍しい血液型	めずら.し.い.けつ.えき.がた
排斥現象	rejection	rɪ`dʒɛkʃən	拒絶反応	きょ.ぜつ.はん.のう
血紅素	hemoglobin	ˏhimə`globɪn	ヘモグロビン	
紅血球	red blood cells	rɛd blʌd sɛlz	赤血球	せ.っけ.っきゅう
白血球	white blood cells	hwaɪt blʌd sɛlz	白血球	は.っけ.っきゅう

169

看診	see the doctor si ðə `daktɚ	<ruby>病院<rt>びょういん</rt></ruby>へ<ruby>行<rt>い</rt></ruby>く

測量血壓。

Taking blood pressure.

血圧(けつあつ)を測(はか)る。

中	英		日	
生病	sick	sɪk	病気になる	びょう.き.に.な.る
急診	emergency	ɪ`mɝdʒənsɪ	急診	きゅう.しん
病歷	medical record	`mɛdɪkḷ `rɛkəd	病歴	びょう.れき
診斷	diagnosis	ˌdaɪəg`nosɪs	診断	しん.だん
量體溫	measure body temperature	`mɛʒɚ `badɪ `tɛmprətʃɚ	体温を測る	たい.おん.を.はか.る
打針	inject	ɪn`dʒɛkt	注射を打つ	ちゅう.しゃ.を.う.つ
打點滴	have an intravenous drip	hæv æn ˌɪntrə`vinəs drɪp	点滴を打つ	てん.てき.を.う.つ
藥物過敏	drug allergy	drʌg `ælɚdʒɪ	薬物アレルギー	やく.ぶつ.ア.レ.ル.ギー
診療室	consulting room	kən`sʌltɪŋ rum	診察室	しん.さつ.しつ
症狀	symptom	`sɪmptəm	症状	しょう.じょう
發病	fall ill	fɔl ɪl	発病	はつ.びょう
處方籤	prescription	prɪ`skrɪpʃən	処方箋	しょ.ほう.せん

170

感冒	catching a cold ˋkætʃɪŋ ə kold	風邪（かぜ）

發高燒。

Having a fever.

熱（ねつ）が出（で）た。

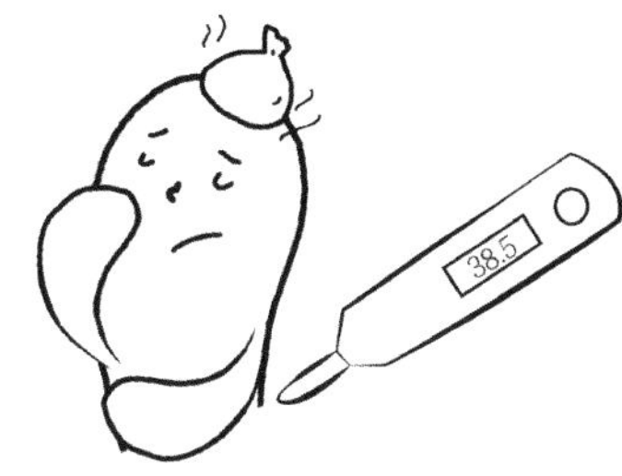

中	英		日	
發燒	fever	ˋfivɚ	発熱	はつ.ねつ
冷汗	cold sweat	kold swɛt	冷や汗	ひ.や.あせ
看醫生	see a doctor	si ə ˋdɑktɚ	医者にかかる	い.しゃ.に.か.か.る
暈眩	dizzy	ˋdɪzɪ	めまい	
咳嗽	cough	kɔf	咳	せき
喉嚨痛	sore throat	sor θrot	喉が痛い	のど.が.いた.い
流鼻水	runny nose	ˋrʌnɪ noz	鼻水が出る	はな.みず.が.で.る
流行性感冒	flu	flu	インフルエンザ	
病毒	virus	ˋvaɪrəs	ウイルス	
止咳糖漿	cough syrup	kɔf ˋsɪrəp	咳止めシロップ	せき.ど.め.シ.ロ.ップ
疫苗	vaccine	ˋvæksin	ワクチン	
補充水分	get lots of fluids	gɛt lɑts ɑv ˋfluɪdz	水分補給	すい.ぶん.ほ.きゅう

身材	body `badɪ	スタイル

變瘦了。

Becoming thinner.

痩(や)せた。

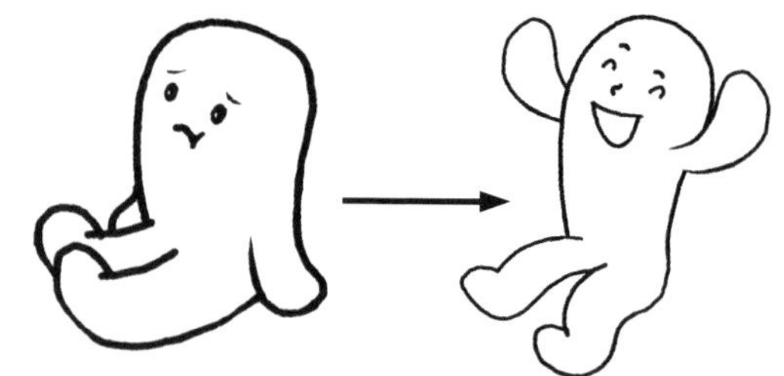

中	英		日	
沙漏型	hourglass figure	`aʊr͵glæs `fɪgjɚ	砂時計型	すな.ど.けい.がた
蘋果型	apple-shaped	`æpl͵ʃept	リンゴ型	リ.ン.ゴ.がた
梨型	pear-shaped	`pɛr͵ʃept	洋ナシ型	よう.ナ.シ.がた
倒三角	V-shaped	`vi͵ʃept	逆三角形	ぎゃく.さん.か.っけい
肩膀寬闊的	broad-shouldered	`brɔd`ʃoldəd	肩幅が広い	かた.はば.が.ひろ.い
寬臀的	wide hipped	waɪd hɪpt	お尻が大きい	お.しり.が.おお.き.い
火辣	sexy	`sɛksɪ	セクシー	
肌肉發達	muscular	`mʌskjələ	筋肉の発達した	きん.にく.の.は.ったつ.した
肌肉鬆弛的	flabby	`flæbɪ	筋肉がたるんだ	きん.にく.が.た.る.ん.だ
六塊肌	six-pack	`sɪks͵pæk	割れた腹筋	わ.れ.た.ふ.っきん
水桶腰	spare tire	spɛr taɪr	わき腹の贅肉	わ.き.ばら.の.ぜい.にく
壯碩	stout	staut	たくましい	

高矮胖瘦	body shape ˋbadɪ ʃep	たいけい 体型

長高了。

Growing taller.

身長(しんちょう)が伸(の)びた。

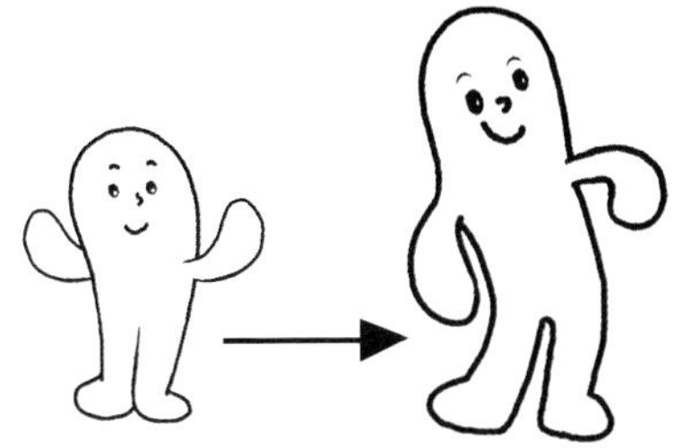

中	英		日	
高	tall	tɔl	背が高い	せ.が.たか.い
矮	short	ʃɔrt	背が低い	せ.が.ひく.い
肥胖	fat	fæt	太った	ふと.った
小腹凸出	potbelly	ˋpat,bɛlɪ	お腹が出た	お.なか.が.で.た
瘦弱	thin	θɪn	痩せた	や.せ.た
苗條	slim	slɪm	スリム	
瘦得皮包骨	skinny	ˋskɪnɪ	ガリガリに 痩せた	ガ.リ.ガ.リ.に. や.せ.た
適中	medium build	ˋmidɪəm bɪld	中肉中背	ちゅう.にく.ちゅう. ぜい
過重	overweight	ˋovə,wet	太りすぎ	ふと.り.す.ぎ
過輕	underweight	ˋʌndə,wet	痩せすぎ	や.せ.す.ぎ
胖嘟嘟	chubby	ˋtʃʌbɪ	ぶくぶく太った	ぶ.く.ぶ.く.ふと. った
豐腴	plump	plʌmp	豊満	ほう.まん

173

籃球	basketball `bæskɪt,bɔl	バスケットボール

投籃。

Shooting a basket.

シュートする。

中	英		日	
籃球賽	game	gem	バスケットの試合	バ.ス.ケ.ッ.ト.の.し.あい
地主隊	home team	hom tim	ホームチーム	
客隊	guest team	gɛst tim	アウェイチーム	
先發球員	starter	`stɑrtɚ	スターティングメンバー	
運球	dribble	`drɪbḷ	ドリブル	
傳球	pass	pæs	パス	
三分球	three-pointer	`θri`pɔɪntɚ	スリーポイントシュート	
罰球	free throw	fri θro	フリースロー	
蓋火鍋	block	blɑk	ブロック	
投籃	shoot	ʃut	シュート	
灌籃	dunk	dʌŋk	ダンクシュート	
假動作	fake	fek	フェイント	

174

足球	soccer `sakɚ	サッカー

玩足球。

Playing soccer.

サッカーをする。

中	英		日	
球門	goal	gol	ゴール	
罰球區	penalty area	`pɛnḷtɪ `ɛrɪə	ペナルティーエリア	
PK 大戰	penalty shootout	`pɛnḷtɪ `ʃut͵aut	PK戦	ピー.ケー.せん
界外球	throw-in	`θroɪn	スローイン	
守門員	goalkeeper	`gol͵kipɚ	ゴールキーパー	
射門	shot	ʃat	シュート	
踢球	kick	kɪk	キック	
接球	take a pass	tek ə pæs	ストッピング	
頭槌	header	`hɛdɚ	ヘディング	
越位	offside	`ɔf`saɪd	オフサイド	
黃牌	yellow card	`jɛlo kard	イエローカード	
紅牌	red card	rɛd kard	レッドカード	

175

棒球場	baseball field `bes,bɔl fild	やきゅうじょう 野球場

（觀眾）在看台區加油。

The spectators are cheering.

スタンドで応援（おうえん）する。

中	英		日	
內野	infield	`ɪn,fild	内野	ない.や
外野	outfield	`aʊt,fild	外野	がい.や
投手丘	pitcher's mound	`pɪtʃɚz maʊnd	マウンド	
本壘	home plate	hom plet	本塁	ほん.るい
一／二／三壘	first／second／third base	fɝst／`sɛkənd／θɝd bes	一／二／三塁	いち／に／さん.るい
（比分）超前	take the lead	tek ðə lid	リードする	
好球帶	strike zone	straɪk zon	ストライクゾーン	
主審	home plate umpire	hom plet `ʌmpaɪr	主審	しゅ.しん
球探	scout	skaʊt	スカウト陣	ス.カ.ウ.ト.じん
上半場	top of the inning	tɑp ɑv ði `ɪnɪŋ	表	おもて
下半場	bottom of the inning	`bɑtəm ɑv ði `ɪnɪŋ	裏	うら
暗號	signal	`sɪgn̩l	サイン	

176

（棒球）攻守	offense·defense ˋəfɛns ˋdɪfɛns	こうげき　しゅび 攻撃と守備

球數是兩好球。

It is two strikes now.

カウントはツーストライクです。

中	英		日	
打擊	batting	ˋbætɪŋ	打撃	だ.げき
守備	defense	ˋdɪfɛns	守備	しゅ.び
安打	hit	hɪt	安打	あん.だ
短打	bunt	bʌnt	バント	
全壘打	home run	hom rʌn	ホームラン	
高飛球	fly ball	flaɪ bɔl	フライ	
滾地球	ground ball	graʊnd bɔl	ゴロ	
界外球	foul	faʊl	ファウルボール	
安全上壘	safe	sef	セーフ	
暴投	wild pitch	waɪld pɪtʃ	ワイルドピッチ	
雙殺	double play	ˋdʌbl̩ ple	ダブルプレー	
四壞保送	walk	wɔk	フォアボール	
三振	strikeout	ˋstraɪk.aʊt	三振	さん.しん
好球	strike	straɪk	ストライク	
壞球	ball	bɔl	ボール	

177

棒球選手	baseball player `bes͵bɔl `pleɚ	やきゅうせんしゅ 野 球 選 手

上場打擊。

Up to bat.

だせき た
打席に立つ。

中	英		日	
先發球員	starting players	`stɑrtɪŋ `pleɚz	先発選手	せん.ぱつ.せん.しゅ
投手	pitcher	`pɪtʃɚ	ピッチャー	
捕手	catcher	`kætʃɚ	キャッチャー	
救援投手	relief pitcher	rɪ`lif `pɪtʃɚ	リリーフピッチャー	
打者	batter	`bætɚ	バッター	
代打者	pinch hitter	pɪntʃ `hɪtɚ	代打	だい.だ
游擊手	shortstop	`ʃɔrt͵stɑp	遊撃手	ゆう.げき.しゅ
一／二／三壘手	first／second／third baseman	fɝst／`sɛkənd／θɝd `besmən	一／二／三塁手	いち／に／さん.るい.しゅ
內野手	infielder	`ɪn͵fildɚ	内野手	ない.や.しゅ
左／右／中外野手	left／right／center fielder	lɛft／raɪt／`sɛntɚ `fildɚ	レフト／ライト／センター	
指定打擊	designated hitter	`dɛzɪg͵netɪd `hɪtɚ	指名打者	し.めい.だ.しゃ
職業球員	professional player	prə`fɛʃənḷ `pleɚ	プロ野球選手	プ.ロ.や.きゅう.せん.しゅ

178

運動	sports spɔrts	うんどう 運動

我愛運動。

I love sports.

スポーツが好(す)きです。

中	英		日	
慢跑	jog	dʒɑg	ジョギング	
快走	fast walk	fæst wɔk	ファストウォーキング	
流汗	sweat	swɛt	汗を流す	あせ.を.なが.す
喘氣	catch breath	kætʃ brɛθ	息を整える	いき.を.ととの.え.る
燃脂	burning fat	`bɝnɪŋ fæt	脂肪を燃やす	し.ぼう.を.も.や.す
肌肉痠痛	sore muscle	sor `mʌsḷ	筋肉痛	きん.にく.つう
保持身材	stay in shape	ste ɪn ʃep	スタイルを維持する	ス.タ.イ.ル.を.い.じ.す.る
肌耐力	muscle endurance	`mʌsḷ ɪn`djʊrəns	筋持久力	きん.じ.きゅう.りょく
減肥	weight loss	wet lɔs	ダイエット	
新陳代謝	metabolism	mɛ`tæbḷ.ɪzəm	新陳代謝	しん.ちん.たい.しゃ
運動鞋	sports shoes	spɔrts ʃuz	運動靴	うん.どう.ぐつ
運動彩券	sports lottery	spɔrts `lɑtərɪ	スポーツ宝くじ	ス.ポー.ツ.たから.く.じ

179

冷・熱	cold・hot kold hɑt	さむ あつ 寒い・暑い

下雪了。

It's snowing.

雪(ゆき)が降(ふ)った。

中	英		日	
發抖	shake	ʃek	震える	ふる.え.る
羽絨外套	down coat	daʊn kot	ダウンジャケット	
暖氣	heating system	\`hitɪŋ \`sɪstəm	暖房	だん.ぼう
寒流	cold wave	kold wev	寒波	かん.ぱ
零下	below zero	bə\`lo \`zɪro	零下	れい.か
低溫特報	low temperature warning	lo \`tɛmprətʃɚ \`wɔrnɪŋ	低温注意報	てい.おん.ちゅう.い.ほう
流汗	sweat	swɛt	汗をかく	あせ.を.か.く
中暑	heatstroke	\`hit,strok	熱中症	ね.っちゅう.しょう
冷氣	air conditioner	ɛr kən\`dɪʃənɚ	冷房	れい.ぼう
曬傷	sunburn	\`sʌn,bɝn	ひどく日焼けする	ひ.ど.く.ひ.や.け.す.る
悶熱	sultry	\`sʌltrɪ	蒸し暑い	む.し.あつ.い
細肩帶上衣	spaghetti straps	spə\`gɛtɪ stræps	キャミソール	

方向・位置	direction・position dəˋrɛkʃən pəˋzɪʃən	方向・位置（ほうこう・いち）

房子是朝南的。

The house faces south.

この家（いえ）は南向（みなみむ）きです。

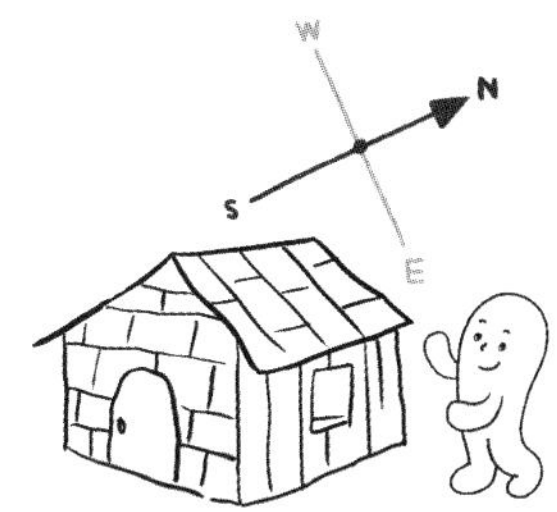

中	英		日	
指南針	compass	ˋkʌmpəs	方位磁針	ほう.い.じ.しん
東方	east	ist	東	ひがし
西方	west	wɛst	西	にし
南方	south	saʊθ	南	みなみ
北方	north	nɔrθ	北	きた
東南	southeast	ˏsaʊθˋist	東南	とう.なん
東北	northeast	ˋnɔrθˋist	東北	とう.ほく
西南	southwest	ˏsaʊθˋwɛst	西南	せい.なん
西北	northwest	ˋnɔrθˋwɛst	西北	せい.ほく
正面	front	frʌnt	表	おもて
反面	back	bæk	裏	うら
左	left	lɛft	左	ひだり
右	right	raɪt	右	みぎ
在～之前	ahead	əˋhɛd	～の前に	～の.まえ.に
在～之後	behind	bɪˋhaɪnd	～の後に	～の.うしろ.に
在～之上	above	əˋbʌv	～の上に	～の.うえ.に
在～之下	below	bəˋlo	～の下に	～の.した.に

181

天氣	weather ˋwɛðə	てんき 天気

明天會是晴天。

Tomorrow will be a sunny day.

明日（あした）は晴（は）れです。

中	英		日	
下雨的	rainy	ˋrenɪ	雨の降った	あめ.の.ふ.った
陽光普照的	sunny	ˋsʌnɪ	太陽が照った	たい.よう.が.て.った
多雲的	cloudy	ˋklaʊdɪ	雲の多い	くも.の.おお.い
有風的	windy	ˋwɪndɪ	風の吹く	かぜ.の.ふ.く
寒冷的	chilly	ˋtʃɪlɪ	寒い	さむ.い
微涼的	cool	kul	涼しい	すず.し.い
潮濕的	humid	ˋhjumɪd	湿気の多い	し.っけ.の.おお.い
悶熱的	sultry	ˋsʌltrɪ	蒸し暑い	む.し.あつ.い
下雪的	snowy	snoɪ	雪が降る	ゆき.が.ふ.る
有霧的	foggy	ˋfɑgɪ	霧の出る	きり.の.で.る
溫暖的	warm	wɔrm	温暖	おん.だん
乾燥的	dry	draɪ	乾燥した	かん.そう.した

火	fire faɪr	ひ 火

起火點在<u>六樓</u>。

The fire started on the <u>6th floor</u>.

出火場所は<u>6階</u>です。（しゅっかばしょ／ろっかい）

中	英		日	
燒焦	burnt	bɜnt	焦げた	こ.げ.た
火災	fire	faɪr	火災	か.さい
縱火者	arsonist	`ɑrsn̩ɪst	放火魔	ほう.か.ま
燒傷	burn	bɜn	やけど	
燃料	fuel	`fjʊəl	燃料	ねん.りょう
縱火	arson	`ɑrsn̩	放火	ほう.か
燃燒	combustion	kəm`bʌstʃən	燃焼	ねん.しょう
火焰	flame	flem	炎	ほのお
燃點	fire point	faɪ pɔɪnt	燃焼点	ねん.しょう.てん
森林大火	forest fire	`fɔrɪst faɪr	森林火災	しん.りん.か.さい
木材	log	lɔg	木材	もく.ざい
蠟燭	candle	`kændl̩	蝋燭	ろう.そく

183

競選	election ɪˋlɛkʃən	せんきょ 選挙

候選人的海報。

Candidate posters.

立候補者（りっこうほしゃ）のポスター。

中	英		日	
候選人	candidate	ˋkændədet	立候補者	り.っこう.ほ.しゃ
政黨	party	ˋpɑrtɪ	政党	せい.とう
抹黑	smear campaign	smɪr kæmˋpen	中傷合戦	ちゅう.しょう.が.っせん
政見	political opinion	pəˋlɪtɪkḷ əˋpɪnjən	政見	せい.けん
民調	poll	pol	世論調査	よ.ろん.ちょう.さ
政治獻金	political donation	pəˋlɪtɪkḷ doˋneʃən	政治献金	せい.じ.けん.きん
競選廣告	campaign commercial	kæmˋpen kəˋmɝʃəl	選挙広告	せん.きょ.こう.こく
競選口號	slogan	ˋslogən	選挙スローガン	せん.きょ.ス.ロー.ガ.ン
支持者	supporter	səˋportɚ	支持者	し.じ.しゃ
競選宣傳車	campaign van	kæmˋpen væn	選挙カー	せん.きょ.カー
醜聞	scandal	ˋskændḷ	スキャンダル	
賄選	bribery	ˋbraɪbərɪ	選挙を買収する	せん.きょ.を.ばい.しゅう.す.る

184

投票	vote vot	とうひょう 投　票

投下選票。

Cast my vote.

票(ひょう)を入(い)れる。

中	英		日	
投票率	voter turnout	ˋvotɚ ˋtɝn͵aut	投票率	とう.ひょう.りつ
投票權	suffrage	ˋsʌfrɪdʒ	投票権	とう.ひょう.けん
選票	ballot	ˋbælət	投票用紙	とう.ひょう.よう.し
計票	vote counting	vot ˋkaʊntɪŋ	開票	かい.ひょう
廢票	spoiled ballot	spɔɪlt ˋbælət	無効票	む.こう.ひょう
得票數	tally	ˋtælɪ	獲得票数	かく.とく.ひょう.すう
投票亭	voting booth	ˋvotɪŋ buθ	投票ブース	とう.ひょう.ブー.ス
投票箱	ballot box	ˋbælət bɑks	投票箱	とう.ひょう.ばこ
不記名投票	secret ballot	ˋsikrɪt ˋbælət	無記名投票	む.き.めい.とう.ひょう
黑箱作業	rigged ballot	rɪgd ˋbælət	不正投票	ふ.せい.とう.ひょう
灌票	ballot stuffing	ˋbælət ˋstʌfɪŋ	票の水増し	ひょう.の.みず.ま.し
亮票	display one's ballot	dɪˋsple wʌns ˋbælət	票を見せる	ひょう.を.み.せ.る

185

離婚	divorce də`vors	離婚（りこん）

在離婚協議書上蓋章。

Sign the divorce papers.

離婚届（りこんとどけ）に判（はん）を押（お）す。

中	英		日	
監護權	child custody	tʃaɪld `kʌstədɪ	監護権	かん.ご.けん
財產分配	distribution of property	ˏdɪstrə`bjuʃən ɑv `prɑpɚtɪ	財産分与	ざい.さん.ぶん.よ
贍養費	alimony	`æləˏmonɪ	養育費	よう.いく.ひ
分居	separate	`sɛpəˏret	別居	べ.っきょ
離婚手續	divorce procedure	də`vors prə`sidʒɚ	離婚手続き	り.こん.て.つづ.き
協商	negotiation	nɪˏgoʃɪ`eʃən	協議	きょう.ぎ
律師	lawyer	`lɔjɚ	弁護士	べん.ご.し
律師事務所	law firm	lɔ fɝm	弁護士事務所	べん.ご.し.じ.む.しょ
協議離婚	collaborative divorce	kə`læbərətɪv də`vors	協議離婚	きょう.ぎ.り.こん
離婚協議書	divorce papers	də`vors `pepɚz	離婚届	り.こん.とどけ
離婚率	divorce rate	də`vors ret	離婚率	り.こん.りつ
婚外情	affair	ə`fɛr	不倫	ふ.りん

186

親子	parents-children ˋpɛrənts ˋtʃɪldrən	おやこ 親子

爸爸、媽媽、和小孩。

Father, mother and children.

父(ちち)と母(はは)と子供(こども)。

中	英		日	
叛逆	rebel	rɪˋbɛl	反抗する	はん.こう.す.る
代溝	generation gap	ˏdʒɛnəˋreʃən gæp	ジェネレーションギャップ	
服從	obey	əˋbe	言う事を聞く	い.う.こと.を.き.く
忤逆	disobey	ˏdɪsəˋbe	従わない	したが.わ.な.い
家庭氣氛	family atmosphere	ˋfæməlɪ ˋætməsˏfɪr	家庭の雰囲気	か.てい.の.ふん.い.き
溝通	communica-tion	kəˏmjunə-ˋkeʃən	コミュニケーション	
親密的	intimate	ˋɪntəmɪt	親密	しん.みつ
教育	education	ˏɛdʒʊˋkeʃən	教育	きょう.いく
寵溺	spoil	spɔɪl	溺愛する	でき.あい.す.る
疏離	distant	ˋdɪstənt	疎遠	そ.えん
獨生子女	only child	ˋonlɪ tʃaɪld	一人っ子	ひとり.っこ
親子衝突	parent-offspring conflict	ˋpɛrəntˋɔf-ˏsprɪŋ ˋkɑnflɪkt	親子の衝突	おや.こ.の.しょう.とつ

187

國家・政治	nation·politics ˋneʃən ˋpalətɪks	こっか　せいじ 国家・政治

世界地球村。

Global village.

グローバル・ヴィレッジ。

中	英		日	
人民	people	ˋpipḷ	人民	じん.みん
領土	territory	ˋtɛrə,torɪ	領土	りょう.ど
領海	territorial water	,tɛrəˋtorɪəl ˋwɔtɚ	領海	りょう.かい
主權	sovereignty	ˋsɑvrɪntɪ	主権	しゅ.けん
憲法	constitution	,kanstəˋtjuʃən	憲法	けん.ぽう
法律	law	lɔ	法律	ほう.りつ
總統	president	ˋprɛzədənt	総統／大統領	そう.とう／だい.とう.りょう
政黨	party	ˋpartɪ	政党	せい.とう
政權	regime	rɪˋʒim	政権	せい.けん
政黨輪替	change in ruling party	tʃendʒ ɪn ˋrulɪŋ ˋpartɪ	政権交代	せい.けん.こう.たい
執政黨	ruling party	ˋrulɪŋ ˋpartɪ	与党	よ.とう
在野黨	opposition party	,apəˋzɪʃən ˋpartɪ	野党	や.とう

188

借貸	loan lon	貸し借り（かしかり）

我負債累累。

I am in debt.

私（わたし）は、借金（しゃっきん）に借金（しゃっきん）を重（かさ）ねている。

中	英		日	
借（入）錢	borrow money	\`bɑro \`mʌnɪ	お金を借りる	お.かね.を.か.り.る
借（出）錢	lend money	lɛnd \`mʌnɪ	お金を貸す	お.かね.を.か.す
歸還	return	rɪ\`tɝn	返す	かえ.す
期限	deadline	\`dɛd͵laɪn	期限	き.げん
逾期	overdue	͵ov\`dju͵	期限切れ	き.げん.ぎ.れ
保證人	guarantor	\`gærəntɚ	保証人	ほ.しょう.にん
借據	IOU	\`aɪo\`ju	借用書	しゃく.よう.しょ
金錢糾紛	money dispute	\`mʌnɪ dɪ\`spjut	金銭トラブル	きん.せん.ト.ラ.ブ.ル
債務	debt	dɛt	債務／借金	さい.む／しゃ.っきん
討債公司	debt collection company	dɛt kə\`lɛkʃən \`kʌmpənɪ	取り立て業者	と.り.た.て.ぎょう.しゃ
跑路	on the run	ɑn ðə rʌn	夜逃げする	よ.に.げ.す.る
信用	credit	\`krɛdɪt	信用	しん.よう

189

金錢	money \`mʌnɪ	きんせん 金 銭

我投資失利。

I lost money on an investment.

私は、投資で失敗した。(わたし、とうし、しっぱい)

中	英		日	
收入	income	\`ɪn.kʌm	収入	しゅう.にゅう
支出	expense	ɪk\`spɛns	支出	し.しゅつ
儲蓄	savings	\`sevɪŋz	貯金	ちょ.きん
花錢	spend	spɛnd	お金を使う	お.かね.を.つか.う
投資	invest	ɪn\`vɛst	投資	とう.し
幣值升值	appreciation	ə.priʃɪ\`eʃən	貨幣価値が上がる	か.へい.か.ち.が.あ.が.る
幣值貶值	depreciation	dɪ\`priʃɪ\`eʃən	貨幣価値が下がる	か.へい.か.ち.が.さ.が.る
外幣	foreign currency	\`fɔrɪn \`kɝənsɪ	外貨	がい.か
外匯	foreign exchange	\`fɔrɪn ɪks\`tʃendʒ	外国為替	がい.こく.かわせ
外匯存底	foreign exchange reserve	\`fɔrɪn ɪks\`tʃendʒ rɪ\`zɝv	外貨準備高	がい.か.じゅん.び.だか
紙鈔	bill	bɪl	紙幣	し.へい
硬幣	coin	kɔɪn	硬貨	こう.か

190

儲蓄	savings \`sevɪŋz	ちょきん 貯金

提領現金。

Withdraw cash.

げんきん　ひ　だ
現金を引き出す。

中	英		日	
帳戶	account	ə\`kaʊnt	口座	こう.ざ
開戶	open an account	\`opən æn ə\`kaʊnt	口座を開く	こう.ざ.を.ひら.く
存款	deposit	dɪ\`pazɪt	預金	よ.きん
餘額	balance	\`bæləns	残高	ざん.だか
利息	interest	\`ɪntərɪst	利息	り.そく
利率	interest rate	\`ɪntərɪst ret	利率	り.りつ
定期存款	time deposit	taɪm dɪ\`pazɪt	定期預金	てい.き.よ.きん
活期存款	demand deposit	dɪ\`mænd dɪ\`pazɪt	要求払預金	よう.きゅう.ばらい.よ.きん
解約	terminate contract	\`tɝmə,net \`kantrækt	解約	かい.やく
提款	withdraw	wɪð\`drɔ	引き出す	ひ.き.だ.す
提款卡	ATM card	\`e\`ti\`ɛm kard	キャッシュカード	
撲滿	piggy bank	\`pɪgɪ bæŋk	貯金箱	ちょ.きん.ばこ

191

面試	interview ˋɪntɚˏvju	めんせつ 面接

面談了 30 分鐘。

Interviewing for 30 minutes.

３０分間面接を受けた。

中	英		日	
履歷表	resume	ˏrɛzjʊˋme	履歴書	り.れき.しょ
自傳	autobiography	ˏɔtəbaɪˋɑgrəfɪ	自叙伝	じ.じょ.でん
薪資	salary	ˋsælərɪ	給料	きゅう.りょう
學歷	education	ˏɛdʒʊˋkeʃən	学歴	がく.れき
經歷	CV (curriculum vitae)	ˋsiˋvi (kəˋrɪkjələm ˋvitaɪ)	経歴	けい.れき
工作內容	job description	dʒɑb dɪˋskrɪpʃən	仕事内容	し.ごと.ない.よう
自我介紹	self introduction	sɛlf ˏɪntrəˋdʌkʃən	自己紹介	じ.こ.しょう.かい
第一印象	first impression	fɝst ɪmˋprɛʃən	第一印象	だい.いち.いん.しょう
面試官	interviewer	ˋɪntɚvjuɚ	面接官	めん.せつ.かん
推薦函	letter of recommendation	ˋlɛtɚ ɑv ˏrɛkəmɛnˋdeʃən	推薦状	すい.せん.じょう
筆試	written test	ˋrɪtn̩ tɛst	筆記試験	ひ.っき.し.けん
錄取	recruit	rɪˋkrut	採用	さい.よう

192

工作	working `wɝkɪŋ	しごと 仕事

加班到<u>凌晨一點</u>。

Working overtime until <u>1a.m.</u> in the morning.

<u>午前1時</u>(ごぜんいちじ)まで残業(ざんぎょう)した。

中	英		日	
開會	meeting	`mitɪŋ	会議	かい.ぎ
出差	business trip	`bɪznɪs trɪp	出張	しゅ.っちょう
留職停薪	leave-without-pay	`liv,wɪ`ðaut`pe	無給休暇	む.きゅう.きゅう.か
曠職	absence	`æbsn̩s	無断欠勤	む.だん.け.っきん
主管	supervisor	,supɚ`vaɪzɚ	上司	じょう.し
同事	colleague	`kɑlig	同僚	どう.りょう
薪水	salary	`sælərɪ	給料	きゅう.りょう
加班	overtime	`ovɚ,taɪm	残業	ざん.ぎょう
性騷擾	sexual harassment	`sɛkʃuəl `hærəsmənt	セクハラ	
升遷	promotion	prə`moʃən	昇進	しょう.しん
培訓	training	`trenɪŋ	訓練	くん.れん
打卡	punch	pʌntʃ	タイムカードを押す	タ.イ.ム.カー.ド.を.お.す

193

會議	meeting ˋmitɪŋ	かいぎ 会議

聽取簡報內容。

Listening to a presentation.

プレゼンを聴(き)く。

中	英		日	
遲到	late	let	遅刻	ち.こく
準時	on time	ɑn taɪm	時間通り	じ.かん.どお.り
投票表決	vote	vot	投票による表決	とう.ひょう.に.よ.る.ひょう.けつ
討論	discuss	dɪˋskʌs	討論	とう.ろん
意見	opinion	əˋpɪnjən	意見	い.けん
提案	proposal	prəˋpozl̩	提案	てい.あん
簡報	presentation	ˌprizɛnˋteʃən	プレゼンテーション	
致詞	opening remarks	ˋopənɪŋ rɪˋmɑrks	あいさつを述べる	あ.い.さ.つ.を.の.べ.る
會議紀錄	meeting minutes	ˋmitɪŋ ˋmɪnɪts	議事録	ぎ.じ.ろく
議程	agenda	əˋdʒɛndə	議事日程	ぎ.じ.に.って.い
會議室	conference room	ˋkɑnfərəns rum	会議室	かい.ぎ.しつ
召開會議	hold a meeting	hold ə ˋmitɪŋ	会議を開く	かい.ぎ.を.ひら.く

作業系統	operating system `ɑpəretɪŋ `sɪstəm	オーエス コンピューターの O S

咦？螢幕壞了？

Hey, is the monitor broken?

あれ、モニターが故障(こしょう)したかな。

中	英		日
微軟	Microsoft	`maɪkro,sɔft	マイクロソフト
麥金塔	Mac (Macintosh)	mæk (`mækɪn,tɑʃ)	マッキントッシュ
視窗	Windows	`wɪndoz	ウインドウズ
處理器	processor	`prɑsɛsɚ	プロセッサー
記憶體	memory	`mɛmərɪ	メモリー
位元	bit	bɪt	ビット
版本	version	`vɜʒən	バージョン
硬體	hardware	`hɑrd,wɛr	ハードウェア
軟體	software	`sɔft,wɛr	ソフトウェア
程式	program	`progræm	プログラム
驅動程式	driver	`draɪvɚ	ドライバー
使用者	user	`juzɚ	ユーザー

195

電腦操作	computer use kəm`pjutɚ juz	コンピューター操作（そうさ）

移動滑鼠。

Move the mouse.

マウスを動（うご）かす。

中	英		日	
開機	turn on	tɝn ɑn	電源を入れる	でん.げん.を.い.れ.る
關機	turn off	tɝn ɔf	電源を切る	でん.げん.を.き.る
重新開機	reboot	ˌri`but	再起動	さい.き.どう
當機	crash	kræʃ	クラッシュ	
安裝	install	ɪn`stɔl	インストール	
移除	uninstall	ˌʌnɪn`stɔl	アンインストール	
掃毒	scan	skæn	ウイルススキャン	
解壓縮	decompress	ˌdikəm`prɛs	解凍する	かい.とう.す.る
存檔	save	sev	ファイルの保存	ファ.イ.ル.の.ほ.ぞん
複製	copy	`kɑpɪ	コピー	
剪下	cut	kʌt	切り取り	き.り.と.り
貼上	paste	pest	貼り付け	は.り.つ.け
刪除	delete	dɪ`lit	削除	さく.じょ

196

網路	Internet ˋɪntɚˏnɛt	インターネット

輸入帳號。

Enter your account.

アカウントを入力（にゅうりょく）する。

中	英		日	
伺服器	server	ˋsɝvɚ	サーバー	
網站	website	ˋwɛbˏsaɪt	ウェブサイト	
瀏覽器	browser	ˋbraʊzɚ	ブラウザ	
IP 位址	IP address	ˋaɪˋpi ˋædrɛs	IPアドレス	アイ.ピー.ア.ド.レ.ス
帳號	account	əˋkaʊnt	アカウント	
密碼	password	ˋpæsˏwɝd	パスワード	
網路服務提供者	ISP (Internet service provider)	ˋaɪˋɛsˋpi (ˋɪntɚˏnɛt ˋsɝvɪs prəˋvaɪdɚ)	プロバイダー	
病毒	virus	ˋvaɪrəs	ウイルス	
防毒軟體	anti-virus software	ˏæntɪˋvaɪrəs ˋsɔftˏwɛr	ウイルス対策ソフトウェア	ウ.イ.ル.ス.たい.さく.ソ.フ.ト.ウ.ェ.ア
網域	domain	doˋmen	ドメイン	
寬頻	broadband	ˋbrɔdˋbænd	ブロードバンド	
搜尋引擎	search engine	sɝtʃ ˋɛndʒən	検索エンジン	けん.さく.エ.ン.ジ.ン

197

部落格	blog `blɔg	ブログ

（在部落格）留言。

Leave a message.

コメントを投稿（とうこう）する。

中	英		日	
部落客	blogger	`blɔgɚ	ブロガー	
引用	quote	kwot	引用	いん.よう
發表文章	post an article	post æn `ɑrtɪkḷ	記事を投稿する	き.じ.を.とう.こう.す.る
更新	update	ʌp`det	更新	こう.しん
留言板	guest book	gɛst bʊk	メッセージボード	
網路相簿	Internet album	`ɪntɚ,nɛt `ælbəm	（インターネットの）フォトアルバム	
文章	article	`ɑrtɪkḷ	記事	き.じ
部落格廣告	blog ad	blɔg æd	ブログ広告	ブ.ロ.グ.こう.こく
網誌面版	blog design	blɔg dɪ`zaɪn	ブログスキン	
標籤	tag	tæg	タグ	
點閱人數	hit	hɪt	訪問者数	ほう.もん.しゃ.すう
智慧財產權	intellectual property rights	ˌɪntḷ`ɛktʃʊəl `prɑpɚtɪ raɪts	知的財産権	ち.てき.ざい.さん.けん

198

電子郵件	e-mail i`mel	でんし 電子メール

加上附加檔案。

Add an attachment.

ファイルを添付（てんぷ）する。

中	英		日	
垃圾郵件	junk mail	dʒʌŋk `mel	ジャンクメール	
寄信	send	sɛnd	送信	そう.しん
轉寄	forward	`fɔrwɚd	転送	てん.そう
接收	receive	rɪ`siv	受信	じゅ.しん
刪除	delete	dɪ`lit	削除	さく.じょ
收件匣	inbox	`ɪnbɑks	受信箱	じゅ.しん.ばこ
寄件備份	sent item	sɛnt `aɪtəm	送信済みメール	そう.しん.ず.み.メー.ル
草稿	draft	dræft	下書き	した.が.き
@（小老鼠）	at	æt	アットマーク	
回覆	reply	rɪ`plaɪ	返信	へん.しん
郵件地址	e-mail address	i`mel ə`drɛs	メールアドレス	
副本	cc (carbon copy)	`si`si (`kɑrbən `kɑpɪ)	CC	シー.シー
密件副本	bcc (blind carbon copy)	`bi`si`si (blaɪnd `kɑrbən `kɑpɪ)	BCC	ビー.シー.シー

199

網站	website ˋwɛbˏsaɪt	ウェブサイト

設定首頁為Google。

Make Google your homepage.

Googleをホームページに設定する。（グーグル／せってい）

中	英		日	
網址	URL	ˋjuˋarˋɛl	ウェブアドレス	
網頁	web page	wɛb pedʒ	ウェブページ	
首頁	homepage	ˋhomˏpedʒ	ホームページ	
流量	flow	flo	トラフィック	
會員	member	ˋmɛmbɚ	メンバー	
登入	sign in	saɪn ɪn	ログイン	
登出	sign out	saɪn aut	ログアウト	
電子報	e-paper	ˋiˋpepɚ	電子ペーパー	でん.し.ぺー.ぱー
購物車	shopping cart	ˋʃapɪŋ kart	ショッピングカート	
線上付款	online payment	ˋanˏlaɪn ˋpemənt	オンライン 決済	オ.ン.ラ.イ.ン. け.っさい
駭客	hacker	ˋhækɚ	ハッカー	
駭入	hack	hæk	ハックする	

200

繪圖	drawing ˋdrɔɪŋ	かいが 絵画

用鉛筆打草稿。

Draft with a pencil.

えんぴつ　したが
鉛筆で下書きする。

中	英		日	
草稿	draft	dræft	下書き	した.が.き
構圖	composition	ˏkɑmpəˋzɪʃən	構図	こう.ず
素描	sketch	skɛtʃ	スケッチ／デッサン	
色調	tone	ton	色調	しき.ちょう
上色	color	ˋkʌlɚ	色を塗る	いろ.を.ぬ.る
概念	concept	ˋkɑnsɛpt	概念	がい.ねん
技巧	technique	tɛkˋnik	技法	ぎ.ほう
創意	creativity	ˏkrɪeˋtɪvətɪ	創意	そう.い
美學	aesthetics	ɛsˋθɛtɪks	美学	び.がく
臨摹	copy	ˋkɑpɪ	模写	も.しゃ
畫筆	paintbrush	ˋpentˏbrʌʃ	絵筆	え.ふで
角度	angle	ˋæŋgḷ	角度	かく.ど

201

攝影	photography fə`tɑgrəfɪ	さつえい 撮影

我合成了照片。

I've synthesized the picture.

合成写真(ごうせいしゃしん)を作(つく)った。

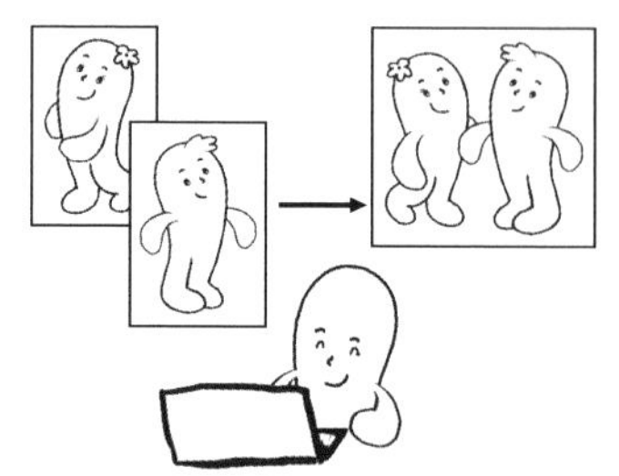

中	英		日	
廣角鏡頭	wide-angle lens	`waɪd`æŋgl̩ lɛnz	広角レンズ	こう.かく.レ.ン.ズ
自動對焦	automatic focus	ˌɔtə`mætɪk `fokəs	オートフォーカス	
按快門	press shutter	prɛs `ʃʌtɚ	シャッターを切る	シャ.ッター.を.き.る
焦距	focal length	`fokl̩ lɛŋθ	焦点距離	しょう.てん.きょ.り
夜拍模式	night mode	naɪt mod	夜間撮影モード	や.かん.さつ.えい.モー.ド
背光	backlight	`bækˌlaɪt	逆光	ぎゃ.っこう
曝光	exposure	ɪk`spoʒɚ	露光	ろ.こう
閃光燈	flash	flæʃ	フラッシュ	
攝影師	photographer	fə`tɑgrəfɚ	カメラマン	
攝影棚	studio	`stjudɪˌo	撮影スタジオ	さつ.えい.ス.タ.ジ.オ
暗房	darkroom	`dɑrk`rum	暗室	あん.しつ
數位相機	digital camera	`dɪdʒɪtl̩ `kæmərə	デジタルカメラ	

202

寫作	writing `raɪtɪŋ	しっぴつ 執筆

送給你我的新書。

I am giving you a new book of mine.

あなたに私(わたし)の新作(しんさく)をあげる。

中	英		日	
瓶頸	writer's block	\`raɪtəz blɑk	行き詰まる	ゆ.き.づ.ま.る
靈感	inspiration	ˌɪnspə\`reʃən	インスピレーション	
想像力	imagination	ɪˌmædʒə\`neʃən	想像力	そう.ぞう.りょく
截稿日	deadline	\`dɛdˌlaɪn	締め切り	し.め.き.り
投稿	submit	səb\`mɪt	投稿する	とう.こう.す.る
草稿	draft	dræft	下書き	した.が.き
修改	revise	rɪ\`vaɪz	修正	しゅう.せい
架構	outline	\`autˌlaɪn	構想	こう.そう
作者	author	\`ɔθɚ	作者	さく.しゃ
創作	creation	krɪ\`eʃən	創作	そう.さく
中心思想	main idea	men aɪ\`diə	中核となる アイディア	ちゅう.かく.と.な.る. ア.イ.ディ.ア
主題	theme	θim	テーマ	

203

色彩	color ˋkʌlɚ	しきさい 色 彩

哇！黑魔鬼！

Oh! A black devil.

あ、黒(くろ)い悪魔(あくま)だ。

中	英		日	
色調	tone	ton	色調	しき.ちょう
互補色	complementary color	ˏkɑmpləˋmɛntərɪ ˋkʌlɚ	補色	ほ.しょく
原色	primary color	ˋpraɪˏmɛrɪ ˋkʌlɚ	原色	げん.しょく
暖色調	warm tone	wɔrm ton	暖色系	だん.しょく.けい
冷色調	cold tone	kold ton	寒色系	かん.しょく.けい
淺色	light color	laɪt ˋkʌlɚ	薄い色	うす.い.いろ
深色	dark color	dɑrk ˋkʌlɚ	濃い色	こ.い.いろ
美學	aesthetics	ɛsˋθɛtɪks	美学	び.がく
色調搭配	color scheme	ˋkʌlɚ skim	配色	はい.しょく
混色	mix	mɪks	混色	こん.しょく
色彩豐富	colorful	ˋkʌlɚfəl	カラフル	
黑白單色	monochrome	ˋmɑnəˏkrom	モノクロ	

204

聲音	sound saʊnd	こえ 声

調大音量。

Turn up the volume.

ボリュームを上(あ)げる。

中	英		日	
大聲	loud	laʊd	大声	おお.ごえ
微弱	faint	fent	弱々しい	よわ.よわ.し.い
嘈雜	noisy	`nɔɪzɪ	やかましい	
調音	tune	tjun	チューニング	
音量	volume	`vɑljəm	ボリューム	
分貝	decibel	`dɛsɪbɛl	デシベル	
配音員	voice actor	vɔɪs `æktɚ	声優	せい.ゆう
低沉	deep	dip	低い	ひく.い
沙啞	hoarse	hors	ハスキー	
甜美	sweet	swit	甘い	あま.い
溫柔	gentle	`dʒɛntḷ	優しい	やさ.し.い
性感	sexy	`sɛksɪ	セクシー	

205

出國	go abroad go əˋbrɔd	しゅっこく 出　国

這次的目的地是埃及。

The destination this time is Egypt.

今回(こんかい)の行(い)き先(さき)は、エジプトです。

中	英		日	
護照	passport	ˋpæsˏport	パスポート	
簽證	visa	ˋvizə	ビザ	
海關	customs	ˋkʌstəmz	税関	ぜい.かん
機票	plane ticket	plen ˋtɪkɪt	航空券	こう.くう.けん
匯率	exchange rate	ɪksˋtʃendʒ ret	為替レート	かわせ.レー.ト
時差	time difference	taɪm ˋdɪfərəns	時差	じ.さ
國際駕照	IDP (international driving permit)	ˋaɪˋdiˋpi (ˏɪntɚˋnæʃənḷ ˋdraɪvɪŋ pɚˋmɪt)	国際免許証	こく.さい.めん.きょ.しょう
觀光	sightseeing	ˋsaɪtˏsiɪŋ	観光	かん.こう
移民	immigration	ˏɪməˋgreʃən	移民	い.みん
出國唸書	study abroad	ˋstʌdɪ əˋbrɔd	留学	りゅう.がく
國際換日線	IDL (international date line)	ˋaɪˋdiˋɛl (ˏɪntɚˋnæʃənḷ det laɪn)	日付変更線	ひ.づけ.へん.こう.せん
想家	homesick	ˋhomˏsɪk	ホームシック	

206

萬聖節	Halloween ˌhælə`wɪn	ハロウィーン

提南瓜燈籠。

Lift the jack-o'-lantern.

手(て)にカボチャのランプを持(も)つ。

中	英		日	
南瓜	pumpkin	`pʌmpkɪn	カボチャ	
南瓜燈籠	jack-o'-lantern	`dʒækə-ˌlæntɚn	カボチャのランプ	
不給糖就搗蛋	trick or treat	trɪk ɔr trit	トリック・オア・トリート	
鬼魂	ghost	gost	幽霊	ゆう.れい
殭屍	zombie	`zɑmbɪ	ゾンビ	
妖精	fairy	`fɛrɪ	妖精	よう.せい
骷髏	skeleton	`skɛlətn̩	骸骨	がい.こつ
女巫	witch	wɪtʃ	魔女	ま.じょ
惡魔	devil	`dɛvl̩	悪魔	あく.ま
黑貓	black cat	blæk kæt	黒猫	くろ.ねこ
蝙蝠	bat	bæt	コウモリ	
貓頭鷹	owl	aul	フクロウ	

新年	New Year nju jɪr	しんねん 新 年

恭喜新年好！

Happy New Year.

明(あ)けましておめでとう。

中	英		日	
新的一年	New Year	nju jɪr	新しい一年	あたら.し.い.いち.ねん
農曆春節	Chinese New Year	`tʃaɪ`niz nju jɪr	旧正月	きゅう.しょう.がつ
除夕夜	Chinese New Year's Eve	`tʃaɪ`niz nju jɪrz iv	大晦日	おお.みそ.か
倒數	count down	kaʊnt daʊn	カウントダウン	
壓歲錢	red envelope	rɛd `ɛnvə͵lop	お年玉	お.とし.だま
連續假期	consecutive holiday	kən`sɛkjʊtɪv `hɑlə͵de	連休	れん.きゅう
天氣冷	cold	kold	寒い	さむ.い
傳統	tradition	trə`dɪʃən	伝統	でん.とう
習俗	custom	`kʌstəm	風俗習慣	ふう.ぞく.しゅう.かん
守歲	see in the new year	si ɪn ðə nju jɪr	寝ずに年を越す	ね.ず.に.とし.を.こ.す
團圓	gathering	`gæðərɪŋ	家族が集まる	か.ぞく.が.あつ.ま.る
拜年	New year visit	nju jɪr `vɪzɪt	新年の挨拶をする	しん.ねん.の.あい.さつ.を.す.る

頒獎典禮	award ceremony ə`wɔrd `sɛrə͵monɪ	ひょうしょうしき 表　彰　式

我要盛裝出席。

I will be all dressed up.

わたし　はな　きかざ　しゅっせき
私は、華やかに着飾って出席する。

中	英		日	
主持人	host	host	司会者	し.かい.しゃ
明星	star	stɑr	スター	
記者	reporter	rɪ`portɚ	記者	き.しゃ
紅地毯	red carpet	rɛd `kɑrpɪt	レッドカーペット	
表演	performance	pɚ`fɔməns	パフォーマンス	
流程	rundown	`rʌn͵daun	流れ	なが.れ
現場直播	live broadcast	laɪv brɔd͵kæst	生放送	なま.ほう.そう
禮服	formal dress	`fɔrml̩ drɛs	礼服	れい.ふく
提名	nominate	`nɑmə͵net	ノミネートする	
入圍者	nominee	͵nɑmə`ni	ノミネート者	ノ.ミ.ネー.ト.しゃ
得獎者	winner	`wɪnɚ	受賞者	じゅ.しょう.しゃ
獎座	trophy	`trofɪ	トロフィー	

209

占卜	divination dɪvə`neʃən	うらな 占い

我迷上塔羅牌。

I am fascinated with tarot cards.

私(わたし)は、タロットカードにはまっている。

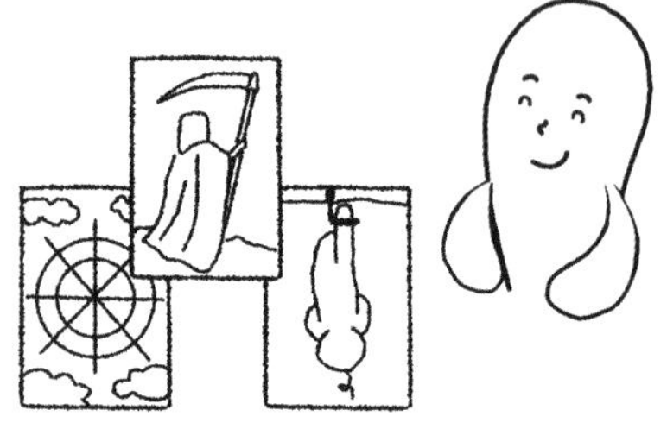

中	英		日	
算命	fortune-telling	`fɔrtʃən͵tɛlɪŋ	占い	うらな.い
迷信	superstition	͵supɚ`stɪʃən	迷信	めい.しん
預兆	omen	`omən	前兆	ぜん.ちょう
算命師	fortune teller	`fɔrtʃən `tɛlɚ	占い師	うらな.い.し
占星	astrology	ə`strɑlədʒɪ	星占い	ほし.うらな.い
幸運	lucky	`lʌkɪ	幸運	こう.うん
塔羅牌	tarot cards	`tæro kɑrdz	タロットカード	
解夢	dream interpretation	drim ɪn͵tɝprɪ`teʃən	夢占い	ゆめ.うらな.い
預言家	prophet	`prɑfɪt	預言者	よ.げん.しゃ
預言	prediction	prɪ`dɪkʃən	予言	よ.げん
世界末日	Armageddon	͵ɑrmə`gɛdn̩	世界の終焉	せ.かい.の.しゅう.えん
命運	fate	fet	運命	うん.めい

婚禮	wedding ceremony ˋwɛdɪŋ ˋsɛrə͵monɪ	けっこんしき 結婚式

妳願意嫁給我嗎？

Will you marry me?

ぼく　けっこん
僕と結婚してくれますか。

中	英		日	
喜帖	wedding invitation	ˋwɛdɪŋ ͵ɪnvəˋteʃən	（結婚式の）招待状	（け.っこん.しき.の）しょう.たい.じょう
新郎	bridegroom	ˋbraɪd͵grum	新郎	しん.ろう
新娘	bride	braɪd	新婦	しん.ぷ
伴娘	maid of honor	med ɑv ˋɑnɚ	花嫁付添い人	はな.よめ.つき.そ.い.にん
伴郎	best man	bɛst mæn	花婿付添い人	はな.むこ.つき.そ.い.にん
教堂	church	tʃɝtʃ	教会	きょう.かい
牧師	minister	ˋmɪnɪstɚ	牧師	ぼく.し
結婚誓言	wedding vows	ˋwɛdɪŋ vauz	結婚の誓い	け.っこん.の.ちか.い
至死不渝	til death do us apart	tɪl dɛθ du ʌs əˋpɑrt	死ぬまで変わらない	し.ぬ.ま.で.か.わ.ら.な.い
婚紗	wedding dress	ˋwɛdɪŋ drɛs	ウエディングドレス	
結婚戒指	wedding ring	ˋwɛdɪŋ rɪŋ	結婚指輪	け.っこん.ゆび.わ
婚宴	wedding reception	ˋwɛdɪŋ rɪˋsɛpʃən	披露宴	ひ.ろう.えん
捧花	bouquet	buˋke	ブーケ	

211

社會福利	social welfare `soʃəl `wɛl,fɛr	しゃかいふくし 社会福祉

我進行募款。

I am conducting a fundraising event.

私は、募金を集めている。（わたし、ぼきん、あつ）

中	英		日	
社工	social worker	`soʃəl `wɝkɚ	ソーシャルワーカー	
志工	volunteer	,vɑlən`tɪr	ボランティア	
社福政策	social welfare policy	`soʃəl `wɛl,fɛr `pɑləsɪ	社会福祉政策	しゃ.かい.ふく.し.せい.さく
基金會	foundation	faʊn`deʃən	基金会	き.きん.かい
補助	subsidy	`sʌbsədɪ	補助金	ほ.じょ.きん
公益活動	charity activity	`tʃærətɪ æk`tɪvətɪ	公益活動	こう.えき.かつ.どう
失業	unemployed	,ʌnɪm`plɔɪd	失業	しつ.ぎょう
弱勢族群	disadvantaged groups	,dɪsəd`væntɪdʒd grups	恵まれない人々	めぐ.ま.れ.な.い.ひと.びと
遊民	homeless person	`homlɪs `pɝsn̩	ホームレス	
募款	fundraising	`fʌnd,rezɪŋ	募金	ぼ.きん
捐款	donation	do`neʃən	寄付	き.ふ
義演	charity performance	`tʃærətɪ pɚ`fɔrməns	慈善公演	じ.ぜん.こう.えん

212

游泳	swimming ˋswɪmɪŋ	すいえい 水泳

我擅長游泳。

I am good at swimming.

わたし　すいえい　とくい
私は、水泳が得意です。

中	英		日	
抽筋	cramp	kræmp	けいれん	
心肺復甦術	CPR	ˋsiˋpiˋɑr	心肺蘇生術	しん.ぱい.そ.せい.じゅつ
人工呼吸	artificial respiration	ˏɑrtəˋfɪʃəl ˏrɛspəˋreʃən	人工呼吸	じん.こう.こ.きゅう
暖身	warm up	wɔrm ʌp	ウォーミングアップ	
嗆水	choke	tʃok	むせる	
溺水	drown	draʊn	溺れる	おぼ.れ.る
跳水	dive	daɪv	飛び込む	と.び.こ.む
打水	flutter kick	ˋflʌtɚ kɪk	バタ足	バ.タ.あし
泳衣	swimsuit	ˋswɪmsut	水着	みず.ぎ
池水消毒劑	disinfectant	ˏdɪsɪnˋfɛktənt	プール消毒剤	プー.ル.しょう.どく.ざい
救生員	lifeguard	ˋlaɪfˏgɑrd	ライフガード	
游泳教練	swimming coach	ˋswɪmɪŋ kotʃ	水泳コーチ	すい.えい.コー.チ

213

暴力犯罪	violent crime `vaɪələnt kraɪm	ぼうりょくはんざい 暴力犯罪

<u>搶劫</u>是犯罪行為。

<u>Robbery</u> is a crime.

<u>略奪</u>(りゃくだつ)は犯罪行為(はんざいこうい)です。

中	英		日	
綁架	kidnapping	`kɪdnæpɪŋ	誘拐	ゆう.かい
人質	hostage	`hɑstɪdʒ	人質	ひと.じち
綁匪	kidnapper	`kɪdnæpɚ	誘拐犯	ゆう.かい.はん
贖金	ransom	`rænsəm	身代金	みの.しろ.きん
撕票	kill the hostage	kɪl ðə `hɑstɪdʒ	人質を殺害する	ひと.じち.を.さつ.がい.す.る
殺人未遂	attempted murder	ə`tɛmptɪd `mɝdɚ	殺人未遂	さつ.じん.み.すい
自首	surrender to justice	sə`rɛndɚ tu `dʒʌstɪs	自首	じ.しゅ
謀殺	murder	`mɝdɚ	殺人	さつ.じん
過失殺人	involuntary manslaughter	ɪn`vɑlən,tɛrɪ `mæn,slɔtɚ	過失致死	か.しつ.ち.し
嫌犯	suspect	`səspɛkt	容疑者	よう.ぎ.しゃ
共犯	accomplice	ə`kɑmplɪs	共犯	きょう.はん
通緝	circular order	`sɝkjəlɚ `ɔrdɚ	指名手配	し.めい.て.はい

214

違法行為	illegal act ɪˋligl̩ ækt	違法行為（いほうこうい）

發現可疑人物。

Discover suspicious persons.

怪しい人（あや・ひと）を見（み）つけた。

中	英		日	
違法	illegal	ɪˋligl̩	違法	い.ほう
法律漏洞	loophole	ˋlup͵hol	抜け道	ぬ.け.みち
貪汙	corruption	kəˋrʌpʃən	汚職	お.しょく
洗錢	money laundering	ˋmʌnɪ ˋlɔndərɪŋ	資金洗浄	し.きん.せん.じょう
侵犯著作權	copyright infringement	ˋkɑpɪ͵raɪt ɪnˋfrɪndʒmənt	著作権侵害	ちょ.さく.けん.しん.がい
詐欺	fraud	frɔd	詐欺	さ.ぎ
吸毒	drug abuse	drʌg əˋbjuz	麻薬を吸う	ま.やく.を.す.う
誹謗	defamation	͵dɪfəˋmeʃən	名誉毀損	めい.よ.き.そん
非法移民	illegal immigration	ɪˋligl̩ ͵ɪməˋgreʃən	不法移民	ふ.ほう.い.みん
走私	smuggling	ˋsmʌglɪŋ	密貿易	みつ.ぼう.えき
偷竊	theft	θɛft	窃盗	せ.っとう
叛國	treason	ˋtrizn̩	売国	ばい.こく

215

理財	financial planning faɪ`nænʃəl `plænɪŋ	財テク（ざい）

請教理財顧問。

Consult a financial planner.

ファイナンシャルプランナーに聞（き）いてみる。

中	英		日	
資產	asset	`æsɛt	資産	し.さん
儲蓄	savings	`sevɪŋz	貯蓄	ちょ.ちく
利息	interest	`ɪntərɪst	利子	り.し
風險	risk	rɪsk	リスク	
保險	insurance	ɪn`ʃurəns	保険	ほ.けん
壽險	life insurance	laɪf ɪn`ʃurəns	生命保険	せい.めい.ほ.けん
養老金	pension	`pɛnʃən	年金	ねん.きん
理財顧問	financial planner	faɪ`nænʃəl `plænɚ	ファイナンシャルプランナー	
理財雜誌	financial magazine	faɪ`nænʃəl ˌmægə`zin	金融雑誌	きん.ゆう.ざ.っし
個人理財	personal finance	`pɝsn̩l faɪ`næns	パーソナルファイナンス	
投資	invest	ɪn`vest	投資する	とう.し.す.る
雙贏	win win	wɪn wɪn	両者に有利	りょう.しゃ.に.ゆう.り

216

投資	investment ɪn`vɛstmənt	とうし 投資

你打算投資多少錢？

How much money would you like to invest?

どのくらいの金額(きんがく)を投資(とうし)したいですか。

中	英		日	
投資人	investor	ɪn`vɛstɚ	投資家	とう.し.か
股票	stock	stɑk	株	かぶ
股本	capital stock	`kæpətḷ stɑk	株式資本	かぶ.しき.し.ほん
基金	fund	fʌnd	基金	き.きん
股市	stock market	stɑk `mɑrkɪt	株式市場	かぶ.しき.し.じょう
證交所	stock exchange	stɑk ɪks`tʃendʒ	証券取引所	しょう.けん.と り.ひき.じょ
股價	stock price	stɑk praɪs	株価	かぶ.か
崩盤	collapse	kə`læps	暴落	ぼう.らく
上漲	rise	raɪz	上昇する	じょう.しょう.す.る
下跌	fall	fɔl	下落する	げ.らく.す.る
債券	bond	bɑnd	債券	さい.けん
增值	appreciation	ə͵priʃɪ`eʃən	値上がり	ね.あ.が.り
貶值	depreciation	dɪ͵priʃɪ`eʃən	値下がり	ね.さ.が.り

217

乳製品	dairy \`dɛrɪ	にゅうせいひん 乳製品

我喜歡喝牛奶。

I like drinking milk.

わたし　ぎゅうにゅう　す
私は牛乳が好きです。

中	英		日	
牛奶	milk	mɪlk	牛乳	ぎゅう.にゅう
奶粉	milk powder	mɪlk \`paʊdɚ	粉ミルク	こな.ミ.ル.ク
鮮奶油	whipped cream	\`hwɪpt krim	生クリーム	なま.ク.リー.ム
奶油	butter	\`bʌtɚ	バター	
起士	cheese	tʃiz	チーズ	
鮮奶布丁	milk pudding	mɪlk \`pʊdɪŋ	ミルクプリン	
優格	yogurt	\`jogɚt	ヨーグルト	
冰淇淋	ice cream	aɪs krim	アイスクリーム	
奶昔	milkshake	ˌmɪlk\`ʃek	シェイク	
奶茶	milk tea	mɪlk ti	ミルクティー	
調味乳	flavored milk	\`flevɚd mɪlk	味付き牛乳	あじ.つ.き.ぎゅう.にゅう
煉乳	condensed milk	kən\`dɛnst mɪlk	練乳	れん.にゅう

218

電影類型	film genre fɪlm ˋʒanrə	えいが しゅるい 映画の種類

我喜歡武打片。

I like martial art movies.

ぶどうえいが す
武道映画が好きです。

中	英		日	
動作片	action films	ˋækʃən fɪlmz	アクション映画	ア.ク.ショ.ン.えい.が
冒險片	adventure films	ədˋvɛntʃɚ fɪlmz	アドベンチャー映画	ア.ド.ベ.ン.チャー.えい.が
青春片	coming-of-age films	ˋkʌmɪŋ ɑv edʒ fɪlmz	青春映画	せい.しゅん.えい.が
動畫片	animation	ˌænəˋmeʃən	アニメーション	
武打片	martial arts films	ˋmɑrʃəl ɑrts fɪlmz	武道映画	ぶ.どう.えい.が
傳記電影	biographical films	ˌbaɪəˋgræfɪkḷ fɪlmz	伝記映画	でん.き.えい.が
喜劇	comedy	ˋkɑmədɪ	コメディー	
悲劇	tragedy	ˋtrædʒədɪ	悲劇	ひ.げき
美國西部片	western	ˋwɛstɚn	西部劇	せい.ぶ.げき
紀錄片	documentary	ˌdɑkjəˋmɛntərɪ	ドキュメンタリー	
浪漫愛情片	romantic films	rəˋmæntɪk fɪlmz	恋愛映画	れん.あい.えい.が
恐怖片	horror films	ˋhɔrɚ fɪlmz	ホラー映画	ホ.ラー.えい.が
科幻片	sci-fi films	ˋsaɪˋfaɪ fɪlmz	SF映画	エス.エフ.えい.が

奧運（1） | Olympic games o`lɪmpɪk gemz | オリンピック

他是拳擊銀牌。

He won a silver medal in boxing.

彼(かれ)はボクシングの銀(ぎん)メダリストです。

中	英		日	
田徑	athletics	æθ`lɛtɪks	陸上	りく.じょう
體操	gymnastics	dʒɪm`næstɪks	体操	たい.そう
射箭	archery	`ɑrtʃərɪ	アーチェリー	
射擊	shooting	`ʃutɪŋ	射撃	しゃ.げき
擊劍	fencing	`fɛnsɪŋ	フェンシング	
拳擊	boxing	`bɑksɪŋ	ボクシング	
跆拳道	taekwondo	taɪ`kɔndo	テコンドー	
柔道	judo	`dʒudo	柔道	じゅう.どう
角力	wrestling	`rɛslɪŋ	レスリング	
舉重	weightlifting	`wetlɪftɪŋ	ウエイトリフティング	
自行車	cycling	`saɪkḷɪŋ	自転車	じ.てん.しゃ
帆船	sailing	`selɪŋ	セーリング	

220

奧運（2）	Olympic games o`lɪmpɪk gemz	オリンピック

她是網球金牌。

She won the gold medal in tennis.

彼女（かのじょ）は、テニスの金（きん）メダリストです。

中	英		日	
棒球	baseball	`bes͵bɔl	野球	や.きゅう
壘球	softball	`sɔft͵bɔl	ソフトボール	
籃球	basketball	`bæskɪt͵bɔl	バスケットボール	
足球	football	`fut͵bɔl	サッカー	
手球	handball	`hænd͵bɔl	ハンドボール	
排球	volleyball	`valɪ͵bɔl	バレーボール	
曲棍球	hockey	`hakɪ	ホッケー	
羽毛球	badminton	`bædmɪntən	バドミントン	
網球	tennis	`tɛnɪs	テニス	
桌球	table tennis	`tebl̩ `tɛnɪs	卓球	た.っきゅう
馬術	equestrian	ɪ`kwɛstrɪən	馬術	ば.じゅつ
水上芭蕾	artistic swimming／synchronized swimming	ar`tɪstɪk `swɪmɪŋ／`sɪŋkrənaɪzd `swɪmmɪŋ	アーティスティックスイミング／シンクロナイズドスイミング	

星座	zodiac signs ˋzodɪˏæk saɪnz	せいざ 星座

我是雙子座。

I am a Gemini.

私（わたし）は双子座（ふたござ）です。

中	英		日	
牡羊座	Aries	ˋɛriz	牡羊座	お.ひつじ.ざ
金牛座	Taurus	ˋtɔrəs	牡牛座	お.うし.ざ
雙子座	Gemini	ˋdʒɛməˏnaɪ	双子座	ふた.ご.ざ
巨蟹座	Cancer	ˋkænsɚ	蟹座	かに.ざ
獅子座	Leo	ˋlio	獅子座	し.し.ざ
處女座	Virgo	ˋvɝgo	乙女座	おとめ.ざ
天秤座	Libra	ˋlibrə	天秤座	てん.びん.ざ
天蠍座	Scorpio	ˋskɔrpɪˏo	さそり座	さ.そ.り.ざ
射手座	Sagittarius	ˏsædʒɪˋtɛrɪəs	射手座	い.て.ざ
魔羯座	Capricorn	ˋkæprɪkɔrn	山羊座	や.ぎ.ざ
水瓶座	Aquarius	əˋkwɛrɪəs	水瓶座	みず.がめ.ざ
雙魚座	Pisces	ˋpaɪsiz	魚座	うお.ざ

222

音樂類型	music genre `mjuzɪk `ʒɑnrə	おんがく　しゅるい 音楽の種類

我愛搖滾樂。

I love rock & roll music.

ロックが好(す)きです。

中	英		日	
爵士	jazz	dʒæz	ジャズ	
龐克	punk	pʌŋk	パンク	
饒舌	rap	ræp	ラップ	
搖滾	rock & roll	rɑk ænd rol	ロック	
嘻哈	hip hop	hɪp hɑp	ヒップホップ	
民謠	folk	fok	民謡	みん.よう
鄉村音樂	country	`kʌntrɪ	カントリーミュージック	
重金屬	heavy metal	`hɛvɪ `mɛtḷ	ヘビーメタル	
流行音樂	pop	pɑp	ポップス	
藍調	blues	bluz	ブルース	
古典音樂	classical music	`klæsɪkḷ `mjuzɪk	クラシック	
福音歌曲	gospel	`gɑspḷ	ゴスペル	

電視節目	TV show genre `ti`vi ʃo `ʒɑnrə	テレビ番組（ばんぐみ）

我喜歡看烹飪節目。

I like watching cooking programs.

料理番組（りょうりばんぐみ）が好（す）きです。

中	英		日	
連續劇	serial drama	`sɪrɪəl `drɑmə	連続ドラマ	れん.ぞく.ド.ラ.マ
綜藝節目	variety show	və`raɪətɪ ʃo	バラエティー番組	バ.ラ.エ.ティー.ばん.ぐみ
迷你影集	miniseries	`mɪnɪ`sɪrɪz	ミニシリーズ	
談話性節目（脫口秀）	talk show	tɔk ʃo	トーク番組	トー.ク.ばん.ぐみ
實境節目	reality television	ri`ælətɪ `tɛlə,vɪʒən	リアリティショー	
益智遊戲節目	game show	gem ʃo	クイズ番組	ク.イ.ズ.ばん.ぐみ
新聞節目	news program	njuz `progræm	ニュース番組	ニュー.ス.ばん.ぐみ
紀錄片	documentary	,dɑkjə`mɛntərɪ	ドキュメンタリー	
卡通	animated series	`ænə,metɪd `siriz	アニメ	
運動節目	sports	spɔrts	スポーツ番組	ス.ポー.ツ.ばん.ぐみ
旅遊節目	travel program	`trævḷ `progræm	旅番組	たび.ばん.ぐみ
烹飪節目	cooking show	`kukɪŋ ʃo	料理番組	りょう.り.ばん.ぐみ

224

電影工作人員	film staff fɪlm stæf	えいが 映画スタッフ

這場面會用替身。

We will use a stand-in for this scene.

この場面(ばめん)は、代役(だいやく)を使(つか)っている。

中	英		日	
男演員	actor	ˋæktɚ	男優	だん.ゆう
女演員	actress	ˋæktrɪs	女優	じょ.ゆう
臨時演員	extra	ˋɛkstrə	エキストラ	
特技演員	stuntman	stʌntmæn	スタントマン	
替身	stand-in	ˋstændˏɪn	代役	だい.やく
導演	director	dəˋrɛktɚ	監督	かん.とく
編劇	screenwriter	ˋskrinˏraɪtɚ	脚本家	きゃく.ほん.か
武術指導	stunt coordinator	stʌnt koˋɔrdn̩ˏetɚ	アクション 監督	ア.ク.ショ.ン. かん.とく
美術指導	art director	ɑrt dəˋrɛktɚ	美術監督	び.じゅつ.かん.とく
服裝設計	costume designer	ˋkɑstjum dɪˋzaɪnɚ	衣装デザイ ナー	い.しょう.デ.ザ. イ.ナー
化妝師	makeup artist	ˋmekˏʌp ˋɑrtɪst	メイクアップアーティスト	
收音人員	boom operator	bum ˋɑpəˏretɚ	音声スタッフ	おん.せい.ス.タ.ッフ
燈光師	gaffer	ˋgæfɚ	照明係	しょう.めい.がかり

225

飯店設施	hotel facility hoˋtɛl fəˋsɪlətɪ	しせつ ホテル施設

在宴會廳用餐。

Dinning in the ballroom.

えんかいじょう　しょくじ
宴会場で食事する。

中	英		日	
房間	room	rum	客室	きゃく.しつ
飯店大廳	hotel lobby	hoˋtɛl ˋlabɪ	ロビー	
登記入住櫃檯	check in desk	tʃɛk ɪn dɛsk	フロントデスク	
餐廳	restaurant	ˋrɛstərənt	レストラン	
宴會廳	ballroom（西式）	ˋbɔl͵rum	宴会場（日式）	えん.かい.じょう
酒吧	bar	bar	バー	
停車場	parking lot	ˋparkɪŋ lat	駐車場	ちゅう.しゃ.じょう
健身房	gym	dʒɪm	スポーツジム	
游泳池	swimming pool	ˋswɪmɪŋ pul	プール	
三溫暖	sauna	ˋsaunə	サウナ	
溫泉	hot spring	hat sprɪŋ	温泉	おん.せん
保險箱	safety box	ˋseftɪ baks	セーフティーボックス	

226

通訊	communication kə͵mjunəˋkeʃən	つうしん 通信

用手機傳簡訊。

Sending text messages via mobile phone.

携帯（電話）でメールする。（けいたい でんわ）

中	英		日	
電話	telephone	ˋtɛlə͵fon	電話	でん.わ
傳真機	fax machine	fæks məˋʃin	ファックス	
藍芽	Bluetooth	ˋblu͵tuθ	ブルートゥース	
手機	mobile phone	ˋmobɪl fon	携帯電話	けい.たい.でん.わ
手機基地台	base station	bes ˋsteʃən	基地局	き.ち.きょく
紅外線傳輸	infrared transmission	ɪnfrəˋrɛd trænsˋmɪʃən	赤外線通信	せき.がい.せん.つう.しん
網路	Internet	ˋɪntɚ͵nɛt	インターネット	
無線網路	wireless connection	ˋwaɪrlɪs kəˋnɛkʃən	ワイヤレスインターネット	
寬頻網路	broadband	ˋbrɔdˋbænd	ブロードバンドインターネット	
光纖網路	fiber optic network	ˋfaɪbɚ ˋɑptɪk ˋnɛt͵wɝk	光ファイバーインターネット	ひかり.ファ.イ.バー.イ.ン.ター.ネ.ット
廣播	broadcasting	ˋbrɔd͵kæstɪŋ	放送	ほう.そう
對講機	intercom	ˋɪntɚ͵kɑm	インターコム	

227

居家隔間	inside a house ˋɪnˋsaɪd ə haʊs	家（いえ）の中（なか）

我住電梯大樓。

I live in a building with an elevator.

私（わたし）は、大（おお）きなビルに住（す）んでいる。

中	英		日	
客廳	living room	ˋlɪvɪŋ rum	リビングルーム	
臥室	bedroom	ˋbɛd͵rʊm	寝室	しん.しつ
廚房	kitchen	ˋkɪtʃɪn	台所	だい.どころ
飯廳	dining room	ˋdaɪnɪŋ rum	ダイニングルーム	
浴室	bathroom	ˋbæθ͵rum	バスルーム	
地下室	basement	ˋbesmənt	地下室	ち.か.しつ
書房	reading room	ˋridɪŋ rum	書斎	しょ.さい
玄關	entrance	ˋɛntrəns	玄関	げん.かん
陽台	balcony	ˋbælkənɪ	ベランダ	
天花板	ceiling	ˋsilɪŋ	天井	てん.じょう
儲藏室	storage room	ˋstorɪdʒ rum	物置部屋	もの.おき.べ.や
車庫	garage	gəˋrɑʒ	車庫	しゃ.こ

掃除用具	cleaning tools ˋkliniŋ tulz	そうじようぐ 掃除用具

用吸塵器清潔地面。

I clean the floor with a vacuum cleaner.

掃除機(そうじき)をかける。

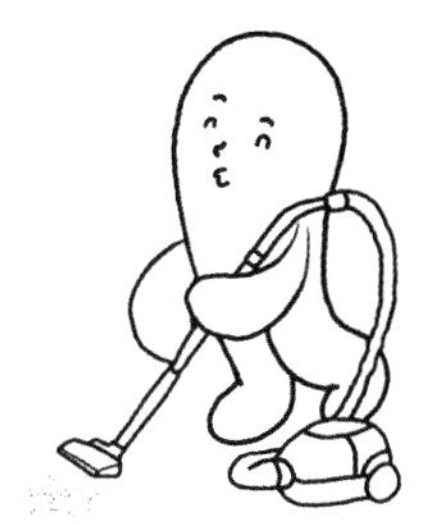

中	英		日	
掃把	broom	brum	箒	ほうき
畚箕	dustpan	ˋdʌstˌpæn	塵取り	ちり.と.り
抹布	dust cloth	dʌst klɔθ	ぞうきん	
拖把	mop	mɑp	モップ	
雞毛撢子	feather duster	ˋfɛðɚ ˋdʌstɚ	はたき	
清潔劑	cleanser	ˋklɛnzɚ	クリーナー	
清潔刷	cleaning brush	ˋkliniŋ brʌʃ	掃除用ブラシ	そう.じ.よう.ブ.ラ.シ
垃圾袋	garbage bag	ˋgɑrbɪdʒ bæg	ゴミ袋	ゴ.ミ.ぶくろ
吸塵器	vacuum cleaner	ˋvækjuəm ˋklinɚ	掃除機	そう.じ.き
橡膠手套	rubber glove	ˋrʌbɚ glʌv	ゴム手袋	ゴ.ム.て.ぶくろ
地板蠟	floor wax	flor wæks	フローリングワックス	
除臭劑	deodorizer	diˋodəˌraɪzɚ	消臭剤	しょう.しゅう.ざい

229

上衣樣式	clothes type kloz taɪp	うわぎ 上着

試穿<u>圓領</u>T 恤。

Trying on a t-shirt with a <u>round neck</u>.

<u>丸襟</u>（まるえり）T（ティー）シャツを試着（しちゃく）する。

中	英		日	
T 恤	T-shirt	\`tiˏʃɝt	Tシャツ	ティー.シャ.ツ
連帽上衣	hoodie	\`hʊdɪ	パーカー	
襯衫	shirt	ʃɝt	シャツ	
polo 衫	polo shirt	\`polo ʃɝt	ポロシャツ	
緊身的	bodycon	\`badɪˏkan	ボディコン	
圓領	round neck	raʊnd nɛk	丸襟	まる.えり
V 領	V neck	vi nɛk	Vネック	ブイ.ネ.ック
U 領	U neck	ju nɛk	Uネック	ユー.ネ.ック
立領	stand-up collar	stændʌp \`kalɚ	スタンドカラー	
露肩	off-the-shoulder	ɔfðəˋʃoldɚ	ベアショルダー	
假兩件式	mock 2 piece	mak tu pis	フェイクレイヤー	
短／長袖	short／long sleeve	ʃɔrt／lɔŋ sliv	半／長袖	はん／なが.そで
五分／七分袖	elbow／3/4 sleeve	\`ɛlbo／\`θrɪk-wɔrtɚ sliv	五分／七分袖	ご.ぶ／しち.ぶ.そで

230

配件	accessory æk`sɛsərɪ	アクセサリー

配戴太陽眼鏡。

Wear sunglasses.

サングラスをかける。

中	英		日	
絲巾	silk scarf	sɪlk skɑrf	シルクスカーフ	
圍巾	scarf	skɑrf	マフラー	
手套	glove	glʌv	手袋	て.ぶくろ
手拿包	handbag	`hænd,bæg	ハンドバッグ	
帽子	hat	hæt	帽子	ぼう.し
腰帶	belt	bɛlt	ベルト	
手錶	watch	wɑtʃ	腕時計	うで.ど.けい
太陽眼鏡	sunglasses	`sʌn,glæsɪz	サングラス	
戒指	ring	rɪŋ	指輪	ゆび.わ
耳環	earring	`ɪr,rɪŋ	イヤリング	
項鍊	necklace	`nɛklɪs	ネックレス	
披肩	shawl	ʃɔl	ショール	

化妝品	cosmetics kɑz`mɛtɪks	けしょうひん 化粧品

塗口紅。

Put on lipstick.

口紅(くちべに)を塗(ぬ)る。

中	英		日	
眼影	eye shadow	aɪ `ʃædo	アイシャドー	
眼線筆	eye liner	aɪ `laɪnɚ	アイライナー	
假睫毛	fake eyelashes	fek `aɪˏlæʃɪz	付け睫毛	つ.け.まつ.げ
睫毛膏	mascara	mæs`kærə	マスカラ	
眉筆	eyebrow pencil	`aɪˏbraʊ `pɛnsḷ	アイブローペンシル	
口紅	lipstick	`lɪpˏstɪk	口紅	くち.べに
護唇膏	lip balm	lɪp bɑm	リップクリーム	
腮紅	blush	blʌʃ	チーク	
遮瑕膏	concealer	kən`silɚ	コンシーラー	
粉餅	powder foundation	`paʊdɚ faʊn`deʃən	パウダーファンデーション	
蜜粉	powder	`paʊdɚ	フェイスパウダー	
隔離霜	makeup base	`mekˏʌp bes	メイクアップベース	

232

保養品	skin care products skɪn kɛr \`prɑdəkts	スキンケア製品（せいひん）

塗抹刮鬍泡沫。

Use shaving foam.

シェービングフォームをつける。

中	英		日	
乳液	lotion	\`loʃən	乳液	にゅう.えき
化妝水	toner	\`tonɚ	化粧水	け.しょう.すい
防曬乳	sunscreen	\`sʌn.skrin	日焼け止め クリーム	ひ.や.け.ど.め. ク.リー.ム
眼霜	eye cream	aɪ krim	アイクリーム	
面膜	mask	mæsk	マスク	
保濕噴霧	moisturizing mist	\`mɔɪstʃə.raɪzɪŋ mɪst	保湿スプレー	ほ.しつ.ス.プ.レー
凡士林	Vaseline	\`væsḷ.in	ワセリン	
護手霜	hand cream	hænd krim	ハンドクリーム	
卸妝油	makeup remover	\`mek.ʌp rɪ\`muvɚ	クレンジングオイル	
卸妝棉	cleansing cotton	\`klɛnzɪŋ \`kɑtṇ	クレンジングコットン	
洗面乳	cleanser	\`klɛnzɚ	洗顔料	せん.がん.りょう
刮鬍膏	shaving foam	\`ʃevɪŋ fom	シェービングフォーム	

袋子	bag bæg	ふくろるい 袋 類

放入紙袋。

Place into the paper bag.

かみぶくろ　い
紙袋に入れる。

中	英		日	
塑膠袋	plastic bag	`plæstɪk bæg	ビニール袋	ビ.ニー.ル.ぶくろ
紙袋	paper bag	`pepɚ bæg	紙袋	かみ.ぶくろ
購物袋	shopping bag	`ʃɑpɪŋ bæg	買い物袋	か.い.もの.ぶくろ
垃圾袋	trash bag	træʃ bæg	ゴミ袋	ゴ.ミ.ぶくろ
嘔吐袋	sick bag	sɪk bæg	エチケット袋	エ.チ.ケ.ット.ぶくろ
束口袋	drawstring bag	`drɔ͵strɪŋ bæg	巾着袋	きん.ちゃく.ぶくろ
口袋	pocket	`pɑkɪt	ポケット	
食物保鮮密封袋	Ziploc bag	`zɪplɑk bæg	フリーザーバッグ	
夾鍊袋	zipper bag	`zɪpɚ bæg	チャック袋	チャ.ック.ぶくろ
自黏袋	self-adhesive bag	sɛlf əd`hisɪv bæg	粘着テープ付き袋	ねん.ちゃく.テー.プ.つ.き.ぶくろ
真空收納袋	space bag	spes bæg	圧縮袋	あ.っしゅく.ぶくろ
洗衣袋	wash bag	wɑʃ bæg	洗濯ネット	せん.たく.ネ.ット

234

隨身提包	purse pɝs	かばん

啊！包包被搶走了！

Oh no! My purse has been snatched.

あ、かばんをひったくられた。

中	英		日	
錢包	wallet	`wɑlɪt	財布	さい.ふ
零錢包	coin purse	kɔɪn pɝs	コインケース	
後背包	backpack	`bæk͵pæk	バックパック	
腰包	fanny pack	`fænɪ pæk	ウエストポーチ	
手提包	handbag	`hænd͵bæg	ハンドバッグ	
側背包	shoulder bag	`ʃoldɚ bæg	ショルダーバッグ	
晚宴手拿包	clutch bag	klʌtʃ bæg	パーティーバッグ	
小學生的後背書包	school bag	skul bæg	ランドセル	
公事包	briefcase	`brif͵kes	ビジネスバッグ	
旅行袋	travel bag	`trævl̩ bæg	旅行かばん	りょ.こう.か.ばん
行李箱	suitcase	`sut͵kes	スーツケース	
化妝包	make-up bag	`mek͵ʌp bæg	化粧ポーチ	け.しょう.ポー.チ

235

家庭成員	family member ˋfæmәlɪ ˋmɛmbɚ	かぞくこうせい 家族構成

我有一個妹妹。

I have a younger sister.

私(わたし)は妹(いもうと)がいる。

中	英		日	
祖父／外祖父	grandfather	ˋgrænd,fɑðɚ	祖父	そ.ふ
祖母／外祖母	grandmother	ˋgrænd,mʌðɚ	祖母	そ.ぼ
母親	mother	ˋmʌðɚ	母親	はは.おや
父親	father	ˋfɑðɚ	父親	ちち.おや
叔叔	uncle	ˋʌŋkḷ	おじ	
阿姨	aunt	ænt	おば	
哥哥	elder brother	ˋɛldɚ ˋbrʌðɚ	兄	あに
弟弟	younger brother	ˋjʌŋgɚ ˋbrʌðɚ	弟	おとうと
姊姊	elder sister	ˋɛldɚ ˋsɪstɚ	姉	あね
妹妹	younger sister	ˋjʌŋgɚ ˋsɪstɚ	妹	いもうと
丈夫	husband	ˋhʌzbәnd	夫	おっと
妻子	wife	waɪf	妻	つま
兒子	son	sʌn	息子	むす.こ
女兒	daughter	ˋdɔtɚ	娘	むすめ
媳婦	daughter-in-law	ˋdɔtɚɪn,lɔ	嫁	よめ
女婿	son-in-law	ˋsʌnɪn,lɔ	婿	むこ
堂／表兄弟姊妹	cousin	ˋkʌzṇ	いとこ	
姪子／外甥	nephew	ˋnɛfju	甥	おい
姪女／外甥女	niece	nis	姪	めい

236

星期・月份	weekday·month `wik`de mʌnθ	しゅう つき 週 ・ 月

假日容易塞車。

The traffic is usually bad during the holidays.

休日(きゅうじつ)は道路(どうろ)が込(こ)む。

中	英		日	
星期一	Monday	`mʌnde	月曜日	げつ.よう.び
星期二	Tuesday	`tjuzde	火曜日	か.よう.び
星期三	Wednesday	`wɛnzde	水曜日	すい.よう.び
星期四	Thursday	`θɝzde	木曜日	もく.よう.び
星期五	Friday	`fraɪ,de	金曜日	きん.よう.び
星期六	Saturday	`sætɚde	土曜日	ど.よう.び
星期日	Sunday	`sʌnde	日曜日	にち.よう.び
一月	January	`dʒænjʊ,ɛrɪ	一月	いち.がつ
二月	February	`fɛbrʊ,ɛrɪ	二月	に.がつ
三月	March	mɑrtʃ	三月	さん.がつ
四月	April	`eprəl	四月	し.がつ
五月	May	me	五月	ご.がつ
六月	June	dʒun	六月	ろく.がつ
七月	July	dʒu`laɪ	七月	しち.がつ
八月	August	`ɔgəst	八月	はち.がつ
九月	September	sɛp`tɛmbɚ	九月	く.がつ
十月	October	ɑk`tobɚ	十月	じゅう.がつ
十一月	November	no`vɛmbɚ	十一月	じゅう.いち.がつ
十二月	December	dɪ`sɛmbɚ	十二月	じゅう.に.がつ

寵物用品	pet product pɛt \`prɑdəkt	ようひん ペット用品

狗狗生病了。

The dog got sick.

ペットの犬(いぬ)が病気(びょうき)になった。

中	英		日	
籠子	cage	kedʒ	ケージ	
外出提籠	pet carrier	pɛt \`kærɪɚ	ペットキャリー	
飼料	pet food	pɛt fud	餌	えさ
寵物餅乾	pet cookie	pɛt \`kʊkɪ	ペット用 ビスケット	ペ.ッ.ト.よう. ビ.ス.ケ.ッ.ト
飼料碗	bowl	bol	フードボウル	
寵物用 指甲剪	pet nail clipper	pɛt nel \`klɪpɚ	ペット用 爪切り	ペ.ッ.ト.よう. つめ.き.り
除蚤噴劑	anti-flea spray	\`æntɪˌfli spre	蚤取りスプレー	のみ.と.り.ス.プ. レー
貓砂	cat litter	kæt \`lɪtɚ	猫砂	ねこ.すな
狗屋	kennel	\`kɛnḷ	犬小屋	いぬ.ご.や
寵物沐浴精	pet shampoo	pɛt ʃæm\`pu	ペット用 シャンプー	ペ.ッ.ト.よう. シャ.ン.プー
寵物衣服	pet clothes	pɛt kloz	ペットウェア	
項圈	pet collar	pɛt \`kɑlɚ	首輪	くび.わ
牽繩	pet leash	pɛt liʃ	綱	つな

238

交通號誌	traffic signal ˋtræfɪk ˋsɪgn̩l	どうろひょうしき 道路標識

變綠燈了。

The light turned green.

青信号（あおしんごう）になった。

中	英		日	
禁止左轉	no left turn	no lɛft tɝn	左折禁止	さ.せつ.きん.し
禁止右轉	no right turn	no raɪt tɝn	右折禁止	う.せつ.きん.し
行人通行小綠人號誌	crosswalk light	ˋkrɔs͵wɔk laɪt	歩行者信号	ほ.こう.しゃ.しん.ごう
施工中	under construction	ˋʌndɚ kənˋstrʌkʃən	工事中	こう.じ.ちゅう
方向標示	direction	dəˋrɛkʃən	案内標識	あん.ない.ひょう.しき
小心落石	falling rocks ahead	ˋfɔlɪŋ rɑks əˋhɛd	落石注意	らく.せき.ちゅう.い
路面顛簸	bumpy road	ˋbʌmpɪ rod	路面凹凸あり	ろ.めん.おう.とつ.あ.り
車輛改道	detour	ˋditʊr	まわり道	ま.わ.り.みち
速限	speed limit	spid ˋlɪmɪt	制限速度	せい.げん.そく.ど
單行道	one-way street	wʌnwe strit	一方通行	いっぽう.つう.こう
禁止迴轉	No U-Turn	no ˋju͵tɝn	転回禁止	てん.かい.きん.し
禁止進入	do not enter	du nɑt ˋɛntɚ	進入禁止	しん.にゅう.きん.し

駕車狀況	driving ˋdraɪvɪŋ	くるま　うんてん 車の運転

轉動方向盤。

Turn the steering wheel.

ハンドルを切(き)る。

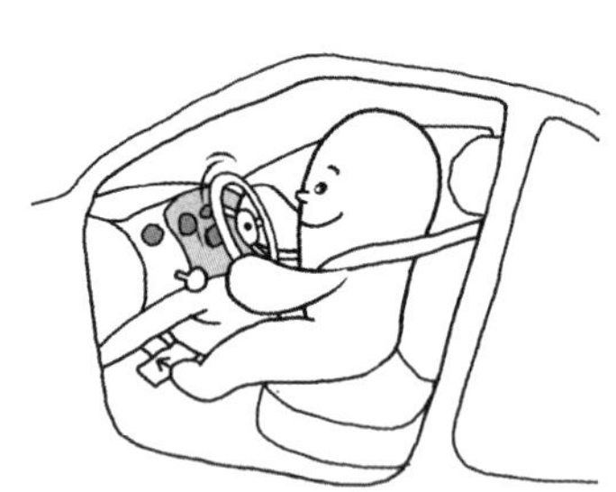

中	英		日	
前進	forward	ˋfɔrwɚd	前進	ぜん.しん
倒車	backward	ˋbækwɚd	バック	
回轉	U-turn	ˋjutˏɝn	転回	てん.かい
踩煞車	press brake	prɛs brek	ブレーキを踏む	ブ.レー.キ.を.ふ.む
緊急煞車	emergency brake	ɪˋmɝdʒənsɪ brek	急ブレーキ	きゅう.ブ.レー.キ
停車	stop	stɑp	車を停める	くるま.を.と.め.る
加速	speed up	spid ʌp	加速	か.そく
減速	slow down	slo daʊn	減速	げん.そく
超速	speeding	ˋspidɪŋ	制限速度を超える	せい.げん.そく.ど.を.こ.え.る
換檔	shift gears	ʃɪft ˏgɪrz	ギアチェンジ	
超車	cut in	kʌt ɪn	追い越し	お.い.こ.し
左轉	left turn	lɛft tɝn	左折	さ.せつ
右轉	right turn	raɪt tɝn	右折	う.せつ
打方向燈	use the turn signal	juz ðə tɝn ˋsɪgn̩	方向指示器を出す	ほう.こう.し.じ.き.を.だ.す
擦撞	minor collision	ˋmaɪnɚ kəˋlɪʒən	接触	せ.っしょく

240

成藥	over-the-counter medicine ˋovɚ ðə ˋkaʊntɚ ˋmɛdəsn̩	しはんやく 市販薬

吃藥。

Taking medicine.

薬（くすり）を飲（の）む。

中	英		日	
止痛藥	painkiller	ˋpen,kɪlɚ	痛み止め	いた.み.ど.め
消炎藥	antiphlogistic	,æntɪflə-ˋdʒɪstɪk	抗炎症薬	こう.えん.しょう.やく
抗生素	antibiotic	,æntɪbaɪˋɑtɪk	抗生物質	こう.せい.ぶっしつ
眼藥水	eye drops	aɪ drɑps	目薬	め.ぐすり
胃藥	stomach medicine	ˋstʌmək ˋmɛdəsn̩	胃腸薬	い.ちょう.やく
退燒藥	antipyretic	,æntɪpaɪˋrɛtɪk	解熱剤	げ.ねつ.ざい
咳嗽糖漿	cough syrup	kɔf ˋsɪrəp	咳止めシロップ	せき.ど.め.シ.ロ.ップ
維他命	vitamin	ˋvaɪtəmɪn	ビタミン	
瀉藥	laxative	ˋlæksətɪv	下剤	げ.ざい
止瀉藥	anti-diarrheal drug	,æntɪdaɪəˋriəl drʌg	下痢止め薬	げ.り.ど.め.ぐすり
避孕藥	contraceptive pill	,kɑntrəˋsɛptɪv pɪl	ピル	
阿斯匹靈	aspirin	ˋæspərɪn	アスピリン	

正面個性	personality (positive) `pɝsn̩.ælətɪ `pɑzətɪv	せいかく　めん 性格（プラス面）

我喜歡交朋友。

I like making friends.

わたし　ともだち　つく　す
私は、友達を作るのが好きです。

中	英		日	
樂觀的	optimistic	ˏɑptəˋmɪstɪk	楽観的	ら.っかん.てき
積極的	proactive	proˋæktɪv	積極的	せ.っきょく.てき
隨和的	easygoing	ˋizɪˏgoɪŋ	気さく	き.さ.く
自信的	confident	ˋkɑnfədənt	自信を持った	じ.しん.を.も.った
友善的／親切的	friendly	ˋfrɛndlɪ	優しい／親切	やさ.し.い／しん.せつ
有責任感的	responsible	rɪˋspɑnsəbl̩	責任感がある	せき.にん.かん.が.ある
幽默的	humorous	ˋhjumərəs	ユーモアがある	
獨立的	independent	ˏɪndɪˋpɛndənt	独立している	どく.りつ.し.て.い.る
心胸開闊的	open-minded	ˋopənˋmaɪndɪd	心が広い	こころ.が.ひろ.い
堅強的	tough	tʌf	ねばり強い	ね.ば.り.づよ.い
誠實的	honest	ˋɑnɪst	誠実である	せい.じつ.で.あ.る
正直的	honest	ˋɑnɪst	正直である	しょう.じき.で.あ.る
溫和的	gentle	ˋdʒɛntl̩	温和	おん.わ

負面個性	personality (negative) ˋpɝsn̩ˏælətɪ ˋnɛgətɪv	せいかく めん 性格（マイナス面）

我不相信任何人。

I don't trust anyone.

私は、誰も信じない。

中	英		日	
悲觀的	pessimistic	ˏpɛsəˋmɪstɪk	悲観的	ひ.かん.てき
傲慢的	arrogant	ˋærəgənt	傲慢	ごう.まん
膽小的	timid	ˋtɪmɪd	気が小さい	き.が.ちい.さ.い
沒耐性的	impatient	ɪmˋpeʃənt	短気	たん.き
殘暴的	violent	ˋvaɪələnt	残虐	ざん.ぎゃく
難搞的	difficult	ˋdɪfəˏkəlt	気難しい	き.むずか.し.い
雙面人的	two-faced	ˋtuˋfest	裏表のある	うら.おもて.の.あ.る
狡猾的	cunning	ˋkʌnɪŋ	ずるい	
自私的	selfish	ˋsɛlfɪʃ	自分勝手	じ.ぶん.か.って
懶散的	lazy	ˋlezɪ	だらだらした	
沒有責任感的	irresponsible	ˏɪrɪˋspɑnsəbl̩	責任感がない	せき.にん.かん.が.な.い
不誠實的	dishonest	dɪsˋɑnɪst	不誠実	ふ.せい.じつ

正面情緒	emotion (positive) ɪ`moʃən `pazətɪv	気持(きも)ち（プラス面(めん)）

迎接美好的一天！

Greet this beautiful day.

希望(きぼう)に満(み)ちた新(あたら)しい一日(いちにち)を迎(むか)える。

中	英		日	
冷靜的	calm	kɑm	冷静	れい.せい
感到好奇的	curious	`kjʊrɪəs	興味深い	きょう.み.ぶか.い
快樂的	happy	`hæpɪ	楽しい	たの.し.い
充滿希望的	hopeful	`hopfəl	希望に満ちた	き.ぼう.に.み.ち.た
喜出望外的	overjoyed	ˏovɚ`dʒɔɪd	大喜び	おお.よろこ.び
寬慰的	relieved	rɪ`livd	安心した	あん.しん.し.た
滿足的	satisfied	`sætɪsˏfaɪd	満足した	まん.ぞく.し.た
自在的	comfortable	`kʌmfɚtəbl̩	心地いい	ここ.ち.い.い
情緒高昂的	high	haɪ	テンションが高い	テ.ン.ショ.ン.が.たか.い
平靜的	peaceful	`pisfəl	落ち着いた	お.ち.つ.い.た
感到光榮的	glorious	`glorɪəs	光栄に思う	こう.えい.に.おも.う
感激的	grateful	`gretfəl	感謝している	かん.しゃ.し.て.い.る

244

負面情緒	emotion (negative) ɪ`moʃən `nɛgətɪv	きも めん 気持ち（マイナス面）

煩惱很多。

I have a lot of worries.

なや おお
悩みが多い。

中	英		日	
生氣的	angry	`æŋgrɪ	怒った	おこ.った
厭煩的	annoyed	ə`nɔɪd	うんざりした	
焦慮的	anxious	`æŋkʃəs	気をもむ	き.を.も.む
困惑的	confused	kən`fjuzd	困惑した	こん.わく.し.た
失望的	disappointed	ˌdɪsə`pɔɪntɪd	失望した	しつ.ぼう.し.た
鬱鬱寡歡的	melancholy	`mɛlənˌkɑlɪ	悶々とした	もん.もん.と.し.た
尷尬的	embarrassed	ɪm`bærəst	気まずい	き.ま.ず.い
羞愧的	ashamed	ə`ʃemd	恥ずかしい	は.ず:か.し.い
嫉妒的	jealous	`dʒɛləs	嫉妬した	し.っと.し.た
內疚的	guilty	`gɪltɪ	うしろめたい	
恐懼的	terrified	`tɛrəˌfaɪd	恐れた	おそ.れ.た
歇斯底里的	hysterical	hɪs`tɛrɪkl̩	ヒステリック	

身體不適	bad physical condition bæd ˋfɪzɪkl̩ kənˋdɪʃən	からだ ふちょう 体の不調

流鼻水。

Have a running nose.

はなみず で
鼻水が出る。

中	英		日	
咳嗽	cough	kɔf	咳	せき
喉嚨痛	sore throat	sor θrot	喉が痛い	のど.が.いた.い
喉嚨有痰	phlegm in throat	flɛm ɪn θrot	痰が絡む	たん.が.から.む
打噴嚏	sneeze	sniz	くしゃみが出る	く.しゃ.み.が.で.る
鼻塞	nasal congestion	ˋnezl̩ kənˋdʒɛstʃən	鼻が詰まる	はな.が.つ.ま.る
流鼻水	runny nose	ˋrʌnɪ noz	鼻水が出る	はな.みず.が.で.る
頭痛	headache	ˋhɛdˏek	頭痛	ず.つう
腹瀉	diarrhea	ˏdaɪəˋriə	下痢	げ.り
發燒	fever	ˋfivɚ	発熱	はつ.ねつ
嘔吐	vomit	ˋvɑmɪt	嘔吐	おう.と
發冷	chills	tʃɪlz	寒気がする	さむ.け.が.す.る
全身痠痛	body aches	ˋbɑdɪ eks	全身筋肉痛	ぜん.しん.きん.にく.つう

身體損傷	body injury ˋbɑdɪ ˋɪndʒərɪ	からだ　かくそんしょう 体の各損傷

我的右眼瘀青。

I have a bruise under my right eye.

右目(みぎめ)の周(まわ)りに青痣(あおあざ)ができている。

中	英		日	
瘀青	bruise	bruz	青痣	あお.あざ
凍傷	frostbite	ˋfrɔst,baɪt	凍傷	とう.しょう
流血	bleed	blid	出血	しゅ.っけつ
燒燙傷／灼傷	burn	bɝn	やけど	
脫臼	dislocation	,dɪsloˋkeʃən	脱臼	だ.っきゅう
骨折	fracture	ˋfræktʃɚ	骨折	こ.っせつ
扭傷	sprain	spren	捻挫	ねん.ざ
創傷／外傷	trauma	ˋtrɔmə	創傷／外傷	そう.しょう／がい.しょう
內傷	internal injury	ɪnˋtɝnḷ ˋɪndʒərɪ	内臓器官の傷害	ない.ぞう.き.かん.の.しょう.がい
擦傷	abrasion	əˋbreʒən	擦傷	すり.きず
刺傷	puncture wound	ˋpʌŋktʃɚ wund	刺傷	さし.きず
割傷	cut	kʌt	切傷	きり.きず

247

手的動作	hand movement hænd ˋmuvmənt	手の動作（てのどうさ）

敲茶葉蛋。

Tapping the tea egg.

茶葉卵（ちゃばたまご）を割（わ）る。

中	英		日	
推	push	pʊʃ	押す	お.す
拉	pull	pʊl	引く	ひ.く
撿拾	pick up	pɪk ʌp	拾う	ひろ.う
捏	pinch	pɪntʃ	つまむ	
觸摸	touch	tʌtʃ	触る	さわ.る
握住（球拍）	hold	hold	握る（ラケット）	にぎ.る（ラ.ケ.ット）
握手	shake hands	ʃek hændz	握手	あく.しゅ
握拳	make a fist	mek ə fɪst	拳を握る	こぶし.を.にぎ.る
牽手	hold hands	hold hændz	手を繋ぐ	て.を.つな.ぐ
攬（腰）	grasp	græsp	抱き寄せる（腰）	だ.き.よ.せ.る（こし）
拿（碗）	take	tek	持つ（器）	も.つ（うつわ）
敲	knock	nɑk	ノックする	
打開（門）	open	ˋopən	開ける（ドア）	あ.け.る（ド.ア）
舉手	lift hand	lɪft hænd	手を挙げる	て.を.あ.げ.る
揮手	wave	wev	手を振る	て.を.ふ.る

腿的動作	leg movement lɛg ˋmuvmənt	あし　どうさ 足の動作

往上跳。

Jump up.

跳び跳ねる。(と　は)

中	英		日	
追趕	chase	tʃes	追いかける	お.い.か.け.る
跳躍	jump	dʒʌmp	跳ぶ	と.ぶ
走	walk	wɔk	歩く	ある.く
跑	run	rʌn	走る	はし.る
爬行	crawl	krɔl	はって進む	は.って.すす.む
站起來	stand up	stænd ʌp	立つ	た.つ
坐下	sit down	sɪt daʊn	座る	すわ.る
跪下	kneel	nil	ひざまずく	
蹲下	squat	skwɑt	しゃがむ	
踢	kick	kɪk	蹴る	け.る
踩	step	stɛp	踏む	ふ.む
跨（欄）	hurdle	ˋhɝdl̩	跨ぐ（フェンス）	また.ぐ（フェ.ン.ス）
抬（腿）	lift	lɪft	上げる（足）	あ.げ.る（あし）
倒立	handstand	ˋhændˌstænd	逆立ちする	さか.だ.ち.す.る

各版新聞	newspaper corner `njuz,pepɚ `kɔrnɚ	新聞の各ニュース (しんぶん かく)

看報紙。

Reading newspapers.

新聞を読む。(しんぶん よ)

中	英		日	
頭條	headline	`hɛd,laɪn	ヘッドライン	
國內	national	`næʃənḷ	国内	こく.ない
國際	international	,ɪntɚ`næʃənḷ	海外	かい.がい
財經	economy	ɪ`kɑnəmɪ	経済	けい.ざい
政治	politics	`pɑlətɪks	政治	せい.じ
娛樂	entertainment	,ɛntɚ`tenmənt	エンタメ	
旅遊	tourism	`turɪzəm	旅行	りょ.こう
社會	society	sə`saɪətɪ	社会	しゃ.かい
生活	life	laɪf	ライフ	
地方	local	`lokḷ	地域	ち.いき
科技	technology	tɛk`nɑlədʒɪ	テクノロジー	
運動	sports	spɔrts	スポーツ	
健康	health	hɛlθ	健康	けん.こう
教育	education	,ɛdʒʊ`keʃən	教育	きょう.いく

250

符號	math signs·punctuation mæθ saɪnz ˌpʌŋktʃuˋeʃən	きごう 記号

一加一等於二。

One plus one equals two.

1 足す 1 は2。（いち た いち に）

中	英		日	
√ 平方根號	square root symbol	skwɛr rut ˋsɪmbḷ	ルート	
＋ 加號	plus sign	plʌs saɪn	足す／プラス	た.す／プ.ラ.ス
－ 減號	minus sign	ˋmaɪnəs saɪn	引く／マイナス	ひ.く／マ.イ.ナ.ス
× 乘號	multiplication sign	ˌmʌltəpləˋkeʃən saɪn	掛ける	か.け.る
÷ 除號	division sign	dəˋvɪʒən saɪn	割る	わ.る
＝ 等於符號	equal sign	ˋikwəl saɪn	等号	とう.ごう
， 逗號	comma（ , ）	ˋkɑmə	読点（、）	とう.てん（、）
。 句號	period（ . ）	ˋpɪrɪəd	句点（。）	く.てん（。）
！ 驚嘆號	exclamation mark	ˌɛkskləˋmeʃən mɑrk	感嘆符	かん.たん.ふ
？ 問號	question mark	ˋkwɛstʃən mɑrk	クエスチョンマーク	
（ ） 括號	parentheses	pəˋrɛnθəsɪz	括弧	か.っこ
“ ” 引號	quotation mark	kwoˋteʃən mɑrk	引用符	いん.よう.ふ

251

出版品	publication ˏpʌblɪˋkeʃən	しゅっぱんぶつ 出 版 物

一邊看書一邊聽（CD）。

Reading and listening at the same time.

本（ほん）を読（よ）みながら、ＣＤ（シーディー）を聴（き）く。

中	英		日	
書籍	book	bʊk	書籍	しょ.せき
期刊	periodical	ˏpɪrɪˋɑdɪkḷ	定期刊行物	てい.き.かん.こう.ぶつ
報紙	newspaper	ˋnjuzˏpepɚ	新聞	しん.ぶん
雜誌	magazine	ˏmægəˋzin	雑誌	ざ.っし
電子書	e-book	ˋiˋbʊk	電子ブック	でん.し.ブ.ック
有聲書	audio book	ˋɔdɪˏo bʊk	オーディオブック	
型錄	catalog	ˋkætəlɔg	カタログ	
繪本	picture book	ˋpɪktʃɚ bʊk	絵本	え.ほん
年鑑	chronicle	ˋkrɑnɪkḷ	クロニクル	
字典	dictionary	ˋdɪkʃənˏɛrɪ	辞書	じ.しょ
光碟	disk	dɪsk	ディスク	
教科書	textbook	ˋtɛstˏbʊk	教科書	きょう.か.しょ

252

學校	school skul	がっこう 学校

老師在講課。

The teacher is giving a lecture.

先生(せんせい)は今(いま)、授業(じゅぎょう)をしている。

中	英		日	
托兒所	daycare	`de,kɛr	託児所	たく.じ.しょ
幼稚園	kindergarten	`kɪndə,gartn̩	幼稚園	よう.ち.えん
小學	elementary school	,ɛlə`mɛntərɪ skul	小学校	しょう.が.っこう
中學	junior high school	`dʒunjɚ haɪ skul	中学校	ちゅう.が.っこう
高中	senior high school	`sinjɚ haɪ skul	高校	こう.こう
大學	university	,junə`vɝsətɪ	大学	だい.がく
研究所	graduate school	`grædʒʊ,et skul	大学院	だい.がく.いん
補習班	cram school	kræm skul	塾	じゅく
特殊教育學校	special education school	`spɛʃəl ,ɛdʒʊ`keʃən skul	特別支援学校	とく.べつ.し.えん.が.っこう
公立學校	public school	`pʌblɪk skul	公立学校	こう.りつ.が.っこう
私立學校	private school	`praɪvɪt skul	私立学校	し.りつ.が.っこう
護校	nursing school	`nɝsɪŋ skul	看護学校	かん.ご.が.っこう

253

自然災害	natural disaster \`næt∫ərəl dɪ\`zæstɚ	しぜんさいがい 自 然 災 害

引發海嘯。

Triggering a tsunami.

津波(つなみ)を起(お)こす。

中	英		日	
颱風	typhoon	taɪ\`fun	台風	たい.ふう
暴風雪	blizzard	\`blɪzɚd	暴風雪	ぼう.ふう.せつ
龍捲風	twister／ tornado	\`twɪstɚ／ tɔr\`nedo	竜巻	たつ.まき
火山爆發	eruption	ɪ\`rʌp∫ən	火山噴火	か.ざん.ふん.か
地震	earthquake	\`ɝθ͵kwek	地震	じ.しん
旱災	drought	draʊt	旱魃	かん.ばつ
水災	flood	flʌd	洪水	こう.ずい
沙塵暴	dust storm	dʌst stɔrm	砂塵嵐	さ.じん.あらし
土石流	debris flow	də\`bri flo	土石流	ど.せき.りゅう
海嘯	tsunami	tsu\`nɑmi	津波	つ.なみ
雪崩	avalanche	\`ævḷ͵ænt∫	雪崩	なだれ
山崩	landslide	\`lænd͵slaɪd	山崩れ	やま.くず.れ

254

職稱	title `taɪtḷ	しょくめい 職　名

總機人員的聲音很甜美。

The operator has a sweet voice.

電話(でんわ)オペレーターの声(こえ)は、美(うつく)しい。

中	英		日	
董事長	chairman	`tʃɛrmən	会長	かい.ちょう
股東	shareholder	`ʃɛr͵holdɚ	株主	かぶ.ぬし
執行長	CEO（Chief Executive Officer）	`si`i`o（tʃif ɪg`zɛkjʊtɪv `ɔfəsɚ）	CEO／最高経営責任者	シー.イー.オー／さい.こう.けい.えい.せき.にん.しゃ
總經理	president	`prɛzədənt	社長	しゃ.ちょう
副總經理	vice president	vaɪs `prɛzədənt	副社長	ふく.しゃ.ちょう
經理	manager	`mænɪdʒɚ	部長	ぶ.ちょう
主管	supervisor	͵supɚ`vaɪzɚ	責任者	せき.にん.しゃ
一般職員	employee	͵ɛmplɔɪ`i	社員	しゃ.いん
助理	assistant	ə`sɪstənt	アシスタント	
總機	operator	`ɑpə͵retɚ	オペレーター	
約聘人員	temporary employee	`tɛmpə͵rɛrɪ ͵ɛmplɔɪ`i	派遣社員	は.けん.しゃ.いん
正職人員	full-time employee	`fʊl`taɪm ͵ɛmplɔɪ`i	正社員	せい.しゃ.いん

255

判決	sentence `sɛntəns	はんけつ 判 決

入監（獄）服刑。

Sentenced to prison.

刑務所（けいむしょ）に入（はい）る。

中	英		日	
無期徒刑	life imprisonment	laɪf ɪm`prɪzn̩mənt	無期懲役	む.き.ちょう.えき
有期徒刑	imprisonment	ɪm`prɪzn̩mənt	有期懲役	ゆう.き.ちょう.えき
死刑	death penalty	dɛθ `pɛnl̩tɪ	死刑	し.けい
假釋	parole	pə`rol	仮釈放	かり.しゃく.ほう
緩刑	suspended sentence	sə`spɛndɪd `sɛntəns	執行猶予	し.っこう.ゆう.よ
褫奪公權	deprivation of civil rights	ˌdɛprɪ`veʃən ɑv `sɪvl̩ raɪts	公民権剥奪	こう.みん.けん.はく.だつ
驅逐出境	deportation	ˌdipor`teʃən	国外追放	こく.がい.つい.ほう
不起訴	not prosecuted	nɑt `prɑsɪˌkjutɪd	不起訴	ふ.き.そ
起訴	indictment	ɪn`daɪtmənt	起訴	き.そ
羈押	in custody	ɪn `kʌstədɪ	拘留する	こう.りゅう.す.る
無罪	innocent	`ɪnəsn̩t	無罪	む.ざい
釋放	release	rɪ`lis	釈放	しゃく.ほう

常見水果	familiar fruit fəˋmɪljɚ frut	<ruby>よく見かける果物</ruby> (み、くだもの)

削蘋果皮。

Peeling an apple.

りんごの皮(かわ)を剥(む)く。

中	英		日
西瓜	watermelon	ˋwɔtɚˏmɛlən	スイカ
甘蔗	sugar cane	ˋʃugɚ ken	サトウキビ
香蕉	banana	bəˋnænə	バナナ
柳橙	orange	ˋɔrɪndʒ	オレンジ
葡萄	grape	grep	ぶどう
葡萄柚	grapefruit	ˋgrepˏfrut	グレープフルーツ
芒果	mango	ˋmæŋgo	マンゴー
木瓜	papaya	pəˋpaiə	パパイア
鳳梨	pineapple	ˋpaɪnˏæpl̩	パイナップル
奇異果	kiwi	ˋkiwɪ	キウイフルーツ
榴槤	durian	ˋdurɪən	ドリアン
蘋果	apple	ˋæpl̩	りんご

常見蔬菜	familiar vegetable fə`mɪljɚ `vɛdʒətəbḷ	よく見(み)かける野菜(やさい)

買高麗菜。

Buying some cabbage.

キャベツを買(か)う。

中	英		日	
高麗菜	cabbage	`kæbɪdʒ	キャベツ	
萵苣	lettuce	`lɛtɪs	レタス	
花椰菜	cauliflower	`kɔlə͵flaʊɚ	カリフラワー	
茄子	eggplant	`ɛg͵plænt	ナス	
蘆筍	asparagus	ə`spærəgəs	アスパラ	
山藥	Chinese yam	`tʃaɪ`niz jæm	山芋	やま.いも
白蘿蔔	daikon	`dɑɪkon	大根	だい.こん
紅蘿蔔	carrot	`kærət	人参	にん.じん
洋蔥	onion	`ʌnjən	玉ねぎ	たま.ね.ぎ
地瓜	sweet potato	swit pə`teto	さつまいも	
竹筍	bamboo shoot	bæm`bu ʃut	竹の子	たけ.の.こ
馬鈴薯	potato	pə`teto	じゃが芋	じゃ.が.いも

258

交通工具	transportation ˌtrænspɚˋteʃən	乘り物（の もの）

搭計程車。

Taking a taxi.

タクシーに乗る（の）。

中	英		日	
腳踏車	bicycle	ˋbaɪsɪkḷ	自転車	じ.てん.しゃ
機車	motorcycle	ˋmotɚˏsaɪkḷ	バイク	
廂型車	van	væn	バン	
休旅車	RV（recreational vehicle）	ˋɑrˋvi（ˏrɛkrɪˋeʃənḷ ˋviɪkḷ）	R V	アール.ブイ
卡車	truck	trʌk	トラック	
公車	bus	bʌs	バス	
地下鐵	subway	ˋsʌbˏwe	地下鉄	ち.か.てつ
人力車	rickshaw	ˋrɪkʃɔ	人力車	じん.りき.しゃ
直昇機	helicopter	ˋhɛlɪkɑptɚ	ヘリコプター	
私人飛機	private plane	ˋpraɪvɪt plen	プライベート飛行機	プ.ラ.イ.ベー.ト.ひ.こう.き
遊輪	cruise ship	kruz ʃɪp	クルーズ船	ク.ルー.ズ.せん
獨木舟	kayak	ˋkaɪæk	カヤック	

259

顏色	color `kʌlɚ	いろ 色

白色加黑色會變成<u>灰色</u>。

White plus black will turn into <u>grey</u>.

白(しろ)と黒(くろ)を混(ま)ぜると、<u>灰色(はいいろ)</u>になる。

中	英		日	
綠色	green	grin	緑	みどり
黃色	yellow	`jɛlo	黄	き
藍色	blue	blu	青	あお
深藍色	dark blue	dɑrk blu	紺	こん
淺藍色	light blue	laɪt blu	水色	みず.いろ
紫色	purple	`pɝpḷ	紫	むらさき
紅色	red	rɛd	赤	あか
粉紅色	pink	pɪŋk	ピンク／桃色	ピ.ン.ク／もも.いろ
白色	white	hwaɪt	白	しろ
黑色	black	blæk	黒	くろ
金色	gold	gold	金色	きん.いろ
銀色	silver	`sɪlvɚ	銀色	ぎん.いろ

260

哺乳動物	mammal ˋmæml̩	ほにゅうるい 哺乳類

大象是哺乳動物。

Elephants are mammals.

象(ぞう)は哺乳類(ほにゅうるい)です。

中	英		日	
獅子	lion	ˋlaɪən	ライオン	
老虎	tiger	ˋtaɪgɚ	虎	とら
熊	bear	bɛr	熊	くま
北極熊	polar bear	ˋpolɚ bɛr	北極熊	ほ.っきょく.ぐま
豹	leopard	ˋlɛpɚd	豹	ひょう
狼	wolf	wʊlf	狼	おおかみ
熊貓	panda	ˋpændə	パンダ	
大象	elephant	ˋɛləfənt	象	ぞう
牛	cow	kaʊ	牛	うし
長頸鹿	giraffe	dʒəˋræf	キリン	
斑馬	zebra	ˋzibrə	シマウマ	
袋鼠	kangaroo	ˌkæŋgəˋru	カンガルー	

261

風・雨	wind · rain wɪnd ren	かぜ あめ 風・雨

下太陽雨。

It's raining under the sun.

天気雨(てんきあめ)が降(ふ)る。

中	英		日	
無風	calm	kɑm	無風	む.ふう
微風	breeze	briz	微風	び.ふう
東風	easterly	`istɚlɪ	東風	とう.ふう
南風	southerly	`sʌðɚlɪ	南風	みなみ.かぜ
西風	westerly	`wɛstɚlɪ	西風	にし.かぜ
北風	northerly	`nɔrðɚlɪ	北風	きた.かぜ
陣雨	shower	`ʃaʊɚ	にわか雨	に.わ.か.あめ
局部雨	local rain	`lokḷ ren	局地的な雨	きょく.ち.てき.な.あめ
毛毛雨	drizzle	`drɪzḷ	小雨	こ.さめ
傾盆大雨	downpour	`daʊn͵por	どしゃぶりの雨	ど.しゃ.ぶ.り.の.あめ
雷雨	thunderstorm	`θʌndɚ͵stɔrm	雷雨	らい.う
太陽雨	sun shower	sʌn `ʃaʊɚ	天気雨	てん.き.あめ

262

山・水	mountain · water `mauntn̩ `wɔtɚ	やま みず 山・水

走向山頂。

Walking towards the summit.

山頂（さんちょう）に向（む）かう。

中	英		日	
山谷	valley	`vælɪ	谷	たに
山崖	cliff	klɪf	崖	がけ
山丘	hill	hɪl	丘	おか
山腳	foot of the mountain	fʊt ɑv ðə `mauntn̩	山麓	さん.ろく
山頂	summit	`sʌmɪt	山頂	さん.ちょう
山坡	slope	slop	山の斜面	やま.の.しゃ.めん
瀑布	waterfall	`wɔtɚ,fɔl	滝	たき
湖泊	lake	lek	湖	みずうみ
海	sea	si	海	うみ
河流	river	`rɪvɚ	川	かわ
池塘	pond	pɑnd	池	いけ
水井	well	wɛl	井戸	いど

報紙內容	newspaper content `njuz,pepɚ `kantɛnt	しんぶんないよう 新聞内容

我喜歡看連環漫畫。

I like comic strips.

私（わたし）は、三（さん）コマ漫画（まんが）が好（す）きです。

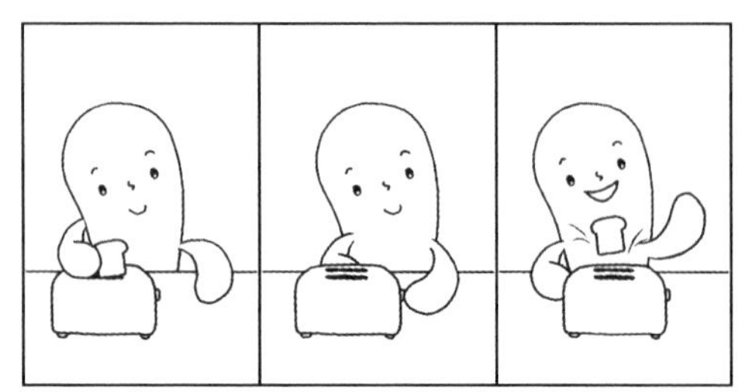

中	英		日	
頭條	headline	`hɛd,laɪn	ヘッドライン	
社論	editorial	,ɛdə`torɪəl	社説	しゃ.せつ
專欄	column	`kaləm	コラム	
連載	serial	`sɪrɪəl	連載	れん.さい
專題報導	feature	fitʃɚ	特集	とく.しゅう
分類廣告	classified advertisement	`klæsə,faɪd ,ædvɚ`taɪzmənt	クラシファイド広告	ク.ラ.シ.ファ.イ.ド.こう.こく
全版廣告	full page advertisement	fʊl pedʒ ,ædvɚ`taɪzmənt	全面広告	ぜん.めん.こう.こく
讀者來函專欄	advice column	əd`vaɪs `kaləm	人生相談欄	じん.せい.そう.だん.らん
電視節目表	TV listings	`ti`vi `lɪstɪŋz	テレビ番組表	テ.レ.ビ.ばん.ぐみ.ひょう
電影時刻表	movie listings	`muvɪ `lɪstɪŋz	映画の上映スケジュール	えい.が.の.じょう.えい.ス.ケ.ジュー.ル
連環漫畫	comic strips	`kamɪk strɪps	三／四コマ漫画	さん／よん.コ.マ.まん.が
諷刺漫畫	editorial cartoons	,ɛdə`torɪəl kar`tunz	風刺漫画	ふう.し.まん.が

264

雜誌內容	magazine content ˌmægəˋzin ˋkɑntɛnt	ざっしないよう 雑誌内容

小花是本期的<u>封面人物</u>。

Hana is on the cover of the magazine.

今期号（こんきごう）の<u>表紙（ひょうし）の人（ひと）</u>は、花（はな）ちゃんです。

中	英		日	
封面人物	celebrity cover	sɪˋlɛbrətɪ ˋkʌvɚ	表紙の人	ひょう.し.の.ひと
封面故事	cover story	ˋkʌvɚ ˋstorɪ	カバーストーリー	
本期主題	current topic	ˋkɝənt ˋtɑpɪk	今期号のテーマ	こん.き.ごう.の.テー.マ
目錄	index	ˋɪndɛks	目次	もく.じ
總編輯的話	editor-in-chief's address	ˋɛdɪtɚˌin ˋtʃifz əˋdrɛs	編集長より	へん.しゅう.ちょう.よ.り
專欄	column	ˋkɑləm	コラム	
報導	news report	njuz rɪˋport	報道	ほう.どう
讀者投書	letter to the editor	ˋlɛtɚ tu ði ˋɛdɪtɚ	読者からのお便り	どく.しゃ.か.ら.の.お.たよ.り
下期預告	next issue	ˋnɛkst ˋɪʃjʊ	次号の予告	じ.ごう.の.よ.こく
訂購優惠	discount subscription	ˋdɪskaʊnt səbˋskrɪpʃən	定期購読優待	てい.き.こう.どく.ゆう.たい
抽獎活動	sweepstakes	ˋswipˌsteks	抽選	ちゅう.せん
隨書贈品	free gift	fri gɪft	付録	ふ.ろく

265

腳踏車	bicycle `baɪsɪkḷ	じてんしゃ 自転車

24段變速腳踏車。

24-Speed Bike.

にじゅうよんだんへんそく　じてんしゃ
24段変速の自転車。

中	英		日	
避震器	shock absorber	ʃɑk əb`sɔrbɚ	ショックアブゾーバー	
坐墊	seat	sit	サドル	
鍊條	chain	tʃen	チェーン	
齒輪	gear	gɪr	ギア	
腳踏板	pedal	`pɛdḷ	ペダル	
前輪煞車	front brake	frʌnt brek	前輪ブレーキ	ぜん.りん.ブ.レー.キ
後輪煞車	rear brake	rɪr brek	後輪ブレーキ	こう.りん.ブ.レー.キ
輔助輪	training wheel	`trenɪŋ hwil	補助輪	ほ.じょ.りん
停車腳架	kickstand	`kɪk͵stænd	スタンド	
握把	handlebars	`hændḷ͵bɑrz	ハンドル	
變速器	derailleur	dɪ`relɚ	ディレイラー	
水壺架	water bottle cage	`wɔtɚ `bɑtḷ kedʒ	ボトルケージ	

266

汽車外觀	car structure kɑr ˋstrʌktʃɚ	くるま　がいぶ 車 の外部

打開車門。

Open the car door.

車(くるま)のドアを開(あ)ける。

中	英		日	
保險桿	bumper	ˋbʌmpɚ	バンパー	
擋泥板	fender	ˋfɛndɚ	泥よけ	どろ.よ.け
引擎蓋	hood	hʊd	ボンネット	
行李廂（後車廂）	trunk	trʌŋk	トランク	
天窗	sun roof	sʌn ruf	サンルーフ	
擋風玻璃	windshield	ˋwɪnd͵ʃild	フロントガラス	
雨刷	windshield wiper	ˋwɪnd͵ʃild ˋwaɪpɚ	ワイパー	
側鏡	side mirror	saɪd ˋmɪrɚ	ドアミラー	
大燈	headlights	ˋhɛd͵laɪts	ヘッドライト	
車尾燈	taillight	ˋtel͵laɪt	テールランプ	
車牌	license plate	ˋlaɪsn̩s plet	ナンバープレート	
排氣管	exhaust pipe	ɪgˋzɔst paɪp	排気管	はい.き.かん

飛機	airplane `ɛrˏplen	ひこうき 飛行機

我是飛行員。

I am a pilot.

私(わたし)はパイロットだ。

中	英		日	
機翼	wing	wɪŋ	翼	つばさ
副翼	aileron	`eləˏran	補助翼	ほ.じょ.よく
機身	fuselage	`fjuzḷɪdʒ	胴体	どう.たい
機尾	tail	tel	尾	お
機頭	nose	noz	機首	き.しゅ
駕駛艙	cockpit	`kakˏpɪt	コックピット	
方向舵	rudder	`rʌdɚ	方向舵	ほう.こう.だ
螺旋槳	propeller	prə`pɛlɚ	プロペラ	
油箱	fuel tank	`fjʊəl tæŋk	燃料タンク	ねん.りょう.タ.ン.ク
黑盒子（飛航記錄器）	flight recorder	flaɪt rɪ`kɔrdɚ	フライトレコーダー	
機艙	cabin	`kæbɪn	客室	きゃく.しつ
行李艙	luggage compartment	`lʌgɪdʒ kəm-`partmənt	貨物室	か.もつ.しつ

機車	motorcycle ˋmotɚˏsaɪkl̩	バイク

機車很方便。

Riding a motorcycle is quite convenient.

バイクは便利(べんり)です。

中	英		日	
前座	front seat	frʌnt sit	前方シート	ぜん.ぽう.シー.ト
後座	back seat	bæk sit	後方シート	こう.ほう.シー.ト
機車大鎖	motorcycle lock	ˋmotɚˏsaɪkl̩ lɑk	バイク用 U字ロック	バ.イ.ク.よう. ユー.じ.ロ.ッ.ク
握把	handlebars	ˋhændl̩ˏbɑrz	ハンドル	
車後方向燈	rear indicator light	rɪr ˋɪndəˏketɚ laɪt	方向指示灯	ほう.こう.し.じ.とう
車頭燈	headlight	ˋhɛdˏlaɪt	ヘッドライト	
前輪	front tire	frʌnt taɪr	前輪	ぜん.りん
後輪	back tire	bæk taɪr	後輪	こう.りん
排氣管	exhaust pipe	ɪgˋzɔst paɪp	排気管	はい.き.かん
後照鏡	rearview mirror	rɪrvju ˋmɪrɚ	バックミラー	
置物籃	storage basket	ˋstorɪdʒ ˋbæskɪt	荷物入れ	に.もつ.い.れ
引擎	engine	ˋɛndʒən	エンジン	
車牌	license plate	ˋlaɪsn̩s plet	ナンバープレート	
油門	throttle	ˋθrɑtl̩	アクセル	

269

電腦	computer kəmˋpjutɚ	コンピューター

敲打電腦鍵盤。

To tap computer keyboard.

キーボードを打(う)つ。

中	英		日	
螢幕	monitor	ˋmɑnətɚ	モニター	
主機板	mother board	ˋmʌðɚ bord	マザーボード	
顯示卡	video card	ˋvɪdɪ,o kɑrd	グラフィックスカード	
音效卡	sound card	saʊnd kɑrd	サウンドカード	
散熱風扇	fan	fæn	冷却ファン	れい.きゃく.ファ.ン
硬碟	hard disc drive	hɑrd dɪsk draɪv	ハードディスク	
光碟機	disc drive	dɪsk draɪv	ディスクドライブ	
鍵盤	keyboard	ˋki,bord	キーボード	
滑鼠	mouse	maʊs	マウス	
喇叭	speaker	ˋspikɚ	スピーカー	
USB 插槽	USB slot	ˋjuˋɛsˋbi slɑt	USBポート	ユー.エス.ビー.ポー.ト
開機鍵	power button	ˋpaʊɚ ˋbʌtn̩	電源ボタン	でん.げん.ボ.タ.ン

270

手機	cellphone ˋsɛlfon	けいたいでんわ 携帯電話

掛上手機<u>吊飾</u>。

Hanging up phone <u>charms</u>.

携帯電話（けいたいでんわ）に<u>ストラップ</u>を付（つ）ける。

中	英		日	
觸控螢幕	touchscreen	ˋtʌtʃˏskrin	タッチスクリーン	
行動電源	battery pack	ˋbætərɪ pæk	モバイルバッテリー	
數字按鍵	number button	ˋnʌmbɚ ˋbʌtn̩	数字ボタン	すう.じ.ボ.タ.ン
井字鍵	hash key／ pound key	hæʃ ki／ paund ki	シャープキー	
米字鍵	asterisk	ˋæstəˏrɪsk	スターキー	
開機鍵	on button	ɑn ˋbʌtn̩	電源ボタン	でん.げん.ボ.タ.ン
按鍵	keypad	ˋkiˏpæd	キーパッド	
手機殼	phone case	fon kes	スマホケース	
電池蓋	battery cover	ˋbætərɪ ˋkʌvɚ	バッテリーカバー	
吊飾孔	strap hole	stræp hol	ストラップホール	
SIM卡插槽	SIM slot	sɪm slɑt	SIMカードス ロット	シム.カー.ド.ス. ロ.ット
記憶卡插槽	memory card slot	ˋmɛmərɪ kɑrd slɑt	メモリーカードスロット	

271

相機	camera `kæmərə	カメラ

伸出數位相機的鏡頭。

Let the lens stick out from the digital camera.

デジタルカメラのレンズを伸(の)ばす。

中	英		日	
鏡頭	lens	lɛnz	レンズ	
鏡頭蓋	cap	kæp	レンズキャップ	
快門	shutter	`ʃʌtɚ	シャッター	
腳架	tripod	`traɪpɑd	三脚	さん.きゃく
閃光燈	flash	flæʃ	フラッシュ	
記憶卡	memory card	`mɛmərɪ kɑrd	メモリーカード	
光圈	aperture	`æpɚtʃɚ	アパーチャー	
接目鏡	eyepiece	`aɪˌpis	接眼レンズ	せつ.がん.レ.ン.ズ
鋰電池	lithium battery	`lɪθɪəm `bætərɪ	リチウム電池	リ.チ.ウ.ム.でん.ち
液晶螢幕	LCD screen	`ɛl`si`di skrin	液晶スクリーン	えき.しょう.ス.ク.リー.ン
開／關鈕	on／off button	ɑn／ɔf `bʌtn̩	電源ボタン	でん.げん.ボ.タ.ン
對焦鈕	zoom button	zum `bʌtn̩	ズームボタン	

272

建築物	building ˋbɪldɪŋ	けんちくぶつ 建築物

搭電梯前往展望台。

Go to the observatory deck by taking the elevator.

エレベーターに乗(の)って、展望台(てんぼうだい)に行(い)く。

中	英		日	
鋼筋	steel bar	stil bɑr	鉄筋	て.っきん
混凝土	concrete	ˋkɑnkrit	コンクリート	
地基	foundation	faʊnˋdeʃən	基礎	き.そ
牆壁	wall	wɔl	壁	かべ
地板	floor	flor	床	ゆか
天花板	ceiling	ˋsilɪŋ	天井	てん.じょう
樑	beam	bim	梁	はり
樓層	floor	flor	フロア	
隔間	partition	pɑrˋtɪʃən	仕切り	し.き.り
樓頂	rooftop	ˋruf.tɑp	屋上	おく.じょう
避雷針	lightning rod	ˋlaɪtnɪŋ rɑd	避雷針	ひ.らい.しん
地下室	basement	ˋbesmənt	地下室	ち.か.しつ

273

信件・包裹	letter・package ˋlɛtɚ ˋpækɪdʒ	てがみ こづつみ 手紙・小包

投入郵筒。

Put it in the mailbox.

郵便（ゆうびん）ポストに入（い）れる。

中	英		日	
寄件人	sender	ˋsɛndɚ	差出人	さし.だし.にん
收件人	recipient	rɪˋsɪpɪənt	受取人	うけ.とり.にん
寄件人地址	sender's address	ˋsɛndɚz əˋdrɛs	差出人の住所	さし.だし.にん.の.じゅう.しょ
收件人地址	recipient's address	rɪˋsɪpɪənts əˋdrɛs	受取人の住所	うけ.とり.にん.の.じゅう.しょ
郵遞區號	zip code	zɪp kod	郵便番号	ゆう.びん.ばん.ごう
信紙	letter	ˋlɛtɚ	便箋	びん.せん
信封	envelope	ˋɛnvə͵lop	封筒	ふう.とう
郵戳	postmark	ˋpost͵mɑrk	消印	けし.いん
郵票	stamp	stæmp	切手	き.って
封口處	seal	sil	封じ目	ふう.じ.め
託運單	waybill	ˋwe͵bɪl	送り状	おく.り.じょう
內容物	content	ˋkɑntɛnt	内容物	ない.よう.ぶつ

冰箱	refrigerator rɪˋfrɪdʒəˏretɚ	れいぞうこ 冷蔵庫

（把食物）放入冰箱。

Store it in the refrigerator.

食(た)べ物(もの)を冷蔵庫(れいぞうこ)に入(い)れる。

中	英		日	
冷凍室	freezer	ˋfrizɚ	冷凍室	れい.とう.しつ
冷藏室	refrigerator	rɪˋfrɪdʒəˏretɚ	冷蔵室	れい.ぞう.しつ
門把	handle	ˋhændḷ	ドアハンドル	
蛋架	egg tray	ɛg tre	卵ケース	たまご.ケー.ス
蔬果櫃	fruit & vegetable drawer	frut ænd ˋvɛdʒətəbḷ ˋdrɔɚ	野菜室	や.さい.しつ
馬達	motor	ˋmotɚ	モーター	
冷媒	refrigerant	rɪˋfrɪdʒərənt	冷媒	れい.ばい
製冰器	icemaker	ˋaɪsˏmekɚ	製氷機	せい.ひょう.き
自動除霜	automatic defroster	ˏɔtəˋmætɪk diˋfrɔstɚ	自動霜取り	じ.どう.しも.と.り
活動層架	adjustable shelf	əˋdʒʌstəbḷ ʃɛlf	仕切り棚	し.き.り.だな
壓縮機	compressor	kəmˋprɛsɚ	圧縮機	あ.っしゅく.き
冷凝器	condenser	kənˋdɛnsɚ	コンデンサー	

275

上衣・褲子	clothes・pants kloz pænts	うわぎ 上着・ズボン

<u>袖子</u>太長了。

The <u>sleeves</u> are too long.

そで　ながが
<u>袖</u>が長すぎる。

中	英		日	
袖子	sleeve	sliv	袖	そで
袖口	cuff	kʌf	袖口	そで.ぐち
肩線	shoulder seam	`ʃoldɚ sim	肩ライン	かた.ラ.イ.ン
衣領	collar	`kɑlɚ	襟	えり
墊肩	shoulder pad	`ʃoldɚ pæd	肩パッド	かた.パ.ッド
領口	neckline	`nɛk.laɪn	襟ぐり	えり.ぐ.り
扣子	button	`bʌtn̩	ボタン	
綁帶	string	strɪŋ	紐	ひも
內裡	lining	`laɪnɪŋ	裏地	うら.じ
褲襠	crotch	kratʃ	ズボンのまち	
口袋	pocket	`pɑkɪt	ポケット	
拉鍊	zipper	`zɪpɚ	チャック	

276

鞋子	shoes ʃuz	くつ 靴

新買的<u>長筒靴</u>。

I just purchased these <u>boots</u>.

か
買ったばかりの<u>ブーツ</u>。

中	英		日	
外層鞋底	outsole	\`aʊt͵sol	アウトソール	
鞋內鞋墊	insole	\`ɪn͵sol	中敷	なか.じき
氣墊	air cushion	ɛr \`kʊʃən	エアソール	
鞋跟	heel	hil	かかと	
鞋面	upper	\`ʌpɚ	甲革	こう.かく
鞋底	sole	sol	靴底	くつ.ぞこ
厚鞋底	platform	\`plæt͵fɔrm	厚底	あつ.ぞこ
鞋帶	shoelace	\`ʃu͵les	靴紐	くつ.ひも
鞋帶孔	lace hole	les hol	レースホール	
鞋頭	toe	to	つま先	つ.ま.さき
靴筒	boot shaft	but ʃæft	靴筒	くつ.づつ
魔鬼氈	Velcro	\`vɛlkro	マジックテープ	

四肢	limbs lɪmz	しし 四肢

舔手指。

Licking the fingers.

手(て)の指(ゆび)を舐(な)める。

中	英		日	
手	hand	hænd	手	て
腳	foot	fʊt	足	あし
手臂	arm	ɑrm	腕	うで
手肘	elbow	`ɛlbo	肘	ひじ
手腕	wrist	rɪst	手首	て.くび
手指	finger	`fɪŋgɚ	手の指	て.の.ゆび
手掌	palm	pɑm	手のひら	て.の.ひ.ら
手背	back of a hand	bæk ɑv ə hænd	手の甲	て.の.こう
指甲	fingernail	`fɪŋgɚ,nel	爪	つめ
大腿	thigh	θaɪ	腿	もも
小腿	calf	kæf	ふくらはぎ	
膝蓋	knee	ni	膝	ひざ
腳跟	heel	hil	かかと	
腳踝	ankle	`æŋkḷ	足首	あし.くび
腳趾	toe	to	足の指	あし.の.ゆび
腳掌心	arch	ɑrtʃ	土踏まず	つち.ふ.ま.ず

278

身體	body ˋbɑdɪ	からだ 体

浸泡下半身。

Soaking the lower body.

下半身浴（かはんしんよく）をする。

中	英		日	
頭	head	hɛd	頭	あたま
頸	neck	nɛk	首	くび
額頭	forehead	ˋfɔr͵hɛd	額	ひたい
後腦	back of the head	bæk ɑv ðə hɛd	後頭部	こう.とう.ぶ
下巴	jaw	dʒɔ	顎	あご
嘴巴	mouth	maʊθ	口	くち
臉	face	fes	顔	かお
臉頰	cheek	tʃik	頬	ほお
顴骨	cheekbone	ˋtʃik͵bon	頬骨	ほお.ぼね
肩膀	shoulder	ˋʃoldɚ	肩	かた
胸部	chest	tʃɛst	胸	むね
背部	back	bæk	背中	せ.なか
腹部	abdomen	ˋæbdəmən	腹部	ふく.ぶ
腰部	waist	west	腰	こし
臀部	buttocks	ˋbʌtəks	おしり	
軀幹	torso	ˋtɔrso	胴	どう

279

人體組成	human structure ˋhjumən ˋstrʌktʃɚ	じんたい こうせい 人体の構成

我的柔軟度很好。

I have a pretty flexible body.

わたし からだ やわ
私は体が柔らかい。

中	英		日	
四肢	limb	lɪm	四肢	し.し
骨骼	bone	bon	骨格	こ.っかく
器官	organ	ˋɔrgən	器官	き.かん
脂肪	fat	fæt	脂肪	し.ぼう
皮膚	skin	skɪn	皮膚	ひ.ふ
細胞	cell	sɛl	細胞	さい.ぼう
肌肉	muscle	ˋmʌsḷ	筋肉	きん.にく
動脈	artery	ˋɑrtərɪ	動脈	どう.みゃく
靜脈	vein	ven	静脈	じょう.みゃく
關節	joint	dʒɔɪnt	関節	かん.せつ
骨髓	bone marrow	bon ˋmæro	骨髄	こつ.ずい
神經	nerve	nɝv	神経	しん.けい
水分	water	ˋwɔtɚ	水分	すい.ぶん
血液	blood	blʌd	血液	けつ.えき

蛋糕	cake kek	ケーキ

最外層是鮮奶油。

The outer layer is covered with whipped cream.

表面(ひょうめん)は、生(なま)クリームです。

中	英		日	
海綿蛋糕	sponge cake	spʌndʒ kek	スポンジケーキ	
內層夾餡	filling	`fɪlɪŋ	中の具	なか.の.ぐ
麵粉	flour	flaʊr	小麦粉	こ.むぎ.こ
蛋	egg	ɛg	卵	たまご
奶油	butter	`bʌtɚ	バター	
牛奶	milk	mɪlk	牛乳	ぎゅう.にゅう
鮮奶油	whipped cream	`hwɪpt krim	生クリーム	なま.ク.リー.ム
糖	sugar	`ʃugɚ	砂糖	さ.とう
人工香料	artificial flavoring	ˌartə`fɪʃəl `flevərɪŋ	人工香料	じん.こう.こう.りょう
食用色素	food coloring	fud `kʌlərɪŋ	着色料	ちゃく.しょく.りょう
發粉	baking powder	`bekɪŋ `paudɚ	ベーキングパウダー	
香草精	vanilla essence	və`nɪlə `ɛsn̩s	バニラエッセンス	

281

熱狗麵包	hot dog hɑt dɔg	ホットドッグ

我點了一份<u>套餐</u>。

I have ordered a <u>set menu</u>.

私(わたし)は、<u>セットメニュー</u>を頼(たの)んだ。

中	英		日	
碎牛肉	ground beef	graʊnd bif	牛肉のミンチ	ぎゅう.にく.の.ミ.ン.チ
麵包	bun	bʌn	パン	
萵苣	lettuce	ˋlɛtɪs	レタス	
蕃茄	tomato	təˋmeto	トマト	
洋蔥	onion	ˋʌnjən	玉ねぎ	たま.ね.ぎ
酸黃瓜	pickle	ˋpɪkḷ	ピクルス	
起司	cheese	tʃiz	チーズ	
香腸	sausage	ˋsɔsɪdʒ	ソーセージ	
雞排	chicken patty	ˋtʃɪkɪn ˋpætɪ	チキンカツ	
德式酸菜	sauerkraut	ˋsaʊr͵kraʊt	ザワークラウト	
蕃茄醬	ketchup	ˋkɛtʃəp	ケチャップ	
（黃）芥末	mustard	ˋmʌstəd	マスタード	

282

義大利麵	pasta `pastə	パスタ

我也喜歡速食麵。

I like instant noodles too.

インスタントラーメンも好(す)きです。

中	英		日	
義大利麵條	spaghetti	spəˋgɛtɪ	スパゲッティ	
麵條	noodles	ˋnudl̩z	麺	めん
通心粉	macaroni	ˏmækəˋronɪ	マカロニ	
茄汁	tomato sauce	təˋmeto sɔs	トマトソース	
香料	spice	spaɪs	スパイス	
橄欖油	olive oil	ˋɑlɪv ɔɪl	オリーブオイル	
蘑菇	mushroom	ˋmʌʃrum	マッシュルーム	
起司粉	grated cheese	ˋgretɪd tʃiz	粉チーズ	こな.チー.ズ
羅勒	basil	ˋbæzɪl	バジル	
蔬菜	vegetable	ˋvɛdʒətəbl̩	野菜	や.さい
蔥	scallion	ˋskæljən	ねぎ	
肉	meat	mit	肉	にく

水果・蔬菜	fruit • vegetable frut `vɛdʒətəbḷ	くだもの　やさい 果物・野菜

挑出西瓜的籽。

Picking out the watermelon seeds.

すいか　たね　と
西瓜の種を取る。

中	英		日	
種子、籽	seed	sid	種	たね
果核	core	kor	芯	しん
果肉	pulp	pʌlp	果肉	か.にく
果皮	peel	pil	果物の皮	くだ.もの.の.かわ
纖維	fiber	`faɪbɚ	繊維	せん.い
維他命	vitamin	`vaɪtəmɪn	ビタミン	
果糖	fructose	`frʌktos	果糖	か.とう
水分	water	`wɔtɚ	水分	すい.ぶん
果汁	fruit juice	frut dʒus	ジュース	
水果泥	pureed fruit	pjʊ`red frut	フルーツピューレ	
根	root	rut	根	ね
莖	stem	stɛm	茎	くき
葉	leaf	lif	葉	は
嫩芽	sprout	spraʊt	新芽	しん.め

書	book buk	ほん 本

我喜歡精裝書。

I like books in hardcover.

ハードカバーの本(ほん)が好(す)きです。

中	英		日	
封面	front cover	frʌnt ˋkʌvɚ	表表紙	おもて.びょう.し
封底	back cover	bæk ˋkʌvɚ	裏表紙	うら.びょう.し
書背	spine	spaɪn	背表紙	せ.びょう.し
封面折口	flap	flæp	カバー折り返し	カ.バー.お.り.かえ.し
書皮	book wrapper	bʊk ˋræpɚ	ブックカバー	
扉頁	flyleaf	ˋflaɪˏlif	遊び紙	あそ.び.がみ
版權頁	copyright page	ˋkɑpɪˏraɪt pedʒ	奥付	おく.づけ
序	preface	ˋprɛfɪs	序	じょ
索引	index	ˋɪndɛks	索引	さく.いん
目錄	table of contents	ˋtebl̩ ɑv ˋkɑntɛnts	目次	もく.じ
內文	text	tɛkst	本文	ほん.ぶん
條碼	barcode	ˋbɑrˋkod	バーコード	

285

臉	face fes	かお 顔

瞇著眼睛。

Squinting.

目(め)を細(ほそ)める。

中	英		日	
眼睛	eye	aɪ	目	め
眼球	eyeball	ˋaɪˌbɔl	眼球	がん.きゅう
瞳孔	pupil	ˋpjupḷ	瞳孔	どう.こう
眼皮	eyelid	ˋaɪˌlɪd	まぶた	
眼睫毛	eyelash	ˋaɪˌlæʃ	睫毛	まつげ
鼻子	nose	noz	鼻	はな
鼻孔	nostril	ˋnɑstrɪl	鼻の穴	はな.の.あな
鼻尖	nose tip	noz tɪp	鼻の頭	はな.の.あたま
鼻樑	nasal bridge	ˋnezḷ brɪdʒ	鼻梁	び.りょう
嘴唇	lip	lɪp	唇	くちびる
耳朵	ear	ɪr	耳	みみ
嘴巴	mouth	maʊθ	口	くち

3 國語言 08

中英日詞彙實用 3400：
交通、購物、追劇、旅行，日常生活絕對用得到的單字大全
（附各詞彙【中→英→日】順讀音檔）

・初版 1 刷　2023 年 4 月 13 日

作者　　檸檬樹英日語教學團隊
封面設計　　陳文德
版型設計　　洪素貞
責任主編　　黃冠禎
社長・總編輯　　何聖心

發行人　　江媛珍
出版發行　　檸檬樹國際書版有限公司
lemontree@treebooks.com.tw
電話：02-29271121　傳真：02-29272336
地址：新北市235中和區中安街80號3樓
法律顧問　　第一國際法律事務所 余淑杏律師
北辰著作權事務所 蕭雄淋律師

全球總經銷　　知遠文化事業有限公司
電話：02-26648800　傳真：02-26648801
地址：新北市222深坑區北深路三段155巷25號5樓

港澳地區經銷　　和平圖書有限公司
電話：852-28046687　傳真：850-28046409
地址：香港柴灣嘉業街12號百樂門大廈17樓

定價　　台幣360元／港幣120元
劃撥帳號　　戶名：19726702・檸檬樹國際書版有限公司
・單次購書金額未達400元，請另付60元郵資
・ATM・劃撥購書需7-10個工作天

中英日詞彙實用3400 : 交通、購物、追劇、旅行,日常生活絕對用得到的單字大全 / 檸檬樹英日語教學團隊編著.
-- 初版. -- 新北市 : 檸檬樹國際書版有限公司, 2023.04
面；　公分. --（3國語言系列 ; 8）

ISBN 978-986-92774-4-0（平裝）
1.CST: 漢語　2.CST: 英語　3.CST: 日語　4.CST: 詞彙
801.72　　111010768

檸檬樹

檸檬樹